ANJA BEHN

Küstenbrut

KÜSTEN KRIMI

emons:

Bibliografische Information der Deutschen Nationalbibliothek
Die Deutsche Nationalbibliothek verzeichnet diese Publikation in der Deutschen Nationalbibliografie; detaillierte bibliografische Daten sind im Internet über http://dnb.d-nb.de abrufbar.

MIX
Papier aus verantwortungsvollen Quellen
FSC® C083411
FSC
www.fsc.org

Umschlagmotiv: photocase.de/ricok69
Umschlaggestaltung: Tobias Doetsch
Gestaltung Innenteil: César Satz & Grafik GmbH, Köln
Lektorat: Lothar Strüh
Druck und Bindung: CPI – Clausen & Bosse, Leck
Printed in Germany 2016
ISBN 978-3-95451-957-6
Küsten Krimi
Originalausgabe

Für meine Mutter

Prolog

Der Geruch weckte sie auf. Kalter, rußiger Rauch, schales Bier und Schweiß. Saurer, ranziger Schweiß. Schlagartig krampfte sich ihr Magen zusammen und presste seinen Inhalt die Speiseröhre empor. Sie würgte, schmeckte bereits die süßliche Fäule auf ihrer trockenen Zunge. Nur mit Mühe konnte sie den aufkommenden Brechreiz unterdrücken. Stöhnend drehte sie sich auf die Seite.

Der mörderische Schmerz pulsierte noch immer hinter ihrer rechten Schläfe. Warum schlugen diese verdammten Pillen nicht an? Sie hatte doch bereits drei davon geschluckt. Oder vier? Sie konnte sich einfach nicht erinnern. Sie erinnerte sich nur verschwommen an den fürchterlichen Streit mit Lena, bevor die Migräne sie gnadenlos niedergestreckt hatte.

Warum war ihr die eigene Tochter so entglitten? Was war zwischen ihnen schiefgelaufen? Ja, sie hatte als Mutter versagt und weiß Gott nicht immer die richtigen Entscheidungen getroffen. Aber musste Lena sie deshalb mit Verachtung strafen?

Erneut schob sich der Mageninhalt ihre Kehle hinauf. Unaufhaltsam sickerte er in ihren ausgetrockneten Mund und mischte sich mit dem sauren Schweiß, der an ihren spröden, aufgesprungenen Lippen klebte. Sie musste endlich etwas trinken. Zitternd stützte sie den linken Arm auf, doch unter der Last ihres Oberkörpers knickte er wie ein Streichholz ein. Kraftlos fiel sie auf den Rücken. Von der Müdigkeit übermannt gab sie sich für ein paar Minuten dem erlösenden Sog des Vergessens hin. Aber die Trockenheit in ihrem Mund brannte qualvoll. Sie versuchte von Neuem, sich aufzurichten, doch jeder Muskel schien gelähmt. Taub und ohne jegliches Gefühl. Ihr eigener Körper wollte ihr nicht mehr gehorchen. Was war nur los mit ihr? Schläfrig hob sie die bleischweren Lider an und starrte auf ihre entblößten Brüste. Wann hatte sie sich ausgezogen? Sich splitterfasernackt auf das Sofa gelegt?

Verwirrt huschte ihr benommener Blick umher, bis sich der nebelartige Schleier vor den Augen lichtete. Allmählich nahm sie ihre Umgebung wahr. Durch die Fensterluken fiel das weiche Morgenlicht der Sonne auf raue braun gebeizte Holzwände und streifte, einem Scheinwerfer gleich, durch den niedrigen Raum. Ein klobiger Wandschrank aus Eiche, zwei Gasheizöfen, ein schmaler Couchtisch, zwei verschlissene Sessel, ein schwarzer rostiger Kamin aus Stahl. Das hier war nicht ihre Wohnung. Und auch nicht ihr Sofa, auf dem sie nackt und hilflos lag. Wo zum Teufel war sie?

Plötzlich strömte der widerwärtige Geruch erneut in ihre Nase. Stechender. Durchdringender. Und sie erinnerte sich. Sie erinnerte sich, dass sie schon einmal hier gewesen war. An diesem Ort. Vor einer halben Ewigkeit. Doch nicht sie hatte damals entblößt auf dem Sofa gelegen, willenlos einem geifernden Peiniger ausgeliefert. Nicht sie, aber …

Panisch reckte sie den Kopf. Ihr ängstlicher Blick wanderte über den schweißnassen Körper. An ihrer Scham blieb er haften. Eine dünne, angetrocknete Blutspur schlängelte sich den Oberschenkel hinab. Mit der Hand tastete sie vorsichtig über ihren flachen Bauch, bis die Fingerspitzen den dunklen Flaum berührten und sich schließlich in einem feuchten Schleim verfingen. Angewidert zog sie die Hand zurück. Erst jetzt bemerkte sie den Schatten, der sich lautlos aus der Zimmerecke löste. Und als er sich über sie beugte, wusste sie, warum sie nackt auf diesem Sofa lag.

1

Münster

»Eine Luftveränderung würde dir guttun.«

»Ja, ich weiß.« Richard Gruben stöhnte leise auf. Er hoffte inständig, seine Mutter würde die wachsende Ungeduld in seiner Stimme hören. Er hatte keine Zeit.

Seit seinem Hörsturz vor drei Wochen telefonierten sie beinahe täglich miteinander. Doch allmählich beschlich Richard der leise Verdacht, dass ihre Hartnäckigkeit nicht der Sorge um seine angeschlagene Gesundheit galt, sondern vielmehr der Trennung von Charlotte.

»Probier es doch mal aus, Richard.«

Sie gab einfach nicht auf.

»Du musst ja nicht allein fahren. Charlotte und dem Jungen würde eine spontane Reise sicher auch gefallen.«

Na bitte!

»Entschuldige, ich muss Schluss machen«, drängelte er und strich erschöpft über den roten Button seines Smartphones. Er wartete nicht auf eine Erwiderung. Sie würde wieder anrufen.

Richard steckte das Telefon in die Gesäßtasche seiner Jeans. Müde lehnte er den Kopf an den Türrahmen und schloss die Augen. Noch immer gab es keine Stille in seinem Kopf. Unablässig fiepte es in seinem rechten Ohr. Am Tag konnte er den nervtötenden Ton irgendwie verdrängen, doch wenn die Geräusche um ihn herum verstummten, schlug das Pfeifen erbarmungslos zu. Wie eine hinterhältige Mücke, die tagsüber unsichtbar an der Zimmerdecke lauerte und, sobald das Licht erlosch, ihr Opfer gnadenlos malträtierte.

Der Hörsturz hatte Richard nicht wirklich überrascht. Seit Charlotte nach ihrer Trennung mit dem gemeinsamen einjährigen Sohn nach Dortmund gezogen war, hatte er versucht, die Rolle des abtrünnigen Vaters pflichtgetreu zu erfüllen. Doch der Spagat zwischen Job, Tagesmutter und Kinderarztpraxis hatte bei ihm zu einer inneren Zerreißprobe geführt. Dazu kam das zeitraubende Pendeln zwischen Münster und Dortmund. Er schlief kaum mehr als fünf Stunden, schluckte das Aspirin bereits zum Frühstück mit Kaffee herunter, und nicht selten endete sein Tag so, wie er begonnen hatte, am Drive-in-Schalter einer Fastfood-Kette.

Vor sechs Monaten hatte Richard die Trennung von Charlotte als eine lösbare Aufgabe empfunden, unter der sein Sohn nicht leiden müsste. Doch nun versuchte sein eigener Körper, gegen die Situation zu rebellieren. »Der Stress sucht sich immer ein Ventil. Es hätte Sie auch weitaus schlimmer treffen können«, hatte ihn sein HNO-Arzt eindringlich gemahnt, als er sich trotz wiedererlangtem Hörvermögen über den anhaltenden Tinnitus beklagte. Drei Tage später hatte er Charlotte angerufen und ihr seinen Entschluss mitgeteilt.

»Ich werde unter der Woche nicht mehr nach Dortmund kommen. Wir müssen für Henrik eine andere Lösung finden.«

»Wir?«, hatte sie ungehalten geschnaubt. »Du weißt so gut wie ich, dass es am Ende immer an mir hängen bleibt. Du triffst die Entscheidungen, und ich muss damit leben.«

Charlotte reagierte so, wie er es erwartet hatte. Vermutlich so, wie er es auch verdiente. Bis sie mit ihrem Arbeitgeber eine – von ihm erzwungene – Neuregelung gefunden hatte, wollte sie keinen Kontakt. Hatte er zu schnell aufgegeben, einfach den bequemsten Weg für sich gewählt? Mit dreiundvierzig sollte man schließlich wissen, wo man hingehörte.

Charlottes Nachricht von der Schwangerschaft hatte ihm damals den Boden unter den Füßen weggerissen. In ihrer Beziehung hatte es unentwegt Streit gegeben. Das Zusammenleben war ein ewiger Kompromiss. Seine unerwartete Auszeit an der Ostsee hatte ihm die endgültige Gewissheit gebracht, dass er bereit war zu gehen. Nicht wegen Johanna. Obwohl Richard sich in der letzten Zeit des Öfteren die Frage stellte, welchen Lauf sein Leben an ihrer Seite genommen hätte, wenn er sie nicht hätte ziehen lassen. Doch sein Sohn hatte ihm die Entscheidung abgenommen. Er wurde Vater, also blieb er. Dass der Neuanfang zwischen Charlotte und ihm nur einer trügerischen Idylle glich, war ihnen spätestens nach Henriks Geburt bewusst geworden. Sosehr sie sich auch bemüht hatten, ein glückliches, harmonisches Familienleben stellte sich nicht ein. Sie hatten sich längst zu weit voneinander entfernt. Die Trennung vor einem knappen halben Jahr war die einzig vernünftige Konsequenz gewesen.

Richard stieß sich vom Türrahmen ab. Er fühlte sich von der Hitze völlig ausgelaugt und brauchte dringend einen Schluck Wasser. Auf dem Weg in die Küche fiel sein Blick auf den überladenen Schreibtisch vor dem Fenster. Seit Wochen türmte sich dort die unerledigte Arbeit auf. Unfertige Gutachten britischer Museen, eine Expertise für die Gemäldesammlung eines Earls, dazu Dutzende Anfragen von Maklern und Versicherungen. Anfangs hatte er die stille Hoffnung gehegt, seine freiberufliche Gutachtertätigkeit trotz privater Querelen und gesundheitlicher Unpässlichkeiten irgendwie auf die Reihe zu bekommen. Aber nun musste er sich eingestehen, dass dies, ohne rigoros Abstriche zu machen, schlichtweg unmöglich war. Noch heute Abend würde er seinen Laptop hochfahren, die Gutachten an befreundete Kollegen abtreten, den Earl um Aufschub bitten und den Versicherungen höflich wegen fehlender Kapazitäten absagen. Trotz der finanziellen Einbußen, die er dadurch zu erwarten hatte.

Das Vibrieren des Handys in der Hosentasche riss Richard aus seinen Grübeleien. Überrascht zog er es heraus. Für gewöhnlich sprang seine Mutter nicht so schnell über ihren Schatten, nachdem er sie am Telefon abgewürgt hatte. Ihre Beharrlichkeit schien eine neue Stufe zu erklimmen. Hastig strich er, ohne einen Blick auf die Nummer zu werfen, über das Display.

»Warum fährst eigentlich nicht *du* mit deinem Enkelsohn in die Sommerferien?«, blaffte er gereizt.

»Hallo, Richard!« Die tiefe Stimme, die dröhnend an sein linkes Ohr drang, kam ihm vage bekannt vor. Aber sie gehörte definitiv nicht seiner Mutter. »Ich wusste gar nicht, dass ich Großvater geworden bin.«

Der breite Mecklenburger Akzent weckte alte Erinnerungen, und langsam dämmerte ihm, wen er da in der Leitung hatte.

»Bert? Bert Mulsow?«

»Ich hab dich wohl auf dem völlig falschen Bein erwischt, was?«, lachte der Mann aufgekratzt. »Aber ich kann auch später noch mal durchrufen.«

»Nein. Kein Problem, Bert. Dein Anruf hat mich nur kurz

aus dem Konzept gebracht«, sagte er schnell und trat an das bodentiefe Fenster neben dem Schreibtisch. Sein Blick glitt über die flirrende Münsteraner Altstadt im Hochsommer. Doch vor seinem inneren Auge flammten die Bilder eines eiskalten Schneesturms auf. Unweigerlich spürte er die würgende Enge in seinem Hals, die ihn immer noch in der Nacht panisch aus dem Schlaf hochfahren ließ. Ohne Bert Mulsow wäre er nicht mehr am Leben.

Seit den Ereignissen vor eineinhalb Jahren hatte er den Polizisten nicht mehr gesehen.

»Und was macht das Verbrechen an der Ostsee?«, fragte Richard mit gelöster Stimme. »Unerlaubtes Strandmuschelzelten und falschparkende Bollerwagen?«

Das beharrliche Schweigen am anderen Ende verwirrte ihn. Sein Humor kam dem Polizisten nicht so schnell abhanden. Das konnte nur bedeuten, Mulsow rief aus einem unerfreulichen Grund bei ihm an.

»Was ist los, Bert?«

»In meinem Revier hat man eine tote Frau gefunden. Drüben in Niederwiek«, antwortete Mulsow in ernstem Tonfall. »Dana Wolff.«

Richard spürte, dass der Polizist eine Reaktion von ihm erwartete. Nur welche? »Ja, und?«, entgegnete er zaghaft.

»Mitte dreißig, zierliche Gestalt, brünettes Haar. Kanntest du sie?«

»Nein, ich höre diesen Namen zum ersten Mal«, beteuerte er. »Worauf willst du hinaus?«

»Dana Wolff wurde brutal ermordet«, fuhr Mulsow fort. »Vor zwei Tagen haben Urlauber ihre Leiche in einem Waldstück aufgefunden. Sie stammt hier aus dem Ort, hat aber bis vor Kurzem viele Jahre in Berlin gewohnt. Bei unseren Ermittlungen bin ich auf eine Visitenkarte gestoßen. Sie steckte zwischen den Seiten ihres Terminkalenders. Sie war von dir.«

Einen Moment war Richard perplex. Fast schockiert. Dann fiel ihm etwas ein, das ihn erleichterte.

»Das muss nicht zwangsläufig bedeuten, dass ich die Frau näher kenne«, sagte er.

»Stimmt schon. Nur steht auf der Rückseite eine handschriftliche Nachricht, die eine solche Vermutung nahelegt.« Mulsow legte eine kurze Pause ein, bevor er weitersprach. »Also, hier steht: ›Du schuldest mir eine Nacht. Ruf mich an. R.‹«

Richard schluckte. Das klang eindeutig. Doch sosehr er auch grübelte, zu dem Namen Dana Wolff wollte kein Bild in seinem Kopf auftauchen. »Ich erinnere mich nicht.«

»Denk einfach in Ruhe nach«, schlug der Polizist vor. »Vielleicht fällt dir doch noch ein, ob du ihr schon einmal begegnet bist.«

Leise hörte Richard in der schnarrenden Leitung Papiere rascheln.

»Da gibt es noch etwas. Dana Wolff wollte in Niederwiek eine Kunstgalerie eröffnen und hat dafür ein leer stehendes Strandlokal angemietet. Dort befinden sich Bilder, deren Herkunft wir nicht eindeutig bestimmen konnten. Der Gutachter, den man hinzugezogen hat, ist allerdings der Meinung, die wären nicht von großem Wert«, berichtete Mulsow. »Doch ich traue dem Urteil des schmierigen Kerls einfach nicht. Die Tote hat zwar eine Teilhaberin …«, wieder ein leises Rascheln, »… ihren Namen finde ich jetzt nicht … ist ja auch egal. Aber die konnte uns auch nicht weiterhelfen, denn es war lediglich eine stille Teilhaberschaft. Ich weiß ja, dass dein Job dir kaum Freiraum für einen kurzen Abstecher an die Ostsee lässt, doch mir wäre wohler bei der Sache, wenn du einen Blick darauf werfen würdest.«

Richard senkte die müden Augen auf den Aktenberg seines Schreibtisches.

»Bert, ich habe momentan eine Menge Arbeit …«, versuchte er vorsichtig, das Chaos in seinem Leben zu beschreiben.

»Ist überhaupt kein Problem. Ich wollte nur jede erdenkliche Möglichkeit ausschöpfen.«

Mulsow klang resigniert.

»Ich denke noch einmal darüber nach, okay?«

»Danke, Richard. Melde dich, sobald du dich entschieden hast«, antwortete der Polizist. Seine Enttäuschung war nicht zu überhören.

Sie verabschiedeten sich kurz, und Richard legte auf. Die

Nachricht auf der Karte schwirrte in seinem Kopf. *Du schuldest mir eine Nacht. Ruf mich an. R.* Wann hatte er das geschrieben? Und vor allem: An wen? Auch wenn ihm im Moment jegliche Erinnerung abhandengekommen war und sich hinter »R.« jemand völlig anderes verbergen könnte, er hatte das vage Gefühl, dass er tatsächlich der Verfasser war. Zum einen stand die Nachricht auf der Rückseite seiner Visitenkarte. Zum anderen klangen die Worte verdächtig nach ihm.

Aus der Küche drang das Rumoren des Geschirrspülers herüber und erinnerte ihn an das, was er eigentlich vorgehabt hatte. Nachdenklich legte Richard das Telefon auf den Schreibtisch und fuhr sich mit den Händen durch das dichte schwarze Haar. *Eine Luftveränderung würde dir guttun.* Vielleicht sollte er den Ratschlag seiner Mutter befolgen. Ein paar freie Tage an der Ostsee könnten den quälenden Tinnitus durchaus lindern. Und vor allem seinem Gedächtnis auf die Sprünge helfen.

2

Niederwiek

Lena streifte den Rucksack von den Schultern und lehnte ihr Mountainbike gegen das Geländer der Seebrücke. Eine Weile blickte sie regungslos auf den noch menschenleeren Strand. Nur drei morgendliche Jogger und der Schlepper mit der Reinigungsmaschine zogen dort unten ihre einsamen Bahnen. Doch in wenigen Stunden würde an dem hellen Sandstrand kaum mehr ein freier Platz zu finden sein. Seit Tagen brannte die Augustsonne unerbittlich auf die Ostseeküste nieder, und nur am Wasser konnten die Menschen sich ein wenig Abkühlung verschaffen.

Ihr Blick fiel auf die Digitaluhr am Rettungsturm. Zehn Minuten vor sieben. Sie hatte genügend Zeit. Auch an ihrem letzten Arbeitstag würde Max frühestens in einer halben Stunde mit den Erdbeerkisten auftauchen. Also brauchte sie ihren Verkaufsstand noch nicht aufzusperren.

Lena hockte sich auf die warmen, rauen Holzstufen der Seebrücke. Mit zwei Handgriffen löste sie das Zopfgummi aus ihrem Pferdeschwanz. Die blonden Haare fielen auf den schmalen Streifen zwischen ihren nackten Schulterblättern, der von ihrem Tanktop bedeckt wurde. Sie holte das Mineralwasser aus dem Rucksack und hob die kühle Plastikflasche an ihren Mund. Gedankenverloren ließ sie den Blick über die Promenade schweifen. Die ersten Geschäfte hatten bereits geöffnet. Die kleine Strand-Bäckerei, der Imbiss hinter dem Rettungsturm, das italienische Eiscafé, in dem sie sich nach der Arbeit oft einen Banana-Split bestellte.

Plötzlich hielt sie inne. Das alte Strandlokal. Die Galerie ihrer Mutter. Sie ließ die Flasche sinken. Wie gelähmt starrte Lena auf die dunkel verhängten Scheiben. Sie schluckte hart, ihre Augen füllten sich mit Tränen. Warum hatte ihre Mutter nicht einfach geschwiegen? Hatte sie wirklich nicht geahnt, was sie mit ihren Worten anrichten würde? Die Wahrheit war doch viel zu abscheulich, um sie auszusprechen. Aber Dana hatte schon immer ihren Spaß daran gehabt, die Menschen, die ihr nahestanden, zu demütigen, sie bis aufs Blut zu quälen. Nie hatte sie auch nur für einen Moment in Betracht gezogen, welchen Schmerz sie ihnen damit zufügen würde. Und jetzt hatte sie mit ihrem Leben dafür bezahlt.

Lena kniff die Augen zusammen, um die Tränen wegzudrücken. Sie wollte nicht weinen. Um ihre tote Mutter trauern. Dana hatte sie zu sehr verletzt. Noch immer hämmerten die hässlichen Worte förmlich auf ihren Kopf ein. *Schau dich doch an, Lena! Wozu hast du es denn gebracht? Stehst dir in Lapitz' Erdbeerbutze die Beine in den Bauch! Wenn nicht ich dein Leben in die Hand nehme und Gerechtigkeit für dich erstreite, tut es niemand.*

Was hatte Dana ihr eigentlich vorwerfen wollen? Faulheit? Dummheit? Dass sie die Schule geschmissen hatte und mit sechzehn ohne Abschluss dastand, war schließlich nicht ihre Schuld. Dana hatte doch vor fünf Monaten Hals über Kopf alle Brücken in Berlin abgebrochen und sie in dieses Kaff an der Ostsee geschleppt! Diese fixe Idee mit der Kunstgalerie hatte sie ihr nicht eine Sekunde abgekauft. Sie kannte ihre Mutter. Was sie hier gesucht hatte, war mehr als die Verwirklichung eines angeblich lang gehegten Traumes. Lena war nicht dumm. Ihre Mutter konnte ihr nichts vormachen.

Schnell wischte sie sich mit dem Handrücken die Tränen aus dem Gesicht. Max durfte sie so nicht sehen. Nicht heute. Dafür stand zu viel auf dem Spiel. Seit Lena im Juni den Job beim Erdbeerbaron ergattert hatte, waren sie sich jeden Morgen an ihrem Verkaufsstand an der Seebrücke begegnet. Zuerst war sie nicht sicher gewesen, ob hinter seinem Lächeln nur pure Höflichkeit steckte. Oder Schüchternheit. Doch vor ein paar Wochen, nachdem er die Kisten mit den taufrischen Erdbeeren an ihrem Stand abgeladen hatte, hatte er sich zu ihr auf die Stufen der Seebrücke gesetzt und schweigend einen Joint geraucht. Seitdem trafen sie sich jeden Abend. Nur seine Anwesenheit machte diesen verhassten Ort für sie erträglich.

Aber in wenigen Tagen war die Erdbeersaison endgültig vorüber, und Max ging wieder mit seiner Band auf Tour. Was sollte dann werden? Aus ihr? In diesem Ort? Lena konnte nicht in Niederwiek bleiben. Niemals. Auf kurz oder lang würde sie bei ihrem Vater wohnen müssen. So viel stand fest. Wer sonst sollte nach Danas Tod die Verantwortung für sie übernehmen? Jetzt gab es nur noch ihn. Aber wie sollte sie mit ihrem Wissen in seinem Haus leben? Der Gedanke daran jagte ihr einen eiskalten Schauer über den Rücken. Nicht eine Minute würde sie es dort aushalten. Für sie gab es nur eine Möglichkeit, diesem Alptraum zu entrinnen: Max musste sie mitnehmen. Und heute würde sie ihn darum bitten.

Dana hätte getobt, wenn sie dahintergekommen wäre. Doch jetzt lagen die Dinge nun einmal anders. Ihre Mutter war tot, und sie konnte ganz allein über ihr Leben bestimmen.

3

Knirschend bremste der weiße Land Rover auf dem hellen Kies und blieb im tiefen Schatten einer Sommerlinde stehen. Christoph von Roden zog die Handbremse an, legte die Sonnenbrille auf das warme Leder des Beifahrersitzes und streckte eilig seine Hand nach dem Türgriff aus. Doch der ohrenbetäubende Lärm einer Schleifmaschine, der durch das offene Seitenfenster drang, ließ ihn in seiner Bewegung innehalten. Er wandte den Kopf und schaute durch die Frontscheibe auf die weiße schmucklose Fassade des Gutshauses. Der Anblick der splitternden Farbe auf den Fensterrahmen war ihm seit Jahren vertraut. Sogar der breite Riss entlang des Fallrohres und die dunklen Löcher unter den Brüstungen im Erdgeschoss klafften schon immer dort. Und doch verspürte Christoph ein dumpfes Ziehen in seinem Magen.

Ende der neunziger Jahre hatte seine Großmutter Leonore die gräflichen Besitztümer, die die Familie von Roden nach Kriegsende an der mecklenburgischen Ostseeküste zurücklassen musste, wiedererlangt. Mit leidenschaftlicher Hingabe hatte sie sich in ihr neues Abenteuer gestürzt und die Sanierung des Gutshauses zur Lebensaufgabe erklärt. Ihre Bitte, Christoph möge sich als Geschäftsführer um das dazugehörige landwirtschaftliche Gut kümmern, hatte er ihr einfach nicht abschlagen können. Heute, mit siebenunddreißig, wäre er sicher klüger gewesen. Jung und unerfahren war er seiner Großmutter nach Niederwiek gefolgt. Doch schnell hatte er gemerkt, dass ihn diese Aufgabe komplett überforderte, und angefangen, die Geschäfte schleifen zu lassen. Sein Leben lag damals noch vor ihm, und er hatte ganz andere Interessen verfolgt.

Die Renovierungsarbeiten am Haus hatten Leonores gesamtes Vermögen verschlungen. Bereits kurze Zeit nachdem sie sich hier niedergelassen hatten, war das Bankkonto seiner Großmutter leer, und das Gut schrieb tiefrote Zahlen. Geld, das für die laufenden Unterhaltungskosten des Herrenhauses fehlte. Vermutlich wäre alles anders gekommen, hätte Christoph sich intensiver um seine Pflichten als Geschäftsführer gekümmert. Aber er war zu sehr mit sich selbst beschäftigt gewesen, hatte nicht einmal gemerkt, wie der Feind seine gierigen Finger nach dem Gut ausgestreckt hatte. Irgendwann war der letzte Acker weg. Für einen Spottpreis verkauft. Das Gutshaus verfiel, noch bevor es überhaupt in neuem Glanz erstrahlen konnte. Leonore hatte ihm verziehen. Doch er selbst konnte sich das niemals verzeihen.

Von Rodens suchender Blick schweifte über die Freitreppe hinauf ins Obergeschoss. Die hohen, schmalen Fensterflügel klappten bis zum Anschlag nach außen. Aus dem Inneren des Gebäudes wirbelte dichter grauer Staub ins Freie, den offensichtlich die lärmende Maschine verursachte. Sie ließ also keine Zeit verstreichen! Leonore lag nicht einmal drei Wochen unter der Erde, dachte er verbittert, und Martina riss sich bereits ihre Räume unter den Nagel. Reichte es seiner Frau nicht, ihre Schränke und Schubladen nach Wertsachen zu durchwühlen? Musste sie auch im ganzen Haus jede noch so winzige Erinnerung an seine Großmutter auslöschen?

Während die Schleifmaschine urplötzlich verstummte, nur um im nächsten Moment noch kraftvoller aufzuheulen, kam von Roden das Mittagessen letzten Sonntag bei seinem Schwiegervater in den Sinn. Jürgen Lapitz hatte einen Schreiner erwähnt, der die Holzböden im Obergeschoss aufpolieren sollte. Doch da der alte Patriarch ihn nie für irgendetwas um seine Zustimmung bat, hatte er nur mit halbem Ohr hingehört. Schließlich hatte er genug eigene Probleme. Aber wenn Lapitz' einzige Tochter sich etwas in den Kopf setzte, scheute der Alte keine Mühen, um ihr diesen Wunsch zu erfüllen. Vor einigen Jahren das »Hof-Café« mit Biergarten, vergangenen Sommer das »Dünenresort« hinter dem Kiefernwald und nun das Gutshaus. Leonores Gutshaus.

Zeit ihres Lebens hatte Leonore versucht, ihre Abneigung gegenüber der Familie Lapitz vor Christoph zu verbergen. Doch er spürte damals sehr wohl, dass seine Großmutter Martinas Anwesenheit im Gutshaus nur aus Liebe zu ihm erduldete. Niemals hatte sie ein Wort darüber verloren. Kurz nach ihrer Hochzeit waren sie in die unteren Räume eingezogen. Martina hatte es so bestimmt. Wie alles in ihrer fünfzehnjährigen Ehe.

Während er die Launen und die Nähe seiner Frau mit Affären und Alkohol betäubte, hatte Leonore sie stets mit kleinen Gehässigkeiten bestraft. Warum er sich nicht schon vor Jahren von Martina hatte scheiden lassen, konnte Christoph nicht sagen. Außer Mitleid hatte er nie etwas für sie empfunden, und seine Pflicht war längst erfüllt. Doch wenn er ehrlich mit sich war, wusste er den wahren Grund: Das sorglose, bequeme Leben, das ihm das Geld seines Schwiegervaters bot, hatte ihn stets davon abgehalten, auf eine Trennung zu drängen. Jürgen Lapitz hatte mit seinem Erdbeerhof Millionen angehäuft. Und Geld hatte Christoph schon immer beruhigt.

Sein Handy piepte. Mit einem ruhelosen Blick überflog von Roden die Nachricht. Das erregende Kribbeln, das er beim Lesen zwischen seinen Beinen verspürte, riss ihn aus seiner trübsinnigen Grübelei. Schnell kletterte er aus dem Wagen und hastete im gleißenden Sonnenlicht über die gekieste Auffahrt die Treppenstufen hinauf.

In der hallenartigen Diele umfing ihn eine schattige Kühle. Kurz kniff von Roden die Augen zusammen, um sich an die plötzliche Dunkelheit zu gewöhnen. Auf dem weißen, schwarz geaderten Marmorboden stapelten sich ein Dutzend Kisten mit angeschlagenem Porzellan, feuchten Büchern und muffiger Kleidung. Das Tempo, das Martina vorlegte, überraschte ihn nicht. Endlich konnte sie die verhasste Gräfin aus dem Gutshaus verbannen. Und aus ihrem Leben. Nicht ein einziges Mal, seit sie dort wohnten, hatte seine Frau das Obergeschoss betreten. Selbst an Leonores neunzigstem Geburtstag im letzten Februar war sie den Feierlichkeiten ferngeblieben.

Von Trauer erfüllt strich Christoph mit den Fingern über den Inhalt in den offenen Kartons. Vergilbte Fotoalben, unzählige Briefe, prachtvolle Bildbände verschiedener Kunstepochen. Leonore war der Kunst immer tief verbunden gewesen, hatte ihr ein ganzes Leben gewidmet. Nach der Flucht aus Mecklenburg hatte sie sich am Rhein als Kunsthändlerin durchgeschlagen. War ihre Bildung doch das Einzige, was ihr zum Überleben geblieben war.

Von Roden klemmte sich einen der Kartons unter den Arm

und verschwand in der anliegenden Küche. Mit der freien Hand öffnete er den Kühlschrank, schraubte mit geschickten Bewegungen den Deckel einer Flasche Mineralwasser ab und ließ die eiskalte Flüssigkeit seine ausgetrocknete Kehle hinunterlaufen. Seit Wochen drückte die Sonne gnadenlos auf Mecklenburgs Küste nieder. Doch ihm machte das heiße Wetter nichts aus. Im Gegenteil, bei diesen Temperaturen lief er zur Hochform auf. Der Quickie im Lieferwagen mit der Sekretärin seines Schwiegervaters war nur der Vorgeschmack gewesen auf das, was ihn gleich erwartete. Mit ihr. Bei dem Gedanken an ihre pralle, feuchte Haut stellten sich seine Nackenhaare auf.

Der kurze Blick auf die Küchenuhr signalisierte von Roden, dass er sich mit dem Duschen beeilen musste. Viel Zeit würde ihnen nicht bleiben. Schnell streifte er die Gummistiefel von den Füßen, stellte die Flasche zurück in den Kühlschrank und schob die Kiste demonstrativ auf die Anrichte. Sollte Martina ruhig bemerken, was er von ihrer Säuberungsaktion hielt. Doch die aufgeschlagene Tageszeitung holte ihn jäh in die Wirklichkeit zurück.

Ein quadratischer schwarzer Rahmen mit einem schlichten Kreuz. In schmalen Buchstaben Danas Name. Ihr plötzlicher Tod war für ihn noch immer unbegreiflich. Nicht das *Warum*. Tief drinnen spürte Christoph, dass sie für ihren und auch seinen fürchterlichen Fehler hatte bezahlen müssen. Was ihn aber vor allem quälte, war der Gedanke, sie niemals wiederzusehen. In den ganzen Jahren hatte sie nichts auseinanderbringen können. Nicht seine Ehe, nicht ihr Umzug nach Berlin, nicht einmal die erdrückende Schuld, die sie beide auf sich geladen hatten.

Warum war sie zurückgekehrt? Sie hätte es besser wissen müssen. *Er* hätte es besser wissen müssen.

Von Roden wurde übel. Er schluckte krampfhaft. Aber das Bild ihres zerschundenen, steifen Körpers ließ sich nicht abschütteln. In einem Schwall erbrach er sich auf das raschelnde Zeitungspapier.

4

»Um ein Haar hätte ich dich nicht wiedererkannt.« Kauend deutete Mulsow mit der Kuchengabel auf Richards Gesicht. »Aber wenn's die Frauen glücklich macht.«

Den dichten Bart hatte der Professor sich vor einigen Wochen stehen lassen. Allerdings nicht, um die anziehende Wirkung auf das weibliche Geschlecht auszutesten, vielmehr war sein neues Aussehen der Bequemlichkeit geschuldet. Richard versuchte einfach, Zeit zu sparen.

»Glaub mir, der quengelnde Freund in meinem Ohr ist Aufregung genug«, versicherte er.

»Böse Sache, so 'n Hörsturz«, brummte Mulsow und versenkte seine Gabel in die sahnigen Schichten der Erdbeertorte vor sich. »Ein Kollege von mir ist das Gepiepe nie wieder losgeworden.«

»Vielen Dank, Bert. Genau die Art Zuversicht, die ich jetzt brauche.«

Der Polizist quittierte es mit einem betretenen Grinsen. »Wird schon.«

Richard hob die kühle Apfelsaftschorle an seine Lippen und spähte über den Rand des Glases auf das Treiben im »Hof-Café Lapitz«, in dem er sich mit Mulsow verabredet hatte. Unter den grünen Sonnenschirmen waren alle Tische bis auf den letzten Stuhl besetzt. Flink drängten sich die Kellnerinnen zwischen Strandtaschen, Bollerwagen und dösenden Vierbeinern hindurch. Unerträglich prallte die Sonne von einem wolkenlosen Himmel. Nur den kreischenden Kindern, die ausgelassen um die Tische Fangen spielten, schien die drückende Hitze nichts auszumachen. Richard war dankbar, dass der Platz unter der Markise, die an der roten Holzfassade des »Hof-Cafés« angebracht war, ausreichend Schatten bot. Die fünfstündige Autofahrt von Münster nach Niederwiek hatte ihn trotz Klimaanlage völlig erschlagen.

»Danke, dass du mir die Unterkunft besorgt hast«, wechselte

er das Thema. »Bei diesem Wetter hätte ich unter Garantie nichts mehr bekommen.«

»Ist kein Ding. Bleib, so lange du willst«, winkte Mulsow nachlässig ab. »Das Ferienhaus gehört André Jahnke. Er betreibt das ›Strandhotel‹ direkt an der Promenade. Es ist das Elternhaus seiner verstorbenen Frau. Aber nach ihrem plötzlichen Tod konnte er sich nie wirklich davon trennen und vermietet es nun gelegentlich an gute Freunde.« Vielsagend hob er die Augenbrauen. »Wir haben zusammen die Schulbank gedrückt.«

Der Polizist gabelte ein weiteres Stück von seiner Erdbeertorte auf und steckte es genüsslich in den Mund. Obwohl feine Schweißtropfen auf seiner hohen Stirn perlten und sich unter den Achseln seines kurzärmligen blauen Uniformhemdes deutliche Spuren abzeichneten, schien die Wärme ihm den Appetit nicht zu nehmen. »Und quasi bist du ja nur wegen mir hier«, presste er zwischen den Krümeln hervor.

Gedankenverloren trommelte Richard mit den Fingern an sein Glas. Die ganze Fahrt lang hatte er über eine Verbindung zu Dana Wolff gegrübelt. Doch ohne Erfolg. Er kannte keine Dana. Zumindest nicht so vertraut, wie es die Nachricht auf der Visitenkarte vermuten ließ.

»Hast du ein Foto von der Frau?«, fragte er. Vielleicht kam die Erinnerung, wenn er ihr Gesicht sah.

Mulsow legte die Kuchengabel neben den Teller und öffnete bedächtig die braune Klemmmappe, die er mit in das Café gebracht hatte. Mit ernster Miene schob er ein Bild über die hölzerne Tischplatte. »Das ist sie.«

Richard schluckte erleichtert. Zum einen hatte er befürchtet, dass der Polizist ihm eines dieser verstörenden Schwarz-Weiß-Fotos der Leiche präsentieren würde. Doch die Farbaufnahme zeigte eine schlanke, attraktive Brünette, die lachend an der Motorhaube eines Wagens lehnte. Zum anderen hatte er Dana Wolff noch nie gesehen.

»Ich kenne sie nicht.« Richard schüttelte den Kopf und lehnte sich auf seinem Stuhl zurück.

»Bist du sicher?« Wieder wühlte Mulsow in seiner Mappe und zog die Visitenkarte hervor. Ungläubig nahm Richard die abgegriffene Pappe in die Hand. Der Adresse nach, die links unten aufgedruckt stand, musste sie mindestens fünf Jahre alt sein, denn zu dieser Zeit war er dort ausgezogen. Richard drehte die Karte um. Tatsächlich prangte dort seine unförmige Handschrift. Doch war die Nachricht ganz sicher nicht für die Frau auf Mulsows Foto bestimmt gewesen. Nur: Für wen dann?

»Es tut mir leid, Bert. Ich bin der Frau auf dem Foto nie begegnet. Ich habe keine Ahnung, wie sie in den Besitz dieser Visitenkarte gekommen ist.«

Mulsow nickte nachdenklich und schob das Bild und die Karte in die Mappe zurück. »Sie muss etwas von dir gewollt haben. Ohne Grund steckte die Karte nicht zwischen den Seiten ihres Terminkalenders.«

Plötzlich glitten die Augen des Polizisten angespannt zum Parkplatz hinüber. Er musste dort jemanden erkannt haben. Richard drehte sich um und folgte seinem abwartenden Blick. Im hellen Sonnenlicht steuerte eine groß gewachsene Frau Mitte dreißig zielstrebig auf ihren Tisch zu. Riesige Sonnenbrille. Üppiger Goldschmuck. Grelles Make-up. Es war einfach von allem zu viel. Das olivgrüne Seidentop und die weiße Leinenhose waren unverkennbar die Marke eines teuren Edeldesigners.

Als die Frau die Terrasse erreichte, riss sie hektisch die Sonnenbrille hinunter und strich sich mit der Hand durch das kurze mahagonigefärbte Haar. In voller Größe baute sie sich vor ihrem Tisch auf.

»Was wollen Sie denn noch?«, blaffte sie Mulsow zur Begrüßung an. »Wir hatten doch bereits alle Fragen miteinander geklärt.«

Dieser erhob sich gelassen und reichte der Frau über den Tisch hinweg die Hand. »Guten Tag, Frau von Roden.« Er musste zu ihr aufblicken. »Ich bin nicht dienstlich hier. Allein der gute Ruf Ihres Cafés treibt mich heute zu Ihnen.«

Das Kompliment entlockte ihr kein Lächeln. Abfällig musterte sie ihn von oben bis unten. »Feierabend? Ich dachte, die Polizei arbeitet auf Hochtouren, um den Mörder meiner Freundin zu fassen.«

Mulsow überging ihren unverhohlenen Vorwurf und deutete

auf den Stuhl links neben sich. »Darf ich Ihnen Professor Gruben vorstellen? Er ist Kunsthistoriker und wird uns bei den Untersuchungen in Frau Wolffs Galerie zur Seite stehen.«

Richard stand auf. Ihre Größe hatte ihn nicht getäuscht. Mit seinen ein Meter fünfundachtzig konnte er der Frau beinahe direkt in die Augen sehen. Verwundert wanderten diese zwischen den beiden Männern hin und her, während sie seine Hand schüttelte.

»Ein Kunstprofessor für Danas Galerie? Ich verstehe nicht, in welchem Zusammenhang das mit dem Mord stehen soll.« Sie schien sichtlich irritiert.

»Wir ermitteln in alle Richtungen. Es ist nicht auszuschließen, dass der Täter aus dem näheren Umfeld von Frau Wolff stammt.«

Mulsows Worte rissen sie aus ihrer kurzzeitigen Lethargie. »Pah! Niemand, den Dana kannte, wäre zu so einer abscheulichen Tat fähig«, stieß die Frau wütend hervor. »Diese Bestie läuft noch immer frei herum. Und die Polizei hat nichts Besseres zu tun, als Danas Privatleben umzukrempeln?«

Richard stellte fest, dass die Gespräche an den umliegenden Nachbartischen verstummten und die ersten Gäste neugierig zu ihnen herüberblickten.

»Ich verstehe Ihren Unmut, Frau von Roden«, versuchte Mulsow die Frau mit gesenkter Stimme zu beruhigen. »Leider darf ich Ihnen aus ermittlungstechnischen Gründen keine nähere Auskunft zu den Umständen geben, warum wir eine Beziehungstat nicht ausschließen können.«

»Verschonen Sie mich mit Ihren abgedroschenen Floskeln!«, spie sie aus. »Fangen Sie an, die richtigen Schlüsse zu ziehen. Ein Vergewaltiger und Frauenmörder treibt hier sein Unwesen! Haben Sie überhaupt eine Vorstellung davon, welche katastrophalen Ausmaße es für uns Geschäftsleute hat, wenn es noch einen Mord gibt? Sie sollten endlich eine groß angelegte Suchaktion durchführen.«

»Wie wir unsere Arbeit machen, überlassen Sie bitte uns, Frau von Roden.«

Richard rechnete erneut mit einem empörten Aufbrausen der Frau. Doch sie nickte nur hastig, zischte ein kurzes »Ich verstehe!« hervor und preschte grußlos davon. Als sie im »Hof-Café« verschwunden war, setzten die beiden Männer sich wieder auf ihre Plätze.

»Martina von Roden.« Mulsow deutete mit dem Kinn hinter der Frau her. »Sie und die Tote waren Freundinnen. Noch aus der Schulzeit. Ihr Vater, Jürgen Lapitz, ist der Erdbeerbaron von Niederwiek. Man munkelt, ihm gehöre der halbe Ort. Vor gut dreizehn Jahren hat er die Ackerflächen des gräflichen Guts übernommen und sich damit ein kleines Erdbeerimperium aufgebaut. Mittlerweile beliefert er die ganze Ostseeküste mit seinem roten Gold.«

Nachdenklich fuhr Richard sich mit seiner Hand über den schwarzen Bart. »Der Tod der Freundin scheint der Frau sehr nahezugehen.«

»Und ich kann ihren Zorn durchaus nachvollziehen«, erwiderte der Polizist betreten. »Der Mörder von Dana Wolff ist mit ungeheurer Brutalität vorgegangen.«

»Wie genau ist sie eigentlich ums Leben gekommen?«

»Dana Wolff wurde vergewaltigt und einige Stunden später mit mehreren Messerstichen getötet«, erklärte Mulsow bereitwillig. »Der Täter muss mit einem abgrundtiefen Hass auf sie eingestochen haben. Ihr Körper war mit zahlreichen Stichwunden übersät.«

»Sie wurde im Wald überfallen?« Richard erinnerte sich, dass der Polizist in ihrem Telefongespräch erwähnt hatte, man habe die Leiche der Frau am Rande eines Waldstücks aufgefunden. Was es für eine Urlaubsregion wie die mecklenburgische Ostseeküste bedeutete, dass ein Sexualstraftäter frei herumlief, hatte Martina von Roden eben mehr als deutlich gemacht.

»Nein.« Mulsow schüttelte entschieden den Kopf. »Wir können eindeutig ausschließen, dass der Fundort ihrer Leiche auch der Tatort ist. Sie lag nackt im Wald. Keine Kleidungsstücke. Keine Handtasche. Der Täter muss sie nach dem Mord mit einem Fahrzeug auf dem asphaltierten Wirtschaftsweg transportiert und sich dann am Waldrand ihrer entledigt haben«, fuhr der Polizist fort. »Wir haben kaum brauchbare Spuren gefunden. Auch das von der Forensik sichergestellte Sperma passt auf niemanden in unserer Datei. Bisher haben wir nur zwei Anhaltspunkte: dass der Täter Rechtshänder ist und es gezielt auf Dana Wolff abgesehen hatte. Sie war kein zufälliges Opfer, dem er irgendwo aufgelauert hat.«

»Was macht euch da so sicher?«

»In ihrem Blut konnte man noch Reste von K.o.-Tropfen nachweisen. Irgendwann in der Mordnacht muss er ihr das Zeug unbemerkt verabreicht haben.«

»Er kann sie zufällig ausgewählt haben ... in einer Kneipe oder beim Kaffeeholen an der Tankstelle«, mutmaßte Richard.

Erneut schüttelte Mulsow den Kopf. »Laut Aussage ihrer sechzehnjährigen Tochter war Dana Wolff gegen dreiundzwanzig Uhr zu Hause. Sie hatte einen Migräneanfall und nicht die Absicht, noch einmal auszugehen. Vermutlich hat sie ihren Mörder ahnungslos in die Wohnung gelassen. Es gab keine Anzeichen für einen Kampf oder Einbruch.«

»Die Tochter hat auswärts übernachtet?«

»Sie hatten wohl einen heftigen Streit miteinander. Das Mädchen ist abgehauen und mit dem Fahrrad zur Seebrücke hinunter. Als sie gegen zwei Uhr in der Nacht zurückgekommen ist, war ihre Mutter verschwunden.«

Die Frau könnte die Wohnung trotzdem noch verlassen haben, überlegte Richard. Vielleicht, um nach ihrer Tochter zu suchen. Viele der örtlichen Lokale öffneten in den Sommermonaten bis weit nach Mitternacht. Dana Wolff könnte ihrem Mörder dort begegnet sein.

»Ich werde das dumpfe Gefühl nicht los, dass unser Mordopfer in irgendetwas verwickelt war«, riss Mulsow ihn aus seinen Gedanken. »Dieses Strandlokal, in dem sie ihre Galerie eröffnen wollte ... ich wette, da ist was faul. In den Papieren herrscht ein heilloses Durcheinander, und die Eigentumsverhältnisse einiger Werke sind völlig unklar. Auch wenn dieser arrogante Kunstheini mir weismachen will, die Ausstellungsstücke wären nichts wert.«

Wütend drehte der Beamte den Kopf zu den voll besetzten Tischen hinüber. Er schien unzufrieden. Doch war ihm das zu verdenken?, dachte Richard. Mitten in der Hochsaison lief ein Frauenmörder frei herum, und die Polizei tappte mit ihren Ermittlungen völlig im Dunkeln. Hoffentlich verrannte Mulsow sich nicht in seine Annahme, dass Dana Wolffs Tod mit ihrer geplanten Galerie in Zusammenhang stand. Ein brutaler Sexualmord passte einfach nicht zu einem Verbrechen im Kunstmilieu. Aber Richard hatte dem Freund versprochen, sich der Sache anzunehmen. Darum war er schließlich an die Ostsee gereist.

»Ich schlage vor, wir schauen uns gleich morgen in dem Strandlokal um. Vielleicht hat der Kollege ja wirklich etwas übersehen«, versuchte er, den wachsenden Unmut des Polizisten zu besänftigen.

5

Lautlos stieß Richard den Fensterflügel nach außen und atmete die frische, salzige Nachtluft ein. Über den schmalen, windschiefen Kiefern, die vor dem Ferienhaus hoch aufragten, konnte er einen sternenklaren Himmel ausmachen. Eine erholsame, beinahe friedvolle Stille hatte sich über den Ferienort gelegt. Von der lärmenden Betriebsamkeit der vielen Urlauber, die sich tagsüber in den verwinkelten Straßen tummelten, war um diese Zeit nichts mehr zu spüren.

Richard wickelte das nasse Badetuch von den Hüften und schlüpfte in seine Boxershorts. Langsam ließ er sich auf dem Bett nieder und berührte das Touchpad seines Laptops. Der Bildschirmschoner verschwand, und die Online-Ausgabe des »Mecklenburger Anzeigers« erhellte das Zimmer. Nachdem er von dem Treffen mit Mulsow in sein Ferienquartier zurückgekehrt war, hatte er im Internet nach Nachrichten über den Mord im Niederwieker Wald gesucht. Doch bereits nach wenigen Minuten war er müde in die Kissen gesunken und in einen tiefen, traumlosen Schlaf gefallen. Erst als die Abenddämmerung hinter dem Fenster eingesetzt hatte, war Richard aufgewacht. Den geplanten Einkauf im Supermarkt musste er notgedrungen auf den nächsten Tag verschieben.

Der Professor fuhr den Laptop hinunter und klappte den Deckel zu. Nach wie vor spürte er eine gewisse Erleichterung, dass er Dana Wolff nicht gekannt hatte. Seit Mulsows überraschendem Anruf nagte diese unterschwellige Angst an ihm, er könnte etwas übersehen haben. Eine längst vergessene Kollegin oder eine attraktive Auftraggeberin. Aber der Blick auf das Foto brachte endlich Gewissheit. Es gab keine persönlichen Berührungspunkte zwischen ihnen, da war er sich sicher. Nur die Visitenkarte ließ ihn nicht los. Sie war das Verbindungsstück. Wo hatte Dana Wolff sie her? Und was hatte die Frau von ihm gewollt? Von wem auch immer sie die Karte hatte – diese Person musste wissen, warum sie Kontakt mit ihm aufnehmen wollte.

Denn an einen Zufall glaubte er mittlerweile ebenso wenig wie Mulsow.

Welchen Schmerz ihre Familie durchlitt, vermochte Richard sich nicht vorzustellen. Die quälenden Fragen nach dem *Warum*. Der stumme, unausgesprochene Vorwurf, ob sie ihren Tod hätten verhindern können, wenn einer von ihnen früher nach Hause gekommen oder einfach geblieben wäre. Erst jetzt fiel Richard auf, dass Mulsow nur von einer Tochter gesprochen hatte. Dana Wolff schien nicht verheiratet gewesen zu sein. Er nahm sich vor, den Polizisten bei ihrem Treffen morgen Nachmittag in der Galerie danach zu fragen.

Richard erhob sich und tappte barfuß durch das dunkle Schlafzimmer nach nebenan. Auch in der Wohnküche brannte kein Licht. Nur das blasse Weiß des fast vollen Mondes fiel durch die Sprossenfenster und warf gitterförmige Schatten auf den Dielenboden.

Richard bewegte sich im Halbdunkel Richtung Küchenzeile. In dem alten reetgedeckten Haus war es angenehm kühl, denn das dicke Schilfrohr auf dem Dach sperrte die Hitze des Tages aus. Neben der Wohnküche, dem Schlafzimmer und einem Bad gab es im Erdgeschoss noch einen kleinen Abstellraum sowie eine winzige Speisekammer. Die schmale Holztreppe rechts der Eingangstür führte in zwei weitere Gästezimmer unter dem Dach. Weiß gekalkte Wände und gewachste Kiefernholzböden strahlten eine behagliche Gemütlichkeit aus.

Die Unterkunft hatte sich geradezu als echter Glückstreffer erwiesen. Vor allem das Grundstück war ein kleines Juwel. Am Ortsrand von Niederwiek, am Rande eines Kiefernwäldchens gelegen, boten die mannshohen Hecken dem einstigen Fischerhaus Schutz vor neugierigen Blicken. Mulsow hatte ihm erzählt, dass André Jahnke und seine Frau das heruntergekommene Haus vor etlichen Jahren liebevoll restauriert hatten. Doch kurz vor ihrem Einzug war Frau Jahnke bei einem Autounfall ums Leben gekommen. Für den Hotelier steckten zu viele schmerzhafte Erinnerungen darin, um dort allein zu leben. Nur gelegentlich vermietete André Jahnke es an gute Freunde. Mulsow zählte offenbar dazu.

Richard nahm ein Glas aus dem Hängeschrank, ließ eiskaltes Leitungswasser hineinlaufen und trank es in einem Zug leer. Durch das Fenster über der Spüle bemerkte er im spärlichen Schein der Straßenlaternen eine Radfahrerin, die den engen Sanddornweg heraufkam. Zügig trat sie in die Pedale ihres Mountainbikes. Das blonde, zu einem Pferdeschwanz gebundene Haar wippte auf ihrem Rücken. Auf Höhe von Jahnkes Haus bremste sie, stellte ihre schlanken, beinahe mageren Beine links und rechts neben dem Rahmen ab und zog ein Handy aus den Taschen ihrer Shorts.

Das blaue Licht des Displays erhellte ihr Gesicht. Sie war jung. Fünfzehn, vielleicht sechzehn. Doch die kindliche Unbekümmertheit war bereits verschwunden. Für ein paar Minuten verharrte sie in ihrer Haltung, scrollte mit den Fingern langsam über das Smartphone. Mit regloser Miene starrte sie auf den kleinen Bildschirm.

Plötzlich sprang auf dem Grundstück gegenüber ein Bewegungsmelder an. Zwischen den dichten Fliederbüschen tauchte eine ältere Frau am Gartentor auf. Ohne zu öffnen, stand sie abwartend dahinter. Sie musste dem Mädchen etwas zugerufen haben, denn abrupt steckte dieses das Handy in die Hosentasche zurück und lenkte das Rad auf das Haus zu. Das Tor klappte auf, und ihre blonden Haare verschwanden hinter den Büschen. Einige Sekunden lang blickte die Frau angespannt den Sanddornweg hinunter, in die Richtung, aus der das Mädchen gekommen war. Wartete sie noch auf jemanden? Dana Wolffs gewaltsamer Tod kam Richard in den Sinn. Ein Vergewaltiger und Mörder lief noch immer frei herum und versetzte den Ort in Angst und Schrecken. Er konnte der Frau nicht verdenken, dass sie Panik verspürte. Es war weit nach Mitternacht und das junge Mädchen allein unterwegs.

Richard wandte sich vom Fenster ab. Er fühlte eine bleierne Schwere. Die ermüdende Fahrt auf dem heißen, flirrenden Autobahnasphalt steckte ihm in den Knochen. Doch er wusste, er würde keine Ruhe finden. Das Pfeifen in seinem Ohr war zu schrill. Aber nicht nur sein Tinnitus brachte ihn um den Schlaf, zu viele Gedanken um sein zerrüttetes Verhältnis zu Charlotte kreisten in seinem Kopf. Dass er sie mit seiner egoistischen Entscheidung regelrecht überfahren hatte, war ihm bewusst. Er hatte versprochen, sich nach der Trennung gemeinsam mit ihr um Henrik zu kümmern. Und nun? Bereits bei der ersten Schwierigkeit gab er auf. *Du triffst die Entscheidungen, und ich muss damit leben*. Doch hatte nicht zuerst *sie* entschieden, nach Dortmund zu ziehen?

Für einen Augenblick überlegte er, Charlotte eine Nachricht zu schicken. Schließlich war er ohne ein Wort an die Ostsee gefahren. Auch wenn sie als Paar getrennte Wege gingen, sollte sie wissen, wo er steckte. Er war Henriks Vater. Nur, dass sein Sohn im Moment wenig davon zu spüren bekam. Klammheimlich hatte er sich aus Münster gestohlen, vor der Verantwortung gedrückt. Nein. Er würde Charlotte keinen weiteren Grund geben, sich in ihrem durchaus berechtigten Groll bestätigt zu fühlen.

Kraftlos durchquerte Richard die Wohnküche, schaltete das Deckenlicht ein und griff nach der Fernbedienung auf dem Couchtisch. Das Nachtprogramm würde ihn ablenken, wie so häufig in den letzten Wochen. Bevor er sich auf das Sofa fallen ließ, blickte er noch einmal zu dem Nachbargrundstück hinüber. Das Licht des Bewegungsmelders war inzwischen erloschen. Nur der Mond warf seinen hellen Schein auf das dunkle Haus.

6

Das Handy vibrierte stumm. Immer wieder. Lena lag zusammengekauert auf ihrem Bett, die Knie fest an den Oberkörper gepresst. Sie konnte kaum schlucken, und die verheulten Augen brannten höllisch. Ein paar Atemzüge lang versuchte sie, gegen die Schmerzen anzukämpfen. Aber es gelang ihr nicht. Mit zitternden Händen fuhr sie sich über die Lider und blinzelte angestrengt in das blaue Licht des Displays. Konnte Max sie nicht endlich in Ruhe lassen? Jetzt, wo sie wusste, woran sie bei ihm war. Sein Spielball für einen Sommer. Hübsch, leicht und billig. Was wollte er noch von ihr? Er würde sie nicht mitnehmen. Sie hatte das kapiert. Nur, hätte er es nicht einfach sagen können, musste er ihr das so deutlich zeigen? Genau wie ihre Mutter hatte Max sie verletzt. Nicht mit Worten. Aber mit dem, was er getan hatte.

Als Lena ihm am Morgen ihren Vorschlag unterbreitet hatte, war ihr nicht entgangen, wie perplex er war. Ungläubig hatte Max sie angeschaut. »Wie genau stellst du dir das denn vor? Ich habe nicht mal eine eigene Bude.«

»Aber du hast den Tourbus. Für die erste Zeit wird es schon gehen«, lautete ihre überzeugte Antwort.

»Und von welchem Geld wollen wir leben? Unsere Gagen reichen gerade mal, um den Bus für den nächsten Gig vollzutanken.«

»Das wird sich finden.« Lächelnd hatte sie ihm eine blonde Haarsträhne aus der Stirn gestrichen. Die Unschlüssigkeit in seinen blauen Augen war geblieben.

Aber Max hatte versprochen, darüber nachzudenken, und sich mit ihr zum Feierabend an der Bauwagensiedlung verabredet. Nachdem Lapitz' Vorarbeiter Gunnar Priebe endlich kurz vor sechs aufgetaucht war, um ihren Verkaufsstand abzubauen und ins Winterquartier zu bringen, hatte sie sich auf ihr Mountainbike gesetzt und war mit einem flauen Gefühl im Magen zum »Dünenresort« gefahren. Hinter dem mondänen, weitläufigen Ferienpark standen immer noch die Wohnwagen, in denen während der Bauzeit die Arbeiter untergebracht waren. Jetzt dienten sie Jürgen Lapitz als Unterkünfte für seine Erntehelfer. Lena hatte ihr Rad an einen schmalen Kiefernstamm gekettet und war durch die Siedlung gelaufen.

Nur kurz war sie bei Mila und Ewa stehen geblieben, um mit den polnischen Mädchen zu plaudern. Sie war ihnen häufig am Strand oder auf dem Erdbeerhof begegnet und hatte die beiden auf Anhieb gemocht. Vor allem Mila, die auf ein deutsch-polnisches Gymnasium gegangen war und nahezu perfekt Deutsch sprach. Zwischen ihr und dem zwei Jahre älteren Mädchen hatte sich fast so etwas wie eine echte Freundschaft entwickelt. Aber sie musste dringend zu Max und hatte keine Zeit. Dabei hätte ihr Milas besorgter, mitfühlender Blick doch sofort auffallen müssen. Aber sie war viel zu aufgewühlt gewesen, die Zeichen der Freundin richtig zu deuten. Erst als Lena um die Ecke seines Wohnwagens gebogen war, hatte sie begriffen, was die Freundin ihr hatte sagen wollen. Max hockte auf der Treppe und knutschte mit einer der dänischen Studentinnen. Das hatte sie sofort verstanden.

Wütend stieß sie das blinkende Handy von ihrem Bett. Sie brauchte Max nicht. Niemanden. Sie kam allein zurecht. Und sie kam auch allein von hier fort. Obwohl Erika in Ordnung war und nicht wie Dana ständig an ihr herumzumeckern hatte, war Lena klar, dass sie bei ihr nicht bleiben konnte. Kein Amt der Welt würde einer siebenundsiebzigjährigen, gebrechlichen Frau das Sorgerecht für ein minderjähriges Mädchen übertragen. Aber in das Haus ihres Vaters würde Lena niemals ziehen. Das hatte sie sich geschworen. Er war nicht besser als ihre Mutter. Kalt und gewissenlos.

Nein, bevor es dazu kommen konnte, würde sie sich vom Acker machen. Notfalls auch allein.

Schnell rollte sie sich über die linke Seite aus dem Bett und schlich im Mondlicht durch das niedrige Zimmer. Am Gaubenfenster blieb sie stehen. Das Wohnzimmer gegenüber war hell erleuchtet. Ein schwarzhaariger Mann mit dichtem Bart hockte auf dem Sofa und starrte auf den flackernden Bildschirm. Sie kannte ihn nicht. Er wirkte ein wenig verloren, als wäre er am falschen Ort. So wie sie. Lenas Blick hing für einige Sekunden gedankenlos auf André Jahnkes Haus, bis sie sich wieder daran erinnerte, was sie vorhatte.

Langsam zog sie die knarrende Schublade der Kiefernholzkommode auf. Ihre Hand tastete suchend unter das weiche Sweatshirt und holte die kleine graue Plastikbox hervor. Sie klappte sie auf und spürte beim Anblick des blanken, scharfen Stahls das Adrenalin durch ihre Venen rauschen. Zitternd setzte sie die Rasierklinge an ihren Unterarm. Sie fühlte keinen Schmerz, als das Blut hinunter auf den Boden tropfte. Alles, was Lena fühlte, war, wie diese quälende Leere mit jedem tieferen Schnitt aus ihrem Körper verschwand.

7

»Kann ich Ihnen weiterhelfen?«

Richard zuckte zusammen und drehte sich um. Vor der Einfahrt von André Jahnkes Ferienhaus entdeckte er die kleine, gedrungene Gestalt einer Frau. Schwerfällig trat sie aus dem Schatten der Ligusterhecke heraus und kam mit schleppendem Gang auf ihn zu. Jeder Schritt schien ihr Schmerzen zu bereiten. Er schätzte sie auf Ende siebzig, aber vielleicht täuschte das schlohweiße Haar über ihr wahres Alter hinweg. Ihre Augen lächelten freundlich, doch Richard spürte eine tiefe Traurigkeit darin. Er wusste, wer sie war. In der letzten Nacht hatte er die Frau durch Jahnkes Küchenfenster auf dem Nachbargrundstück beobachtet.

»Ja, vielleicht können Sie das tatsächlich.« Er lächelte zurück. Mit der rechten Hand tippte er auf den auseinandergefalteten Ortsplan, der ausgebreitet auf der Motorhaube seines Volvos lag. »Mir ist nicht ganz klar, wie ich auf dem kürzesten Weg zum Strand komme.«

»Mit dem Auto?« Ungläubig blickte sie zu ihm auf.

»Ja, das hatte ich vor.«

»Ich versichere Ihnen, junger Mann: Am Nachmittag werden Sie in Niederwiek weit und breit keinen freien Parkplatz finden. Gehen Sie lieber die paar Schritte bis zum Wasser. Es ist doch so ein herrliches Wetter.«

Wie zur Bestätigung kreischten ein paar Möwen über ihnen.

»Leider herrscht in meinem Kühlschrank gähnende Leere«, entgegnete Richard und deutete mit dem Kinn zum Ferienhaus hinüber. »Ich wollte auf dem Rückweg ein paar Einkäufe tätigen.«

»Ach ja, richtig, Sie sind gestern angereist!« Sie nickte, als wüsste sie um den Zustand seiner Lebensmittelvorräte, und fuhr im Plauderton fort: »Verzeihen Sie mir meine Neugier, aber André hat gar nicht erwähnt, dass er Besuch erwartet.«

»Ich bin nicht auf Einladung von Herrn Jahnke hier«, erklärte Richard bereitwillig. »Wir kennen uns überhaupt nicht.«

Auf ihrem faltigen Gesicht spiegelte sich Verblüffung. »Oh! Das passt überhaupt nicht zu André. Normalerweise vermietet er das Haus nur an enge Freunde.« Nachdenklich richtete sie den Blick auf das von der Sonne verblichene graue Schilfdach. Ihre trüben Augen blieben an der Fledermausgaube hängen. »Es sind zu viele traurige Erinnerungen damit verbunden.«

Plötzlich fühlte Richard sich wie ein Eindringling. Er hatte das unbestimmte Gefühl, sich erklären zu müssen.

»Herr Jahnke hat in meinem Fall eine Ausnahme gemacht«, beruhigte er die ältere Frau. »Wir haben einen gemeinsamen guten Bekannten. Bert Mulsow.«

Ruckartig straffte sie die krummen Schultern und drehte sich steif zu Richard um. »Der Polizist?«, fragte sie erstaunt. »Sind Sie etwa wegen Dana hier?«

»Bert Mulsow hat mich gebeten, die Herkunft einiger Gemälde in Frau Wolffs Galerie zu prüfen. Ich bin Professor für Kunstgeschichte.«

Nach wie vor starrte die Frau ihn an. Das, was er sagte, schien gar nicht zu ihr durchzudringen.

»Sie kannten die Tote?«, hakte er vorsichtig nach.

»Dana war mein Patenkind«, antwortete sie mit bebender Stimme. »Heute Morgen haben wir sie beerdigt.«

Erst jetzt bemerkte Richard, dass die Frau trotz der drückenden Hitze komplett in Schwarz gekleidet war. Mulsow hatte das Begräbnis angesprochen, doch nicht, dass Dana Wolffs Patentante in seiner unmittelbaren Nachbarschaft wohnte.

»Mein aufrichtiges Beileid«, sagte er leise.

»Danke.« Sie nickte bekümmert. »Wissen Sie, ich habe Dana von Kindesbeinen an aufwachsen sehen. Sie steckte immer so voller Leidenschaft und Energie. Ständig hatte sie neue Pläne. Und mit einem Schlag ist alles vorbei.«

Ihre grauen Augen glänzten feucht und glitten zu ihrem Haus gegenüber. »Das Mädchen tut mir leid. Lena, Danas Tochter. Ich habe sie erst einmal bei mir aufgenommen. In diesen schweren Stunden sollte das Kind nicht allein bleiben.« Sie zog ein Taschentuch mit Häkelrand aus ihrem Rockbund und schnäuzte leise hinein. »Nur weiß ich nicht, was jetzt werden soll. Eine

Weile kann sie noch bei mir wohnen. Aber dann? Das Mädchen ist sechzehn. Kein Schulabschluss, keine Ausbildung. Es muss sich jemand kümmern. Ich bin zu alt dafür.«

Richard erinnerte sich an das blonde Mädchen auf dem Fahrrad. Das also war Dana Wolffs Tochter.

»Was ist mit dem Vater?«, fragte er nach.

Sie machte eine wegwerfende Handbewegung. »Ich hoffe, dass sich eine andere Lösung für Lena finden wird. Glauben Sie mir, ohne ihn ist sie besser dran.«

Richard beließ es dabei. Es ging ihn nichts an. Die ältere Frau blickte noch immer gedankenverloren auf das Nachbargrundstück. »Wenn ich mir nur nicht ständig solche Sorgen um das Mädchen machen müsste. Seit der Beerdigung heute Morgen habe ich sie nicht mehr gesehen, vermutlich treibt sie sich schon wieder irgendwo herum.«

»Haben Sie Schwierigkeiten mit ihr?«

»Ach, ich will nicht klagen«, sagte sie matt und wandte ihm wieder das von tiefen Falten zerfurchte Gesicht zu. »Auch wenn Dana kaum ein gutes Haar an ihrer Tochter gelassen hat und sie es ihrer Mutter nie recht machen konnte: Lena ist ein liebes Ding. Doch im Moment tut sie einfach, was sie will. Sagt mir nicht, wohin sie geht oder wann sie wieder da ist. Oft warte ich bis weit nach Mitternacht, bis Lena heimkommt. Und das gerade jetzt, wo niemand weiß, ob dieser Kerl immer noch in Niederwiek herumlungert.«

»Es ist für das Mädchen sicher nicht leicht, den gewaltsamen Tod der eigenen Mutter zu verarbeiten. Jeder von uns reagiert anders auf solche tief greifenden Einschnitte im Leben«, versuchte er die Frau zu beruhigen.

Sie schüttelte nachdrücklich das weiße Haar. »Das allein ist es nicht. Ich spüre, dass sie mir etwas verschweigt. Doch ich komme nicht an sie heran.«

»Sie ist sechzehn und steckt mitten in der Pubertät«, sagte Richard. »Das Verhalten von Teenagern ist für uns erwachsene Individuen nicht durchschaubar.«

»Wahrscheinlich haben Sie recht. Ich bin mit diesen Sachen einfach nicht mehr vertraut.« Sie lächelte zaghaft und streckte die Hand vor. »Ich habe mich noch gar nicht vorgestellt. Erika Pohl. Ich wohne gleich gegenüber.«

»Richard Gruben.«

Mit einem kräftigen Druck, der ihn überraschte, schüttelte sie seine Hand. »Sie sagten, Sie wären Professor für Kunstgeschichte und auf Einladung der Polizei hier?«

»Richtig.«

»Bitte verzeihen Sie, dass ich Sie mit meinen Problemen behelligt habe, Professor Gruben. Sie haben sicher Wichtigeres zu tun, als mit einer alten Frau zu plaudern.«

»Machen Sie sich keine Gedanken. Alles, was auf mich wartet, sind lärmende Urlauber in einem überfüllten Supermarkt.« Dass er eigentlich auf dem Weg in die Galerie ihrer Patentochter war, verschwieg er.

Erika Pohl lächelte mild. »Besuchen Sie uns im Winter, Professor. Der eisige Wind der Ostsee bringt eine friedliche Einsamkeit hierher.«

Und manchmal bringt er beinahe den Tod, dachte Richard und fuhr sich mit der rechten Hand über den Hals.

8

Lena legte das abgezählte Kleingeld auf den Tresen und griff nach der Papiertüte, die ihr die Verkäuferin wie ein zerquetschtes Insekt zwischen Daumen und Zeigefinger entgegenhielt.

»Danke«, sagte sie laut.

Doch die Frau würdigte sie keines Blickes, während sie die Centstücke kommentarlos in die Kasse fallen ließ. Ihre ganze Aufmerksamkeit galt bereits dem nächsten Kunden. Ein grau melierter Herr in Kurzarmhemd und Bundfaltenhose, der mit seinen wulstigen Fingern die Scheibe der üppigen Kuchenauslage betatschte. Beleidigt drängelte Lena sich an der Schlange, die sich hinter dem Mann aufgestaut hatte, vorbei und eilte aus der stickigen Bäckerei.

»Dumme Kuh!«, schnaubte sie laut.

»Wer?« Mila, die draußen wartete, schaute Lena entgeistert an.

»Die Tussi im Laden. Nur, weil man ein einzelnes Brötchen verlangt, wird man gleich als asozial abgestempelt.«

Ein paar Gäste unter der überdachten Markise schauten von ihren Tischen auf. Abschätzig musterten sie das Mädchen im roten Tanktop und ausgefransten Shorts.

»Is was?« Mit schmalen Augen funkelte Lena eine Familie mit blond gelockten Zwillingen an, die sie unverblümt anstarrte.

»Komm.« Mila fasste schnell nach ihrer Hand und zog sie in den dichten Menschenstrom auf der Promenade hinein. Mühsam schoben sie sich im gleißenden Sonnenlicht bis zu einer freien Bank vor. Mila drückte sie hinunter und setzte sich dazu. Behutsam strich sie Lena eine blonde Haarsträhne hinter das Ohr und schaute sie mit leicht tadelndem Blick an. Aber sie sagte nichts, drückte einfach nur ihre Hand.

Und Lena war ihr dankbar dafür. Sie wollte nicht reden. Nicht über ihren Ausraster eben. Nicht über Max. Und auch nicht über ihre Mutter. Bei dem Gedanken an Dana fluteten wieder die bizarren Bilder der Beerdigung ihren Kopf. Ein scheinheiliger Haufen, um das Grab ihrer Mutter geschart. Keiner von denen hatte es gewagt, ihr in die Augen zu blicken. Allesamt hatten sie dagestanden und mit geheucheltem Schmerz auf den hellen Holzsarg gestarrt. Am liebsten hätte Lena sie angeschrien, ihnen ihre Verlogenheit ins Gesicht geschleudert. Doch sie hatte geschwiegen, die Lippen fest aufeinandergepresst. Denn auch sie hatte keine Trauer empfunden. Nur Gleichgültigkeit. Das gleiche Gefühl, das auch Dana für ihre einzige Tochter aufgebracht hatte.

Wütend riss Lena die Papiertüte auf und biss in das trockene Brötchen. Immer war es nur um Dana gegangen. Was sie wollte oder sie bedrückte, hatte ihre Mutter nie interessiert. Selbst die grellroten Narben auf ihren Unterarmen hatte sie lediglich mit einem verachtenden Kopfschütteln quittiert. Ihrer Mutter wäre es am liebsten gewesen, wenn sie sich in Luft aufgelöst hätte. Und genau das war Lena für sie gewesen: Luft. Ständig hatte Dana alles über ihren Kopf hinweg entschieden. Stets auf sich selbst fixiert.

Auch dieser Umzug nach Niederwiek war so ein egozentrischer Alleingang von ihr. Pausenlos hatten sie beide deshalb gestritten. Hätte sie ihre Tochter nicht ein einziges Mal nach ihren Wünschen fragen können? Nach ihren Vorstellungen vom Leben? Lena wollte niemals weg aus Berlin. Sie war glücklich in der Stadt. Sie konnte tanzen und ins Kino gehen oder sich mit einer Freundin zum Shoppen verabreden, wann immer ihr danach war.

»Warum kannst du nicht warten, bis ich in zwei Jahren mit der Schule fertig bin?«, hatte sie immer wieder gefragt.

»Weil genau jetzt der richtige Zeitpunkt für mich ist«, war die immer gleiche Antwort gewesen.

Lena hatte einfach nicht kapiert, warum sie für die Schnapsidee ihrer Mutter in der Provinz versauern sollte. Eine Kunstgalerie an der Ostsee! Wem wollte sie das verkaufen? Erika? Ihrem gewissenlosen Vater? Aber Lena hatte schnell begriffen. Begriffen, wonach sie tatsächlich gesucht hatte. Und was für ein niederträchtiger, böser Mensch ihre Mutter war.

Einzig Erika tat ihr leid. Ihre lautlosen Tränen heute Morgen auf dem Friedhof waren echt gewesen. Sie schien Dana wirklich zu vermissen. Lenas Gefühlskälte konnte sie nicht verstehen. Ständig löcherte sie sie mit Fragen. Wie sie sich fühle? Warum sie so schweigsam war? Was sie auf dem Herzen habe? Aber Lena schwieg. Eisern. Sie wollte die alte Frau nicht ihrer verklärten Illusionen über die Patentochter berauben. Sie hatte schon genug Kummer.

»Ich habe heute die Zusage für meinen Studienplatz bekommen«, riss Mila sie aus ihren düsteren Gedanken.

»Was willst du denn studieren? Und wo?«, wollte Lena wissen.

»Germanistik in Wien.«

Sofort verspürte sie einen Stich. Wien. Partys. Großstadtleben. Gestern Morgen hatte auch sie noch geglaubt, das alles bald wiederzuhaben. Gemeinsam mit Max. Und jetzt?

»Ich freue mich für dich«, erwiderte sie leise.

Mila strich ihr sanft über den Unterarm. Über ihre frischen Narben. »Und du? Wirst du die Schule fertig machen?«

Gleichgültig zuckte Lena mit den Schultern. Mila wusste nichts von ihren Plänen. Von ihrer Absicht, wegzugehen. »Keine Ahnung, jetzt, wo …«

»Wo deine Mutter tot ist?«

»Nein!« Lena schüttelte heftig den Kopf und warf das angebissene Brötchen auf die heißen Platten der Promenade. Sofort stürzten sich zwei Möwen kreischend darauf. »Jetzt, wo … ich nicht weiß, wo ich leben werde«, vollendete sie schließlich ihren Satz.

Vor der Beerdigung hatte Erika ihr ganz behutsam zu verstehen gegeben, dass sie morgen in die alte angemietete Wohnung müssten, um ihre Sachen vorsorglich in Umzugskisten zu verstauen. »Wer weiß, wie schnell du sie brauchen wirst, Lena«, hatte sie mit weinerlicher Stimme gesagt.

»Kannst du denn nicht bei der Patentante deiner Mutter bleiben?«, fragte Mila.

»Glaubst du wirklich, die vom Amt lassen ein sechzehnjähriges Mädchen bei einer alten, gebrechlichen Frau wohnen?« Lena schaute die Freundin traurig an. »Und eigentlich braucht Erika ja selbst jemanden, der sich um sie kümmert.«

»Was ist mit deinem Vater? Warum ziehst du nicht zu ihm?«

Der war doch schuld an allem, dachte Lena trotzig. Dass sie aus Niederwiek verschwinden musste und dass ihre Mutter tot auf dem Friedhof lag. Aber das konnte sie Mila nicht erklären. Genauso, wie sie es Erika nicht erklären konnte.

»Zu ihm gehe ich nicht. Niemals.«

Mila lächelte nachsichtig und setzte an, um etwas zu erwidern, doch im gleichen Moment erklang der Refrain von Revolverhelds »Spinner«. Der Klingelton von Lenas Handy. Sie zog es aus ihrer Hosentasche heraus und blickte auf das Display. Als sie seinen Namen las, drückte sie den Anruf weg.

»War das Max?«

Lena nickte stumm, ohne den Blick von ihrem Telefon zu nehmen.

»Sein Job auf dem Erdbeerhof geht in fünf Tagen zu Ende. Dann reist er ab, wie alle Erntehelfer«, sagte Mila und fügte leise hinzu: »Ich auch.«

Wieder ein stummes Nicken. Traurigkeit machte sich in Lena breit.

»Vielleicht gibst du ihm noch einmal die Chance, dir alles zu erklären.«

Lena riss den Kopf herum. »Was gibt es da zu erklären? Das konnte ja wohl jeder Blödmann verstehen.«

»Ich glaube, es tut ihm inzwischen furchtbar leid«, sagte Mila vorsichtig.

»Das sollte es auch.«

Lena lehnte sich zurück und beobachtete nachdenklich das Treiben auf der Promenade. Auch wenn sie es sich nur ungern eingestand: Max fehlte ihr. Sehr sogar. Sollte sie sich Milas Ratschlag zu Herzen nehmen und ihm eine Chance geben? Vielleicht hatte er ja wirklich ein schlechtes Gewissen. Warum sonst war er so hartnäckig? Fünf Tage, dachte sie, dann war Max für immer weg. Allein oder mit ihr zusammen.

»Guck mal.« Mila stieß ihr sacht in die Seite und reckte das Kinn zu dem verschlossenen Strandlokal hinüber. »Was sucht der schon wieder da?«

Lena schaute auf. Vor der Galerie ihrer Mutter stand der dicke Polizist, der vor einer Woche an Lenas Erdbeerstand zusammen mit diesem Mann von der Kripo und der Nachricht vom Tod ihrer Mutter aufgetaucht war. Nur war er nicht allein. Ein schwarzhaariger bärtiger Mann in dunkler Jeans und aufgekrempelten Hemdsärmeln lehnte an der blau gestrichenen Holzfassade, während der Dicke die Tür aufsperrte. Sie brauchte ein paar Sekunden, bis sie wusste, wo sie ihn schon einmal gesehen hatte. Gestern Nacht, drüben in André Jahnkes Haus. Lena runzelte nachdenklich die Stirn. Was hatte der denn in Danas Galerie verloren?

9

»Ich muss dich leider enttäuschen, Bert«, verkündete Richard. »An dem Urteil meines Kollegen gibt es nichts zu rütteln. Diese Bilder sind von keinem großen materiellen Wert.«

Die beiden Männer standen in einem stickigen, fensterlosen Raum, den Dana Wolff als eine Art Büro umfunktioniert hatte. Auf einem ausgehängten Türblatt, das auf zwei Holzklappböcke montiert war, lagen Aktenordner, Druckerpapier und das örtliche Telefonbuch. Ein Festnetzanschluss fehlte, ein Computer auch. An den rau geputzten Wänden stapelten sich Plastikboxen mit Zeitschriften, Seilspanngarnituren, Rahmen und Werkzeug. Zwei marode Neonröhren brummten bedrohlich über ihnen. Mulsow lehnte mit Schnappatmung in der Türöffnung und versuchte sich mit einem zerfledderten Ausstellungskatalog, den er aus einer der Kisten gegriffen hatte, etwas Frischluft zu verschaffen.

Richard Gruben hatte sich zuvor gründlich in den Räumlichkeiten umgesehen. Doch was er vorgefunden hatte, überraschte ihn. Das ehemalige Strandlokal erweckte noch immer den Eindruck einer Hafenkneipe. Ein zertretener Holzboden, verschlissene Fischernetze unter den schwarzen Deckenbalken, maritime Sammlerstücke an den Wänden und mittendrin aufgestapelte Holzstühle und Tische. Nur die Bilder, die in einem der hinteren Nebenräume lagerten, ließen erahnen, was Dana Wolff hier vorgehabt hatte.

»Es sind ein paar großformatige Ölgemälde darunter, die durchaus auf einer Auktion ein paar tausend Euro erzielen würden«, fuhr Richard fort, der, über das Türblatt gebeugt, in einem aufgeschlagenen Ordner blätterte. »Doch im Zusammenhang mit einem Mord erscheint mir die Summe lächerlich gering.«

Mulsow schnaubte. Seinem Gesicht war deutlich abzulesen, dass er sich eine andere Nachricht von ihm erhofft hatte. Mürrisch blickte der Polizist ihn an.

»Was ist mit den Bildern, zu denen es keine Papiere in ihren

Unterlagen gibt? Ungeklärte Besitzverhältnisse sind in euren Kreisen doch immer ein heikles Thema«, erhob er Einspruch.

»Natürlich wirkt es erst einmal verdächtig, wenn in einer gewerblichen Galerie Gemälde veräußert werden, zu denen es keine genauen Herkunftsangaben gibt«, räumte Richard ein. »Aber der Großteil dieser Werke stammt von regionalen Künstlern. Für gewöhnlich werden Verträge per Handschlag geregelt. Der Maler arrangiert die Ausstellung, eine Provision wird vereinbart, ein Flyer mit Preisen ausgelegt und der Verkauf über den Galeristen abgewickelt. Mit Schreibkram hält sich niemand auf. Es geht ja hierbei nicht um horrende Versicherungssummen.«

»Also führt die Galerie in eine Sackgasse?« Mulsow schaute ihn resigniert an.

»Es kommt darauf an, aus welchem Blickwinkel man die Sache betrachtet.«

»Was meinst du?« Der Polizist legte den Kopf neugierig zur Seite.

»Dana Wolff kehrt vor fünf Monaten nach Niederwiek zurück. Zwei Wochen später, Anfang März, mietet sie das alte Strandlokal an. Sie hätte genügend Zeit gehabt, den Umbau der Galerie voranzutreiben, um rechtzeitig zum Saisonstart zu eröffnen. Schließlich bildet das Geschäft mit den Touristen später einmal ihre Haupteinnahmequelle.« Richard breitete die Arme aus. »Doch schau dich hier um! Nichts. Das Lokal liegt immer noch im Dornröschenschlaf. Außer ein paar Bildern, die in einem Hinterraum verstauben, deutet nichts auf ihr Vorhaben hin. Also was hat die Frau die ganze Zeit getrieben?«

»Du denkst, sie hatte nie die Absicht, zu eröffnen?«, entgegnete Mulsow verwundert.

»Vielleicht am Anfang, ja … wer weiß …«, fabulierte Richard. »Doch viel Herzblut hat sie nicht in das Projekt gesteckt.«

»Laut Aussage der Tochter hat Dana Wolff die Kunstgalerie als lang gehegten Traum bezeichnet.«

»Der offenbar geplatzt ist.«

»Geldprobleme?«, schlussfolgerte Mulsow.

»Schon möglich«, sagte Richard. »Aber nicht selten scheitern ehrgeizige Vorhaben wie diese nur wegen einer einzigen Genehmigung bei den Behörden. Vielleicht fehlten Unterlagen, die sie noch nicht eingereicht hatte, und der Umbau wurde ihr untersagt.«

»Ich denke, ich weiß, wer da weiterhelfen kann.« Mulsow stieß sich vom Türrahmen ab und feuerte den Katalog zurück in die Kiste. »Jürgen Lapitz ist ein sehr einflussreicher Mann hier im Ort. Vorsitzender des Bauausschusses und engagiertes Mitglied im Gewerbeverein. Wenn einer weiß, ob sie in irgendwelchen Schwierigkeiten gesteckt hat, dann er.«

Er wischte sich mit dem Handrücken über die feucht glänzende Stirn. »Auch wenn uns das hier nicht weitergebracht hat, trotzdem danke!«

»Gern geschehen.«

Schwungvoll klappte Richard den Ordner zu. Was auch immer Dana Wolff von ihm gewollt hatte, hiermit hatte es nichts zu tun. Plötzlich spürte er, dass etwas nicht stimmte. Für den Bruchteil einer Sekunde starrte er den Polizisten irritiert an, bis er seine unterschwellige Intuition zu fassen bekam. Unter das Brummen der Neonröhren und Mulsows bedrohliches Schnaufen hatte sich ein gleichmäßiges Klappern gemischt. Keilrahmen schlugen hart aneinander. Irgendwer stöberte nebenan in Dana Wolffs Ausstellungsstücken herum.

Auch Mulsow schien ihren heimlichen Besucher bemerkt zu haben. Eilig drängte er aus dem stickigen Büro und umrundete einen Stapel Holzstühle. Richard folgte ihm. Doch als sein Blick durch die offene Tür in Dana Wolffs Lagerraum fiel, blieb er abrupt stehen. Fassungslos starrte er auf das Profil der Frau, die langsam die Keilrahmen auseinanderklappte. Sie musste bemerkt haben, dass sie beobachtet wurde. Sie wandte den Kopf und sah ihm direkt in die Augen. Alex. Alexandra Marks. Ihr hatte er die Nachricht auf der Visitenkarte hinterlassen.

10

Alex und Richard saßen auf einer dunkel gebeizten Sitzgruppe in Jahnkes von Hecken umsäumtem Garten. Die Abenddämmerung war bereits hereingebrochen, und die schlanken Kiefern vor dem Haus warfen ihre langen Schatten herüber. Richard griff nach dem Rotwein und füllte die Gläser. Er hoffte, André Jahnke würde über das Fehlen der Weinflasche in seiner Speisekammer großzügig hinwegsehen, denn er hatte seinen Besuch im Supermarkt zum wiederholten Male aufgeschoben.

»Du hast vergessen, dass die Zeilen auf der Visitenkarte für mich bestimmt waren, stimmt's?« Alexandra Marks saß ihm gegenüber und funkelte ihn über den Rand ihres Glases herausfordernd an. Richard vermochte nicht zu sagen, ob mehr Überraschung aus ihren grünen Augen sprach oder sie ihn hasste. Dafür kannte er sie zu wenig.

Vor sieben Jahren war er ihr in einem Leipziger Auktionshaus das erste und auch das letzte Mal begegnet. Was genau ihn damals dort hingeführt hatte, wusste Richard nicht mehr. Doch er erinnerte sich noch daran, dass Alex im Auftrag eines staatlichen Museums gekommen war, für das sie gearbeitet hatte. Die Versteigerung war für den nächsten Tag angesetzt gewesen, und aus irgendeinem Grund waren sie beide beim Italiener um die Ecke gestrandet. Dort hatte Alex ihm gestanden, dass sie bei der Auktion unter allen Umständen ein bestimmtes Aquarell ersteigern musste, weil sie ihrem misogynen Chef beweisen wollte, dass ihr Studium der Kunstgeschichte zu mehr taugte, als pädagogische Museumsflyer für Vorschulkinder zu entwerfen.

Ihr Humor hatte ihm gefallen, und im Laufe des damaligen Abends entwickelte sich ein ziemlich heftiger Flirt zwischen ihnen. Nach zwei Flaschen Chianti wollte Richard sie mit dem Taxi ins Hotel begleiten. Doch Alex war unter dem Vorwand, noch mal *wohin* zu müssen, verschwunden und nicht wieder aufgetaucht. Am nächsten Tag bei der Versteigerung hatte sie ihm kaum Beachtung geschenkt. Er hatte sich in die letzte

Reihe gesetzt und abgewartet, bis Alex' Bild an der Reihe war. Als der Auktionator um das erste Gebot gebeten hatte, hatte er aus einer Laune heraus seinen Arm in die Höhe getreckt. Bei neunhundert Euro stieg sie dann aus, und das Aquarell gehörte ihm. Richard kritzelte besagte Nachricht auf die Visitenkarte und drückte sie beim Hinausgehen der fassungslosen Alex in die Hand.

Sie hatte nie angerufen. Und heute konnte er nicht einmal mehr sagen, wo das Bild abgeblieben war. Für ihn war das alles nur ein Spiel gewesen. Aber nicht für Alex. Das wurde ihm jetzt klar.

»Um ehrlich zu sein, habe ich der Sache mit dem Aquarell einfach keine große Bedeutung beigemessen«, sagte Richard entschuldigend.

»*Die Sache* hat mich meinen Job gekostet!«

Alex nahm einen tiefen Schluck von ihrem Wein und zog die grobe Strickjacke fest um ihren Körper. Sie wirkte blass. Erschöpft. Vielleicht, weil sie immer noch die schwarze Kleidung vom Begräbnis trug. Richard Gruben musterte sie eingehend.

Genau wie er selbst musste Alexandra Marks jetzt Anfang vierzig sein. Die dunkelblonden Haare, die im Abendlicht eine Spur rötlich schimmerten, trug sie heute schulterlang. Die weichen Rundungen ihrer Hüften zeichneten sich unter der Strickjacke ab. Feine Falten zogen sich um ihre Augen. Die sieben Jahre waren nicht spurlos an ihr vorbeigegangen. Was Richard erleichtert zur Kenntnis nahm, denn auch er war nicht mehr der Mann von damals, was ihm sein zerknittertes Spiegelbild jeden Morgen schonungslos offenbarte. Aber es waren nicht die äußerlichen Veränderungen, die ihn irritierten. Auf ihrem Gesicht lag ein Ausdruck, den er in Leipzig noch nicht wahrgenommen hatte. Sie schien verbittert. Vom Leben enttäuscht.

»Lassen wir die alten Geschichten«, sagte er bestimmt. »Wir sollten uns lieber darüber unterhalten, woher du Dana Wolff kanntest.«

Alex stellte das Weinglas ab und lehnte sich auf der Holzbank zurück. Um ihren Mund lag ein angestrengter Zug. »Wir haben uns über die Arbeit kennengelernt. Dana war bei einer

Event-Agentur in Berlin beschäftigt. Nichts Großes. Catering, Bestuhlung, Einladungen. Solche Dinge eben. Das Auktionshaus, für das ich jetzt arbeite, bucht ihre Firma regelmäßig für unsere Versteigerungen. Wir beide schwammen gleich auf einer Wellenlänge, unterbezahlt und von den Männern enttäuscht.« Sie senkte ihren Blick in den Schoß. »Doch im Gegensatz zu mir hat sich Dana mit der Situation, in der sie steckte, nie zufriedengegeben. Sie hatte Pläne ... Träume.«

»Eine Kunstgalerie in Niederwiek?« Ungläubig sah Richard sie an.

»Ach was.« Mit einer wegwerfenden Geste wiegelte Alex seine Frage ab. »Die Galerie hatte ihr nur als Vorwand gedient, sich hier niederzulassen. Doch das wurde mir erst viel später bewusst. Als sie mir im Februar aus heiterem Himmel offenbart hat, in ein Provinzkaff an der Ostsee zu ziehen, habe ich sie für verrückt erklärt. ›Das kann nicht dein Ernst sein‹, habe ich versucht, sie zur Vernunft zu bringen. ›Außer gelangweilten Hausfrauen, die aus einer Urlaubslaune heraus Aquarelle für ein Butterbrot erwerben wollen, wirst du dort oben nichts finden.‹«

»Und was hat sie darauf erwidert?«

»Sie will sich endlich ihren Traum von einem selbstständigen Leben erfüllen und von niemandem mehr abhängig sein. Ich habe geglaubt, diese Galerie wäre ihr tiefer Wunsch, sich endlich selbst zu verwirklichen. Also habe ich für Dana ein paar Kontakte zu regionalen Künstlern hergestellt, sie bei der Suche nach der passenden Örtlichkeit unterstützt und mich mit fünftausend Euro als stille Teilhaberin beteiligt.«

»Eine beachtliche Summe für eine unterbezahlte Angestellte eines Auktionshauses«, rutschte es Richard heraus, und der gekränkte Ausdruck, der sich in ihren Augen spiegelte, ließ ihn seine Worte sofort bereuen.

»Dana war meine Freundin, Richard«, sagte Alex getroffen. »Wir haben einander vertraut. Ein Wort, das dir, wie wir ja beide wissen, völlig fremd ist.«

Er schluckte. Er hatte nicht geahnt, wie sehr sie sein Verhalten bei der Versteigerung verletzt hatte. Und schon wieder mischte er sich in ihre Angelegenheiten ein.

»Entschuldige, Alex. Ich habe mich wie ein kompletter Idiot verhalten. Vor sieben Jahren und eben auch.«

Er spürte, dass sie immer noch wütend war. Doch da sie nicht weiter darauf einging, wertete er es als Zeichen, dass sie seine Entschuldigung akzeptierte. Er beugte sich vor und nahm sein Weinglas in die Hand.

»Und Dana Wolff hat dir gegenüber nie erwähnt, was der wahre Grund für ihre plötzliche Rückkehr nach Niederwiek gewesen ist?«, griff er das Thema wieder auf.

»Nein.« Alex zog die schwarze Strickjacke über ihren Schultern enger zusammen. »Irgendwann würde sie mir das alles erklären, doch sie will mich da nicht mit hineinziehen, hat sie gesagt.«

»Wo mit hinein?«, horchte der Professor auf.

»Ich weiß es nicht, Richard.« Sie zuckte ahnungslos die Schultern. »Dana wirkte hier oben verändert. Sie rief kaum noch an, reagierte nicht auf meine E-Mails oder die Nachrichten auf ihrer Mailbox. Zuerst dachte ich, es liegt womöglich daran, dass sie mit den Umbauten in der Galerie zu sehr beschäftigt ist und einfach keine Zeit hat. Aber bei meinem letzten Besuch vor fünf Wochen wurde mir beim Anblick des Strandlokals endgültig klar, dass sie in Niederwiek ganz andere Ziele verfolgt hat. Als ich ihr auf den Kopf zugesagt habe, dass mein Geld nicht zur Finanzierung ihres Lebensunterhaltes gedacht war, hat sie mich nur ausgelacht. Ich soll mir mal keine Sorgen machen. Ihr würde nur noch der letzte Beweis fehlen, dann würde die Galerie florieren, und ich bekäme meine Einlage doppelt zurück.«

Mit einem Mal erschien Richard Mulsows Vermutung, dass Dana Wolff in irgendetwas verwickelt gewesen war, gar nicht mehr so abwegig. Alex kannte ihre Freundin. Ihre plötzliche Veränderung war ihr nicht entgangen.

»Und warum hatte sie meine Visitenkarte?«, fragte er.

»Kurz vor meiner Abreise wollte Dana wissen, ob ich jemanden kenne, der sich gut auf dem Gebiet der zeitgenössischen britischen Gegenwartskunst auskennt.«

»Was genau hat sie denn interessiert?«

»Thomas Halford.«

Überrascht blickte er sie an. »Die Galerie deiner Freundin

basiert auf regionaler Kunst von der Ostseeküste. Warum hat sie sich für einen englischen Ausnahmekünstler wie Halford interessiert? Soweit ich mich erinnere, hatte es ihn nie nach Mecklenburg verschlagen.«

»Das habe ich sie natürlich auch gefragt, aber sie ist mir wie immer ausgewichen«, antwortete Alex. »Du bist mit dem englischen Kunstmarkt bestens vertraut und der Einzige, der mir dazu eingefallen ist. Ich wollte Dana helfen, also habe ich ihr deine Visitenkarte gegeben.«

»Du hast sie aufgehoben?«

»Bilde dir bloß nichts darauf ein«, sagte Alex schnippisch und schenkte ihm ein zaghaftes Lächeln.

Für ein paar Minuten schienen beide den eigenen Gedanken nachzuhängen. In der Ferne erklang lautes Gelächter. Urlauber, die von einem feuchtfröhlichen Kneipenbesuch in ihr Ferienquartier heimkehrten. Richard griff nach der Weinflasche, um Alex nachzuschenken. Doch sie legte die Hand abwehrend über das Glas.

»Ich brauche mein Geld dringend zurück, Richard.« In Alex' Stimme schwang ein flehentlicher Unterton.

»Worauf willst du hinaus?«, fragte er argwöhnisch.

»Dana wollte wegen Halford Kontakt zu dir aufnehmen. Ich bin mir sicher, dass der Grund dafür in Niederwiek zu finden ist.«

»Wie stellst du dir das vor? Ohne einen konkreten Anhaltspunkt weiß ich nicht, wonach ich suchen soll.«

»Sie hatte einen heftigen Streit mit Jürgen Lapitz.«

Gespannt sah Richard sie an. »Mit diesem Erdbeerbaron?«

»Ja.« Alex schob das Weinglas zur Seite und beugte sich über den Tisch. »Ich habe die beiden beobachtet.«

»Wo?«

»Auf dem Parkplatz vom ›Hof-Café‹. Wir hatten uns bei meinem letzten Besuch auf einen Kaffee verabredet. Aber ich war ein bisschen spät dran, als ich dort ankam, war Dana schon da. Wahrscheinlich hatte sie Lapitz auf dem Weg zu seinem Audi abgefangen. Dana war fürchterlich aufgebracht und hat ihn angeschrien. Aber ich konnte vom Auto aus nicht verstehen, worum es dabei ging. Kurz darauf ist er mit hochrotem Gesicht in seinen Luxusschlitten gestiegen und davongerauscht.«

»Hast du deine Freundin darauf angesprochen?«

»Natürlich, aber Dana wollte wie immer nicht darüber reden.«

»Das muss nicht zwangsläufig bedeuten, dass es bei dem Streit um Thomas Halford ging.«

»Aber es ist ein Anhaltspunkt ...«

»Alex, ich kann den Mann doch nicht einfach mit haltlosen Verdächtigungen konfrontieren!«

»Bitte!«, flüsterte sie leise und fügte mit fester Stimme hinzu: »Du hast schließlich etwas wiedergutzumachen.«

Richard ließ sich gegen die Lehne fallen und musterte sie nachdenklich. Ihre Lippen bildeten einen schmalen Strich. Nervös fuhr sie mit dem Daumen an ihrem Weinglas entlang. Sie schien wirklich in der Klemme zu stecken, wenn sie ausgerechnet ihn um Hilfe bat.

»Ich denke darüber nach.«

Alex nickte stumm. Sie schien mit seiner Antwort vorerst zufrieden. Erneut setzte er dazu an, ihr nachzuschenken, doch sie wehrte mit einem leichten Kopfschütteln ab. »Danas Beerdigung ... es war ein harter Tag«, sagte sie leise und stand auf. »Ich glaube, es wird Zeit für mich, zu gehen.«

»Alex, ich halte es für keine gute Idee, wenn du jetzt noch allein durch den Ort läufst. Wo bist du überhaupt untergekommen?«

»Bei André im ›Strandhotel‹.«

»André Jahnke und du, ihr kennt euch?«, fragte Richard verblüfft.

»Dana kannte ihn von früher. Sie hat André ein paarmal zum Essen eingeladen, wenn ich zu Besuch war«, erklärte sie. »Irgendwie fühlte sie sich für ihn verantwortlich. Aber vermutlich wollte sie uns nur miteinander verkuppeln.«

»Und mit Erfolg?«

»Würde dich das stören?« Alex blickte ihn von oben herab abwartend an.

»Du hast mir vor sieben Jahren einen Korb gegeben, das war eindeutig.«

Richard erhob sich ebenfalls und griff nach seinem Handy auf dem Tisch. Die Gläser und die leere Weinflasche konnte er auch morgen noch abräumen.

Alex kramte in ihrer Handtasche herum. »Hast du vielleicht Stift und Zettel? Ich würde dir gern meine Handynummer dalassen, damit du dich melden kannst, sobald du dich entschieden hast.«

»Ja, natürlich. Drinnen im Haus«, sagte er und blickte auf das Display seines Smartphones. »Aber zuerst rufe ich dir ein Taxi. Auf keinen Fall lasse ich dich mitten in der Nacht allein zu Fuß ins Hotel laufen.«

Er wählte die Auskunft und ließ sich mit einem ansässigen Taxiunternehmen verbinden. Fünf Minuten, informierte ihn eine gelangweilte Frauenstimme am anderen Ende. Richard legte auf. Langsam trotteten Alex und er den halbdunklen Gartenweg zum Haus hinauf. Der schwache Schein der Hoflampe warf ein fahles Licht zu ihnen herüber.

»Wie lange bist du schon in Niederwiek?«, fragte er.

»Oh, ich bin gleich an dem Tag hierhergekommen, als man Dana … gefunden hat«, begann sie stockend. »Die Polizei wollte mich wegen der Galerie sprechen. Schließlich bin ich ihre Teilhaberin. Aber wirklich helfen konnte ich nicht. Ich hatte mich lediglich finanziell beteiligt und Dana die Kontakte zu den Künstlern vermittelt.«

Sie hatten das Haus erreicht. Schnell holte er einen Block und seinen Füllfederhalter heraus. Während Alex ihre Nummer notierte, schaute er die Auffahrt hinunter. Zu Richards großer Überraschung wartete das Taxi bereits unter einer der Straßenlaternen. In Münster bedeuteten fünf Minuten nicht selten dreißig.

Alex reichte ihm die Sachen zurück, und sie gingen schweigend zur Straße. Am Bordstein blieb er stehen, schob die Hände in die Jeans und drehte sich zu ihr um. Er musste plötzlich daran denken, dass er Mulsow am Nachmittag danach fragen wollte, ob Dana Wolff verheiratet gewesen war. Doch nach seinem Zusammentreffen mit Erika Pohl war es für ihn recht offensichtlich, dass dies nicht zutraf. Trotzdem stellte sich ihm eine Frage, die ihm Alex sicher beantworten konnte: »Gab es hier in Niederwiek eigentlich jemanden, mit dem Dana Wolff eine Beziehung hatte?«

Es kam ihm vor, als ob Alex für einen winzigen Moment zögerte, bevor sie antwortete.

»Nein«, sagte sie leise und stieg ohne ein weiteres Wort ins Taxi.

11

Schutzsuchend drückte Christoph von Roden sich tief in den Ledersitz seines Land Rovers. Durch die Windschutzscheibe starrte er zornig auf die grellroten Stopplichter des Taxis, das in hundert Metern Entfernung vor Jahnkes Ferienhaus parkte. Was hatte Alex da drinnen getrieben? Und wer zum Teufel war dieser Kerl, für den sie ihre Verabredung glattweg platzen ließ?

Die Hofbeleuchtung sprang an, und hinter der dichten, halbhohen Hecke traten kurz darauf zwei dunkle Schatten auf den gepflasterten Gehweg. Im diffusen Licht der Straßenlaterne konnte er einen Blick auf Alex' Profil erhaschen. Sie lächelte nicht, fahrig strich sie sich mit der linken Hand durch das dunkelblonde Haar. Der Mann ihr gegenüber, der sie um eine halbe Kopflänge überragte, hatte die Hände in die Gesäßtaschen seiner Jeans versenkt. Er ging auf Distanz. Gut so, dachte von Roden. Er brauchte keinen Nebenbuhler. Vor allem keinen, der ihm gefährlich werden konnte. Denn dass der Kerl nicht unattraktiv war, war ihm sofort aufgefallen, als er die beiden zufällig vor Danas Galerie entdeckt hatte. Schwarze Haare, gepflegter Bart, Armani-Hemd mit lässig hochgekrempelten Ärmeln. Keiner, der in diese trostlose Einöde passte. Sylt oder Spiekeroog vielleicht. Aber nicht Niederwiek.

Der Taxifahrer hupte. Sie reichten sich die Hand. Kein Kuss, keine zärtlichen Gesten. Von Roden spürte eine gewisse Erleichterung. Alex hatte ihm am Nachmittag eine SMS geschickt: »Kann nicht kommen. Muss dringend mit jemandem reden. Melde mich morgen.« Was sie hinter seinem Rücken trieb, ging ihn nichts an. Sie vögelten miteinander. Mehr nicht. Alex hatte das von Anfang an klargestellt. Ein Arrangement in seinem Sinn. Doch er hasste es, wenn er den ganzen Tag mit einem Ständer herumlief und am Ende nicht zum Abschuss kam.

Als Christoph am späten Nachmittag ihre Nachricht empfangen hatte, hatte er gerade die von Martina nachbeorderten Erdbeeren mit dem Lieferwagen ins »Hof-Café« geschafft. Er war völlig fertig gewesen. Erschöpft und müde von dem schweren Gang, den er noch vor wenigen Stunden auf dem Friedhof hinter sich gebracht hatte. Der Blick in das ausgetrocknete schwarze Loch, das Danas geschundenen Körper auf ewig verschlucken würde, hatte die alte Wunde wieder aufgerissen. Die Grausamkeit ihres Frevels. Warum, Dana? Er hatte doch bereits genug Wiedergutmachung für sie beide abgeleistet. Für das, was sie getan hatten. Jetzt musste er mit dieser Schuld allein weiterleben. Leben? Sein Leben war doch schon lange vorbei. Gestorben in einer kalten, eisigen Januarnacht vor über fünfzehn Jahren.

Nach der Beerdigung war Christoph kaum in der Lage gewesen, sich zu rühren. Seine Frau dagegen hatte ihre Trauer kurzerhand abgestreift und war in die Rolle geschlüpft, die sie über alles liebte: Gräfin Martina von Roden, die taffe, knallharte Geschäftsfrau. Seit Tagen schikanierte ihn Martina wie einen dreckigen, aussätzigen Straßenköter. Wozu zum Henker hatten sie Gunnar Priebe? Dafür bezahlte man diesen Schmarotzer doch schließlich. Aber der Haus- und Hofnarr des alten Lapitz stolzierte neuerdings auf den Erdbeerfeldern herum, gaffte den hübschen Erntehelferinnen auf ihre drallen Brüste und ließ sich die Sonne auf seine fette Wampe brennen, während er bei der brütenden Hitze mit dem Lieferwagen die Küste entlangkurvte. Intuitiv spürte Christoph, dass es einen bestimmten Grund dafür gab. Doch er hielt den Mund. So wie immer. Denn nur ungern würde er auf die Kreditkarte zu Martinas Bankkonto verzichten.

Alex stieg ins Taxi, die Stopplichter erloschen, und der Wagen setzte sich langsam in Bewegung. Von Roden startete den Motor. Vielleicht konnte er sie am »Strandhotel« abpassen. Er spürte, wie es bei dem Gedanken zwischen seinen Beinen heftig pulsierte. Die Aussicht auf Sex mit Alex steigerte seine Erregung ins Unermessliche.

Christoph konnte sich nicht erklären, was plötzlich mit ihm los war. Nur, dass er völlig abwegig handelte, seit er ihr begegnet war. Warum sonst wäre er den beiden heimlich von Danas Galerie aus gefolgt, hockte stundenlang vor André Jahnkes heiligem Refugium und glotzte wie ein Blödmann auf das Haus? Vor fünf Wochen, als Alex ihm an der Seebrücke über den Weg gelaufen war, hatte er in einem tiefen Loch gesteckt. Seine Großmutter lag im Sterben, und mit Dana hatte er nur noch gestritten. Christoph wusste nicht, was er falsch gemacht hatte. Dana war so verbittert, so voller Wut. Er kam einfach nicht mehr an sie heran. Als Alex ihn ansprach, spürte er sofort eine Leichtigkeit, die er bis dahin nur mit Dana erlebt und nach den ewigen Streitereien für immer verloren geglaubt hatte.

Und darauf würde Christoph nicht erneut verzichten. Was wollte dieser Kerl von ihr? Er musste Alex zur Rede stellen. Noch heute Nacht.

12

Der volle Einkaufswagen holperte lautstark über das heiße, flirrende Betonpflaster. Auf dem Parkplatz des Supermarktes standen die Autos dicht an dicht, in ihren Scheiben spiegelte sich das gleißende Sonnenlicht. Doch zwischen den kühl temperierten Regalreihen waren Richard Gruben kaum Menschen begegnet, die ihre Vorräte im Ferienquartier auffüllen wollten. Die Nähe zum Strand lockte eine ganz andere Klientel hierher. Sonnenhungrige Badegäste auf der Suche nach dem kürzesten Weg ans Wasser. Auch das neongelbe Schild mit der Aufschrift »Parken nur für Besucher des Fresh-Marktes« schreckte sie nicht ab. Es war brütend heiß, und der Ort platzte vor Urlaubern aus allen Nähten. Wen kümmerte da schon ein Verbotsschild?

Richard verstaute seine Lebensmittel im Kofferraum und schob gerade den Einkaufswagen zurück, als sein Handy in der Hosentasche vibrierte. Mulsows Name und Telefonnummer leuchteten im Display auf.

»Hallo, Bert.«

»Wie konntest du dich an so eine Frau bloß nicht mehr erinnern?« Mulsows kräftiger Bariton drang lachend an sein Ohr.

»Ich habe nicht Alexandra Marks vergessen«, entgegnete Richard gelassen, »sondern mich lediglich nicht an diese verdammte Visitenkarte erinnert.«

»Du hingegen scheinst ihr noch in lebhafter Erinnerung zu sein. Ihr wutentbranntes Gesicht sprach Bände.« Wieder ein tiefes Lachen am anderen Ende.

»Seit gestern Abend ist mir das auch klar«, gestand Richard und setzte sich hinter das Steuer seines Wagens. »Warum hast du mir nicht gesagt, dass du Alexandra Marks während eurer Ermittlungen begegnet bist?«

»Ich hatte doch keine Ahnung, dass ihr beide euch kennt«, protestierte Mulsow und fügte neugierig hinzu: »Woher eigentlich?«

Kurz erzählte er dem Polizisten, wo Alex und er sich kennengelernt hatten, und erklärte dann, warum seine Visitenkarte im

Terminkalender des Mordopfers steckte. Über das Essen beim Italiener schwieg er sich aus. Er wollte dem Freund keinen weiteren Anlass zu einem verbalen Gefühlsausbruch liefern.

»Wenn es sich so verhält, wie deine Frau Marks behauptet, dann ist Dana Wolff hier vermutlich jemandem mächtig auf die Füße getreten.«

»Du denkst an Erpressung?«

»Könnte passen. Ihre plötzliche Rückkehr, die sich niemand erklären kann, die Freundin, die sie nicht belasten will, das Gerede vom großen Geld und dem letzten Beweis ... Vielleicht wollte irgendwer Dana Wolff zum Schweigen bringen.«

»Aber ein Sexualmord?«, warf Richard verunsichert ein.

»Nicht selten ahmen Täter eine bestimmte Art von Verbrechen nach, um den Verdacht in eine andere Richtung zu lenken«, erklärte Mulsow. »Es ist nicht hundertprozentig auszuschließen, dass ihr die K.o.-Tropfen erst nach dem Geschlechtsverkehr verabreicht wurden. Anschließend sticht er auf sie ein und legt ihre Leiche im Wald ab.«

Richard Gruben ließ sich das Gehörte durch den Kopf gehen, dabei trommelte er mit der freien Hand gedankenverloren auf das Armaturenbrett. Die menschliche Psyche war unergründlich. Wie weit ein Mensch gehen würde, wenn er sich in die Ecke gedrängt fühlte, wusste er nur zu gut. Mulsows Hypothese schien ihm nicht abwegig. Doch womit hatte Dana Wolff ihren Mörder erpresst, dass sie ihn damit zu solch einer perfiden Tat trieb? Und wie passte er da hinein?

»Nehmen wir an, du liegst mit deiner Vermutung richtig, und Dana Wolff hat ihren Mörder erpresst«, sagte Richard. »Warum wollte sie dann ausgerechnet mich kontaktieren? Ich sehe keine Verbindung zwischen Niederwiek und Halford.«

»Dieser Maler, den sie gegenüber deiner Freundin erwähnt hat?«, fragte Mulsow.

»Ja, Thomas Halford. Ein begnadeter britischer Grafikkünstler. Seine Zeichnungen erzielen auf Auktionen auch heute noch Beträge in die Hunderttausende. Der Mann war ein Exzentriker, der den Alkohol noch um einiges mehr geliebt hat als die Frauen. Er hat zwar einige Jahre in Düsseldorf gelebt, aber er war nie in

Mecklenburg. Warum interessierte sich Dana Wolff ausgerechnet für ihn?«

»Eine Ausstellung, die sie in ihrer Galerie organisieren wollte?«, schlug der Polizist vor.

»Es gibt keine Arbeiten von ihm, die einen Bezug zur Ostseeküste hätten. Außerdem war die Frau eine Newcomerin ohne künstlerische Sachkenntnis und Erfahrungen im Ausstellungsbetrieb. Niemand hätte ihr Grafiken von Thomas Halford anvertraut.«

»Dafür brauchte sie dich.«

»Nein, Bert.« Richard schüttelte vehement den Kopf, obwohl sein Gesprächspartner ihn nicht sehen konnte. »Dann hätte sie vor Alex kein Geheimnis daraus gemacht. Es muss einen anderen Grund dafür geben.«

»Ich bin in einer halben Stunde mit Jürgen Lapitz auf dem Erdbeerhof verabredet. Vielleicht weiß er ja etwas über diesen Halford. Komm doch einfach dazu.«

Lapitz! Er hatte den Streit auf dem Parkplatz des »Hof-Cafés«, von dem Alex ihm gestern Abend erzählt hatte, völlig vergessen. Richard befürchtete allerdings, dass Alex sich grundlos in etwas hineinsteigerte. Aber er wollte den Polizisten nicht im Unklaren lassen. Schnell berichtete er Mulsow, was er wusste.

»Das ist ja höchst interessant. Mir gegenüber hat Lapitz am Telefon angedeutet, dass es Schwierigkeiten zwischen Dana Wolff und dem Eigentümer des Strandlokals gegeben hat. Aber offenbar hatte er die auch. Ich bin gespannt, was er dazu zu sagen hat.«

Bert Mulsow gab Richard die Anschrift des Erdbeerhofes durch und sagte abschließend: »Also wir treffen uns dann in dreißig Minuten dort.«

»In Ordnung. Ich bringe nur noch schnell meine Einkäufe ins Ferienhaus.« Richard steckte den Schlüssel ins Zündschloss. »Ach, und übrigens, Bert?«

»Ja?«

»Alexandra Marks ist nicht meine Freundin.«

***

Der Erdbeerhof der Familie Lapitz lag am Ortsrand von Niederwiek direkt hinter einem kleinen Waldstück. Als Richard die Einfahrt passierte, sah er bereits Mulsow in seiner blauen Uniform am Streifenwagen lehnen. Die gewaltige Flasche Mineralwasser in der Hand ließ darauf schließen, dass ihm die Hitze schwer zu schaffen machte. Er trank selten etwas anderes als Pfefferminztee oder schwarzen Kaffee. Heute war es augenscheinlich auch dem Polizisten dafür zu heiß.

Richard parkte seinen Wagen neben dem silberblauen Passat und stieg aus. »Bin ich zu spät?«

Mulsow winkte gelassen ab und nahm einen kräftigen Schluck Wasser. Richard ging auf den Freund zu.

»Tut mir leid, dass du warten musstest, Bert. Ich kenne vollgestopfte Straßen vom Feierabendverkehr aus Münster. Aber das hier …« Kopfschüttelnd deutete er mit dem Kinn Richtung Ortsmitte.

»Es ist Freitagnachmittag, und alle wollen an den Strand«, erwiderte Mulsow emotionslos. »Einheimische, Urlauber, Tagesgäste aus dem Umland. Sogar von Berlin oder Hamburg reisen sie bei diesem Wetter an. Dazu kommt noch der übliche Bettenwechsel zum Wochenende. Da ist das Chaos schon vorprogrammiert.«

»Gewöhnt man sich als Einheimischer jemals daran?«

»Wir leben davon.« Achselzuckend schraubte er die Plastikflasche zu und warf sie auf den Fahrersitz. »Und einen, der nicht schlecht davon lebt, stelle ich dir jetzt vor. Jürgen Lapitz wartet in seinem Büro auf uns.«

Richard blickte sich auf dem weitläufigen Gelände um, während er Mulsow über den gepflasterten Hof folgte. Auf der linken Seite erhob sich eine gewaltige schwedenrot gestrichene Stahlhalle, die neben Lagerflächen auch einen hauseigenen Hofladen und Sonnenkollektoren auf dem Dach aufzubieten hatte. Eine beeindruckende Flotte blauer Lieferwagen parkte davor. Das im rechten Winkel zur Halle stehende eingeschossige, holzverschalte Bürogebäude, auf das die beiden Männer zugingen, war im gleichen Rotton gestrichen. Dahinter erstreckten sich die riesigen Ackerflächen der Erdbeerfelder. Dass die Familie Lapitz ein beachtliches Vermögen in ihren landwirtschaftlichen Betrieb investiert hatte, spürte man sofort.

Arbeiter in grünen Latzhosen, die vor einem der offenen Hallentore mehrere Lieferwagen beluden, reckten neugierig die Köpfe, als die beiden Besucher das Bürogebäude betraten. Hinter dem Empfangstresen hockte eine junge Frau vor einem Computer. Erschrocken blickte sie zu Mulsow auf, als er sich nach Jürgen Lapitz' Anwesenheit erkundigte.

»Einen Moment, bitte«, wisperte sie beinahe ängstlich. Wie ein lautloser Schatten verschwand sie in den angrenzenden Flur und tauchte ein paar Minuten später wieder auf.

»Herr Lapitz erwartet Sie bereits. Folgen Sie mir bitte.« Noch immer die Stimme eines scheuen Rehs.

Richard hatte angenommen, die junge Frau würde sie in Lapitz' Büro geleiten. Stattdessen nahmen sie die Tür nach draußen und steuerten auf den Hofladen zu. Wieder hoben die Latzhosenträger schaulustig die Köpfe. Nur galten ihre ungenierten Blicke jetzt ausschließlich den nackten Beinen von Lapitz' blutjunger Sekretärin.

In dem geräumigen Hofladen war es erfrischend kühl. Der süße, klebrige Duft von Erdbeeren hing in der Luft. Richard war erstaunt. Er hätte hier nichts erwartet als Konfitüre und Wein, aber die Regalreihen waren nicht weniger schlecht bestückt als die des Supermarktes, in dem er gerade seine Vorräte aufgefüllt hatte. Trotzdem bummelte nur eine kleine Besucherschar durch den Laden. Der feine helle Sandstrand der Ostsee war bei der drückenden Hitze verlockender.

»Waren wir nicht bereits vor einer Viertelstunde miteinander verabredet?«

Ein Mann, Mitte sechzig, kam polternd auf sie zu. Obwohl er in Gummistiefeln, verwaschener Cargohose und einem karierten Kurzarmhemd steckte, hatte Richard keinen Zweifel daran, dass der Erdbeerbaron vor ihnen stand. Silbergraues welliges Haar, ein kühler, distanzierter Blick, Adlernase. Seine große, massige Gestalt unterstrich die Rolle des autoritären Patriarchen.

»Es wird nicht lange dauern, Herr Lapitz. Nur ein paar Fragen«, beschwichtigte Mulsow und streckte die Hand vor. Doch der Mann schenkte dem Beamten keinerlei Beachtung. Seine uneingeschränkte Aufmerksamkeit galt Richard. Misstrauisch beäugte er ihn von Kopf bis Fuß.

»Professor Gruben«, stellte Mulsow, der Lapitz' prüfenden Blick bemerkte, Richard schnell vor. »Er unterstützt uns bei den Ermittlungen.«

»Ich weiß, wer der Mann ist.« Nach wie vor starrte er Richard voller Argwohn an. »Meine Tochter hat mich über seine Anwesenheit informiert.«

Mulsow räusperte sich laut, um die Aufmerksamkeit des Mannes endlich auf sich zu ziehen. »Herr Lapitz, Sie sagten am Telefon, Dana Wolff hätte Schwierigkeiten mit dem Eigentümer des Strandlokals gehabt. Wissen Sie, worum konkret es dabei ging?«

»Es gab Unstimmigkeiten über die Ausrichtung.«

»Inwiefern?«

»Unsere gute Dana war nicht ganz ehrlich, womit sie das Strandlokal am Leben erhalten wollte. Der Vermieter ging wohl von einer weiteren Nutzung als Restaurant aus. Es war nie die Rede davon, dass die Räume als Kunstgalerie genutzt werden sollten. Wer an den Strand kommt, will schließlich mit einem anständigen Teller Bratkartoffeln und frischem Fisch übers Meer blicken und keine drittklassige Provinzkunst begaffen«, schnaubte Lapitz verächtlich.

»Nun ja, grundsätzlich kann es dem Eigentümer doch egal sein, wo seine Mieteinnahmen herrühren.« Mulsow schaute irritiert zu ihm auf.

»Das Geld für die Miete muss aber erst verdient werden. Ein Strandlokal ist im Sommer eine sichere Bank. Eine Kunstgalerie hingegen braucht einen Namen, um gewinnbringend zu verkaufen. Und den hatte Dana nicht. Das wurde vermutlich auch dem Eigentümer klar.«

»Haben Sie eine Ahnung, warum die Tote ausgerechnet in Niederwiek eine Galerie eröffnen wollte? Dazu ohne fundierte Kenntnisse in der Kunstbranche?«, fragte Mulsow.

»Sehen Sie sich hier um«, bellte Lapitz und deutete mit seiner Hand zur Ladentür hinaus. »Glauben Sie ernsthaft, ich hätte die Zeit, mich mit Frau Wolffs lächerlichen Hirngespinsten zu befassen?«

»Zumindest hatten Sie die Zeit, sich mit ihr auf dem Parkplatz des ›Hof-Cafés‹ zu streiten.«

Lapitz starrte den Polizisten verblüfft an. »Wer behauptet das?«

»Es gibt eine Zeugin, die Sie beide beobachtet hat«, setzte Mulsow ihn in Kenntnis. »Also, worum ging es?«

Die Augenlider des Mannes flatterten nervös. Um seine Mundwinkel zuckte es merklich.

»Dana hat mir den Vorschlag unterbreitet, die Flyer ihrer Galerie bei mir im Café und im ›Dünenresort‹ auszulegen«, erklärte Lapitz kurz. Die blasierte Stimme verriet anders als seine Miene keine Spur von Verunsicherung.

»Und?«, bohrte Mulsow nach.

»Ich habe dankend abgelehnt, was Dana nicht begeistert hat, wie Sie sich vorstellen können.«

Mulsow nickte und schob seine Dienstmütze tief in den Nacken. »Wissen Sie, ob Frau Wolff die Absicht hatte, ihre Pläne mit der Galerie aufzugeben?«

»Warum sollte ausgerechnet ich die Gedanken dieser Frau durchschauen?«, brauste Lapitz gereizt auf.

»Sie war mit Ihrer Tochter befreundet«, entgegnete der Polizist ruhig.

»Martina und ich haben einen landwirtschaftlichen Betrieb mit über dreihundert Hektar zu führen, dazu noch Gastronomie und einen Hotelbetrieb. Denken Sie, wir hätten die Zeit, uns mit den naiven Spinnereien einer gescheiterten Existenz wie Dana Wolff auseinanderzusetzen?«

»Zählte Thomas Halford ebenfalls zu diesen Spinnereien?«, mischte Richard sich nun ein.

Jürgen Lapitz durchbohrte ihn mit einem stechenden Blick. »Was soll die Frage?«

»Frau Wolff wollte deswegen einen Gutachter beauftragen.«

»Sie?« Missbilligend hob der Erdbeerbaron die buschigen grauen Augenbrauen. »Die liebe Dana konnte kaum ihre Tankquittungen begleichen. Wie sollte sie da einen Experten für den englischen Kunstmarkt bezahlen?«

»Im Notfall entfernt auch der Herzchirurg einen eitrigen Blinddarm für lau«, erwiderte Richard trocken.

Lapitz atmete hörbar ein und setzte an, um etwas zu erwidern. Doch ein Rufen an der Ladentür hielt ihn davon ab. »Opa! Du hast versprochen, dass wir jetzt losfahren!«

Ein etwa zwölfjähriger, sommersprossiger Junge in Badeshorts zappelte ungeduldig mit den Beinen. Über der Schulter hing ein neongrünes Badetuch.

»Ich komme gleich, Theo«, rief Lapitz ihm zu. »Lass schon mal die Klimaanlage in meinem Auto laufen. Der Schlüssel steckt.«

Wie der Blitz verschwand der rotblonde Haarschopf wieder nach draußen. Lapitz setzte sich in Bewegung. »Sind wir fertig? Ich würde jetzt gern zusammen mit meinem Enkelsohn mit dem Boot rausfahren«, sagte er an Mulsow gewandt. Richard würdigte er keines Blickes mehr.

»Danke, ich habe keine weiteren Fragen«, antwortete der Polizist. »Sollte Ihnen noch etwas Wichtiges einfallen, melden Sie sich bitte.«

Mittlerweile hatten die drei Männer den Ausgang erreicht und traten in die Nachmittagshitze hinaus. Schnurstracks strebte Jürgen Lapitz auf einen Mann zu, der mit freiem Oberkörper unter der Motorhaube eines Lieferwagens werkelte.

»Priebe!«

Sein kasernengleicher Tonfall ließ die umstehenden Latzhosenträger zusammenfahren. Ihre Blicke waren jetzt nur noch auf die Plastikkisten gerichtet, die sie geschäftig in die Lagerhalle schleppten. Behäbig kroch der dickleibige Endvierziger unter dem Auto hervor und trat in das grelle Sonnenlicht. Seine bleiche, mit Tätowierungen übersäte Haut glänzte feucht. Der Latz seiner Hose war heruntergeklappt, darüber hing ein fleischiger Bauch. In der linken Hand blitzte ein Schraubenschlüssel auf. Keuchend wischte er sich über den kahl geschorenen Schädel.

»Was is'n los?«

»Was schraubst du da herum? Habe ich dir nicht gesagt, dass du dich gefälligst um die zusätzliche Lieferung nach Rostock kümmern sollst?«

»Aber Martina hat gemeint, sie braucht mich heut nicht mehr«, monierte der Glatzkopf trotzig.

»Noch bin ich hier der Chef!«, schnauzte Lapitz. »Sieh zu, dass du Land gewinnst. Und zieh dir gefälligst etwas an.«

Beleidigt klappte der Mann die Motorhaube zu. Er schnappte nach einem schmutzigen Achselhemd, das über dem Seitenspiegel hing, und streifte es über. Dann steckte er seinen Latz fest und schlenderte auffallend langsam durch eines der großen Tore in die Lagerhalle.

»Ach, Herr Lapitz?«

Mulsows sonore Stimme schallte über das weitläufige Gelände.

Mit zusammengekniffenen Augen drehte sich der Erdbeerbaron zu ihnen um.

»Ich hätte noch eine kurze Frage.«

»Was wollen Sie denn noch?«

»Wem gehört eigentlich das alte Strandlokal?«

Langsam trat Lapitz drei Schritte näher. »André Jahnke. Wussten Sie das nicht?«

13

Christoph von Roden zerrte am Kragen seines Polohemdes und rang panisch nach Luft. Er hatte das Gefühl zu ersticken. Wegen der Hitze, seiner staubtrockenen Kehle und wegen der ungeheuren Wut in seinem Bauch. Grimmig senkte er den Blick auf das Handy in seiner Hand und las ihre Nachricht zum x-ten Mal. Alex ließ ihre Verabredung platzen. Einfach so per SMS. Was dachte sie sich eigentlich dabei, ihn wie einen lästigen Geschäftstermin zu streichen? Und das ausgerechnet, weil sie sich mit diesem Gruben zum Abendessen treffen wollte! Dabei hatte sie ihm gestern Nacht noch ins Ohr gesäuselt, dass der Kerl ein verweichlichter Snob wäre und es ihr niemals so richtig besorgen könnte. Ein alter Bekannter, der ihr zufällig in Danas Galerie über den Weg gelaufen war. »Mehr nicht«, hatte sie beteuert, als er sie am »Strandhotel« abgepasst hatte. Also, was war so wichtig, dass Alex ihn erneut wegen dem Mann versetzte?

Mit voller Wucht knallte Christoph sein Telefon auf das Armaturenbrett des Lieferwagens und fuhr sich mit den Händen durch das verschwitzte Haar. Richard Gruben. Fuck! Er brauchte dringend ein paar Informationen über diesen Professor. Es war bestimmt kein Zufall, dass er gestern in Danas Galerie herumgeschnüffelt hatte. Auch wenn Alex etwas anderes behauptete. Die Anwesenheit des Kerls war ihm nicht geheuer.

Von Roden wandte den Kopf zum Seitenfenster. Vor dem Personaleingang des »Hof-Cafés« entdeckte er Martinas Auto. Verflucht! Sie war immer noch hier. Er hatte angenommen, dass sie sich um diese Zeit längst um das Abendgeschäft im »Dünenresort« kümmerte. Im Augenblick stand ihm nicht der Sinn danach, für seine Frau den Laufburschen zu spielen. Er war seit fünf Uhr in der Früh auf den Beinen und hatte stundenlang in der stickigen, unbequemen Blechkiste gehockt, um Erdbeerkisten auszuliefern. Zwei Touren nach Rostock, eine nach Stralsund. Jetzt, nachdem Alex ihn abserviert hatte, konnte er es überhaupt nicht gebrauchen, dass Martina ihn auch noch den Rest des Tages herumkommandierte. Er war stinkwütend, und ihm platzte der Schädel.

Aber warum sollte er ausgerechnet bei seiner Frau auf Verständnis hoffen? Nach Leonores Tod war sie mit einem »Hat deine Großmutter endlich ins Gras gebissen?« wieder zur Tagesordnung übergegangen. Und nicht einmal jetzt bei Dana, als es ihm wirklich dreckig ging, hatte sie einen Funken Mitleid gezeigt.

Plötzlich wurde von Roden schlecht. Sein Magen schmerzte. Seit dem Frühstück hatte er nichts gegessen, doch er verspürte keinen Hunger. Er brauchte dringend einen Schnaps. Auch wenn er dabei das Risiko einging, Martina direkt in die Arme zu laufen. Eilig stieg er aus dem Lieferwagen und schlich sich durch den Hintereingang ins »Hof-Café«. Aus der Küche konnte er das Geschrei des Chefkochs vernehmen. Mit harscher Stimme brüllte er Befehle herum. Doch in Anbetracht des überfüllten Gästeparkplatzes konnte er den Mann verstehen. Es war später Nachmittag und im Café die Hölle los.

Von Roden erspähte Martina am Tresen, wo sie gerade einer Kellnerin ein halbes Dutzend Weizenbiergläser auf das Tablett stapelte. Das junge Ding hatte enorme Schwierigkeiten, die Balance zu halten, und noch ehe er diesen Gedanken zu Ende gedacht hatte, rutschten die Gläser hinunter und zerbarsten krachend auf dem Boden. Da ihn die Erfahrung gelehrt hatte, seiner Frau nun besser nicht unter die Augen zu treten, verdrückte er sich schleunigst in den hinteren Kühlraum, wo im Sommer die Getränke lagerten. Den Alkohol bekam er auch dort. Als er den fensterlosen Raum betrat, schaltete er die Neonröhrenbeleuchtung ein und griff wahllos nach einer Flasche im längsseitigen Regal. Mit einem Schnaufen ließ er sich auf einem Stapel Bierkisten nieder. Er schielte auf das Etikett. Tennessee Whiskey. Eine gute Wahl. Der Bourbon brannte höllisch in seinem trockenen Rachen, doch die Wut in seinem Bauch verflog. Sollte Alex ihm doch den Buckel runterrutschen!

Gerade als er die Flasche erneut anhob, schwang die Stahltür leise auf, und die ungeschickte Kellnerin, der eben die Gläser vom Tablett gesegelt waren, huschte herein. Erschrocken hielt sie inne und schaute ihn verlegen an. Christoph kannte sie nicht. Vermutlich wieder eine Aushilfe, die Martina erst vor Kurzem eingestellt hatte. In der Hauptsaison gab sich das Servicepersonal ständig die Türklinke in die Hand, woran seine Frau sicher nicht ganz unschuldig war. Auch die Kleine würde ihr unter Garantie bald davonlaufen, dachte von Roden gehässig, als er die Tränen auf ihrem Gesicht entdeckte.

»Oh, entschuldigen Sie bitte, Herr von Roden. Ich wusste nicht, dass jemand hier ist«, wisperte sie.

Im Gegensatz zu ihm wusste sie offensichtlich, wem sie da begegnet war. Umso besser, dachte er zufrieden. Das würde einiges erleichtern. Sie gefiel ihm. Jung. Naiv. Und hübsch. Auch wenn sie nach seinem Geschmack ein paar Kilo zu viel auf den Hüften hatte.

»Möchten Sie?« Mit einem breiten Grinsen hielt er ihr den Bourbon entgegen. »Danach fühlen Sie sich besser. Versprochen.«

Unsicher spähte sie über ihre rechte Schulter durch die offen stehende Tür. »Ihre Frau braucht das alkoholfreie Weizenbier …«

Von Roden stieß sein linkes Bein vor. Die Tür fiel zu. »Die kann ruhig warten«, sagte er entschieden und schwenkte den Bourbon.

»Also … ich weiß nicht, ich kann nicht so einfach …« Unschlüssig kaute sie auf ihrer Unterlippe.

»Sie können.« Mit einem Augenzwinkern hielt er ihr die Flasche entgegen.

Sie wischte die Tränen von den Wangen und griff lächelnd nach dem Schnaps. Endlich schien sich die Kleine zu entspannen, ging es ihm durch den Kopf. Während sie einen tiefen Zug aus der Flasche nahm, stierte von Roden auf ihren BH, der sich deutlich unter der weißen Bluse abzeichnete. Ihre Brüste waren so, wie er es mochte. Prall und fest. Er streckte den Arm vor und berührte die tiefe Spalte in ihrem Ausschnitt. Schlagartig ließ sie die Flasche sinken und blickte ihn schockiert an. Von Rodens Hand blieb, wo sie war. Er kannte das. Ein bisschen pikiert, ein bisschen zickig. Es gehörte zum Spiel, und er gönnte ihr diesen Moment. Dann bohrte er seinen Zeigerfinger in den Spalt.

Heiser atmete sie aus. Er packte zu und knetete ihre Brust. »Wir haben uns doch beide ein wenig Entspannung verdient, findest du nicht?«

Sie öffnete den Mund, um etwas zu erwidern, doch im selben Augenblick donnerte Martinas schrille Stimme vom Flur herüber. Jäh schlug sie seinen Arm von sich weg, drückte ihm den Bourbon in die Hand und glättete ihre Bluse. Während sie sich zu der Kiste mit dem Weizenbier hinunterbückte, strich er ihr mit leichtem Druck über den Po. Doch sie reagierte nicht, schnappte sich sechs Flaschen und schlüpfte durch die Tür in den Flur hinaus.

Mit einem versonnenen Lächeln starrte von Roden auf den verzinkten Stahl. Die Kleine hatte sich nicht lange geziert. Vermutlich wäre er bei ihr voll auf seine Kosten gekommen, wenn Martina ihm nicht die Tour vermasselt hätte. Sie zum Feierabend am Café abzupassen war sicher die Mühe wert. Und nun hatte er ja eh nichts Besseres vor. Von Roden nahm einen letzten Schluck und stellte die Flasche zurück ins Regal. Kurz darauf verließ auch er den Kühlraum. Im Flur schaute er sich verstohlen um. Nicht, dass er wegen des kleinen Stelldicheins ein schlechtes Gewissen gehabt hätte. Zwischen Martina und ihm waren die Fronten geklärt. Viel mehr lag es an dem Alkohol, den er getankt hatte. Ihm schwirrte der Kopf. Für irgendwelche Kurierfahrten war er viel zu breit. Aber das würde seine Frau wenig kümmern.

Am Ende des Flurs spähte von Roden zum Tresen hinüber, um vielleicht noch einen Blick auf die Kleine zu erhaschen. Abrupt blieb er stehen. Aber nicht weil er das Pummelchen dort entdeckt hatte, sondern weil Martina wild gestikulierend in ein Telefongespräch vertieft war. Neugierig trat er näher, postierte sich aber so, dass er für sie weitgehend verdeckt war.

»Ich habe keinen Schimmer, wofür genau die Polizei den Professor herbestellt hat«, zischte sie leise, aber für ihn gerade noch hörbar. »Das hat der Dicke nicht gesagt.«

Der Dicke? Damit konnte sie nur diesen redseligen, plumpen Polizisten meinen, der ihn am Tag von Danas Tod zur Identifizierung ihrer Leiche in die Rechtsmedizin nach Rostock gefahren hatte. Massow?

»Wenn ich es dir doch sage, ich weiß nicht, warum dieser Gruben in Danas Galerie herumschnüffelt.«

Also doch! Kein Zufall. Er wusste es. Der Professor war wegen Dana nach Niederwiek gekommen. Oder besser: wegen dem, was Dana vor ihm verheimlicht hatte.

»Der Kerl ist ein aufgeblasener Wichtigtuer«, schnauzte Martina.

Urplötzlich schnellte sie herum. Genau in seine Blickrichtung. Aber ihre Augen fixierten zwei Kellner, die in angeregtem Plausch an der Tür zur Küche beieinanderstanden.

»Ich bezahle euch nicht fürs Rumstehen!«

Von Roden zog den Kopf ein und drehte sich weg. Mit schnellen Schritten lief er zum Ausgang, die geifernde Stimme seiner Frau im Nacken. Kurz darauf fuhr er mit seinem Lieferwagen vom Parkplatz. In einer der Haltebuchten auf der Hauptstraße hielt er an und zog ein Mentos aus der Packung.

Nachdenklich kaute er darauf herum. Darum also war dieser Gruben gestern in Danas Galerie gewesen: Die Polizei hatte ihn wegen irgendwelcher Ermittlungen herzitiert. Nur, warum war der Mann dann immer noch in Niederwiek? Und noch eine zweite Frage bereitete ihm Kopfzerbrechen: Mit wem telefonierte seine Frau da eigentlich?

14

»Und du bist dir sicher, dass Jürgen Lapitz etwas über Thomas Halford weiß?«

Richard hatte sich mit Alex auf der Terrasse des »Strandhotels« zum Abendessen verabredet. Die leeren Teller waren inzwischen abgeräumt, und über der Ostsee setzte bereits die Dämmerung ein. Das tiefblaue Wasser glitzerte in tausend Schattierungen. Ein frischer Luftzug wehte vom Strand herüber.

»Lapitz war vorbereitet.«

»Was meinst du mit vorbereitet?« Alex sah ihn verwirrt an.

»Der Name Thomas Halford hat ihn nicht im Geringsten überrascht. Der Mann weiß ohne jeden Zweifel, wer Halford war«, erklärte Richard. »Viel mehr scheint ihn die Anwesenheit eines Experten für britische Gegenwartskunst aus dem Konzept zu bringen.«

»Du meinst, er hat Erkundigungen über deine Arbeit als Gutachter eingeholt?«, fragte Alex.

Richard zuckte mit den Schultern. »Heute Nachmittag auf dem Erdbeerhof hatte ich den Eindruck, dass Jürgen Lapitz vom Tod deiner Freundin nicht sonderlich berührt ist. Aber umso brennender schien er sich für mich zu interessieren. Oder besser gesagt: für den Grund meiner Anwesenheit.«

»Der Mann hat Angst. Dana wird ihm vermutlich damit gedroht haben, dass sie Kontakt zu dir aufnehmen will. Warum sonst hätten die beiden auf dem Parkplatz gestritten?«

»Dafür hatte er eine halbwegs plausible Erklärung parat«, warf Richard ein und berichtete ihr von den Flyern.

»Das hat dein Polizistenfreund ihm abgekauft?« Alex verzog den Mund. Abschätzig musterte sie ihn mit leicht geneigtem Kopf.

Richard musste eingestehen, dass auch er allmählich ihren Verdacht teilte, dass Jürgen Lapitz mehr wusste, als er bereit war zuzugeben. Die Feindseligkeit des Erdbeerbarons gegenüber Dana Wolff ging, das hatte er selbst bei dieser einen Begegnung gespürt, tiefer als die pure Ablehnung ihres Lebenswandels. Und dafür musste es einen Grund geben.

Alex schien zu spüren, was in ihm vorging. »Lapitz spielt uns etwas vor, Richard.«

»Uns?« Auf seiner Stirn bildete sich eine schmale Falte.

Einen kurzen Moment sah sie ihn enttäuscht an, ehe sie mit belegter Stimme fragte: »Du hast dich also dazu entschieden, mir nicht zu helfen?« Ihre Pupillen flackerten unruhig. Angespannt kaute sie auf ihrer Unterlippe.

Richard sagte nichts. Er betrachtete sie lang, bevor er ihr eine Antwort gab. »Deine Freundin wurde ermordet, Alex. Wir sollten vorsichtig sein.«

»Dana ist das Opfer eines triebgesteuerten Irren geworden«, stieß sie leise hervor. »Du glaubst doch nicht, dass Lapitz dazu fähig wäre, oder doch?«

Richard schwieg einen Moment. Dann sagte er: »Zum einen ist es Sache der Polizei, herauszufinden, wer Dana Wolff umgebracht hat. Zum anderen haben wir keine Ahnung, ob Lapitz überhaupt etwas Konkretes weiß.« Mulsows Verdacht, dass Dana Wolff ihren Mörder womöglich gekannt hatte, verschwieg er. Sein Freund hatte ohnehin schon mehr an Ermittlungsdetails ausgeplaudert, als es seiner Dienststelle lieb sein dürfte.

Alex kaute weiter verdrossen auf ihrer Unterlippe. Vermutlich hatte sie sich eine andere Reaktion von ihm erhofft. Sie schien verzweifelt. Ihr Geld, das sie in die Galerie investiert hatte, war weg. Und nun klammerte sie sich an das Versprechen ihrer Freundin. Doch die war tot, und Richard hatte das ungute Gefühl, Alex war nicht bewusst, worauf sie sich da vielleicht einließ.

Er beugte sich leicht nach vorn und sah sie eindringlich an. »Versprich mir, dass du nichts Unüberlegtes tust.«

»Aber wenn ich nichts unternehme …«

»Alex?«

»Ja, ich halte mich zurück«, sagte sie matt.

Richard ließ sich wieder nach hinten fallen und nahm einen Schluck Mineralwasser. Keiner von ihnen sagte etwas. Beide hingen sie ihren eigenen Gedanken nach. Das Restaurant des »Strandhotels« war auch zu so später Stunde gut gefüllt. Unter das monotone Rauschen der Ostseewellen mischten sich die Gespräche der Nachbartische.

»Guten Abend, Alex!«

Richard fuhr zusammen und blickte zu dem Mann hoch, der unvermittelt neben ihrem Tisch aufgetaucht war. Er schätzte, dass er etwa in seinem Alter war. Doch äußerlich hätten sie unterschiedlicher nicht sein können. Untersetzte Gestalt, schütteres mausgraues Haar und eng stehende Augen. Auf seinem mondförmigen Gesicht lag ein verträumtes Lächeln.

»Hallo, André.« Alex schob ihren Stuhl zurück und stand auf. Sie hauchte André Jahnke zur Begrüßung einen Kuss auf die linke Wange. Auch Richard erhob sich.

»Setz dich doch zu uns«, lud sie den Hotelinhaber überschwänglich ein.

»Wenn ich euch nicht störe?« Unsicher blickte er zu Richard auf.

»Natürlich nicht, bitte«, wehrte dieser den Einwand höflich ab und deutete auf den freien Platz. »Ich bin froh, mich endlich persönlich bei Ihnen für Ihre Gastfreundschaft bedanken zu können.« Sie schüttelten einander die Hände. »Richard Gruben.«

»Ach, Berts Professor aus Münster? Ich hoffe, es ist alles zu Ihrer Zufriedenheit?«

»Ja, vielen Dank. Es ist ein sehr schönes Haus.«

Alex setzte sich, und die Männer taten es ihr gleich.

»Du siehst müde aus, André.« Behutsam berührte sie seinen Oberarm. Er trug ein blütenweißes Hemd, jedoch kein Sakko.

Jahnke lockerte mit seinen wulstigen Fingern den Knoten der blauen Krawatte. »Die letzten Tage waren ein bisschen viel. Mein Chefkoch springt mir mitten in der Hauptsaison ab, dazu der übliche Stress im Hotel, gestern Danas Beerdigung …« Er hielt kurz inne. Sein leerer Blick glitt über die inzwischen schwarze Ostsee. »Ihr Tod hat die alten Erinnerungen wieder hochgeholt.«

»Deine Frau?«, fragte Alex mitfühlend.

Jahnke nickte sichtlich ergriffen. »Dana ist in dieser schweren Zeit immer für mich da gewesen. Ohne sie hätte ich es damals nicht geschafft, über den Verlust hinwegzukommen. So seltsam es auch klingen mag, der Mord an Miriam hat uns näher zusammengebracht.«

»Mord?« Erschrocken blickte Alex Jahnke an. »Ich dachte, deine Frau wäre bei einem Verkehrsunfall ums Leben gekommen?«

Der Hotelbesitzer straffte die Schultern. »Einen Menschen über den Haufen zu fahren und mitten in der Nacht schwer verletzt bei minus zwanzig Grad im Straßengraben liegen zu lassen ist und bleibt für mich Mord«, sagte er mit fester Stimme.

»Warum war sie denn so spät noch unterwegs?«, erkundigte Alex sich vorsichtig.

»Wir hatten im Nachbarort Danas einundzwanzigsten Geburtstag gefeiert. Eine Riesenparty. Es waren viele Leute dort, die ich seit Ewigkeiten nicht gesehen hatte. Plötzlich wollte Miriam nach Hause. Es ging ihr nicht besonders. Ich hatte sie gebeten, noch ein paar Minuten zu bleiben. Aber dann habe ich sie in dem ganzen Trubel verloren, und sie ist einfach losmarschiert. Ich werde es mir nie verzeihen, dass ich nicht gleich zusammen mit ihr fort bin.«

Jahnke senkte den glasigen Blick starr auf die Hände in seinem Schoß. »Auf der Landstraße kurz vor Niederwiek hat er sie erwischt. Der Aufprall muss so heftig gewesen sein, dass Miriam fünf Meter weiter in den Straßengraben geschleudert wurde. Doch ihre Verletzungen haben sie nicht umgebracht. Das Schwein hat Miriam einfach liegen lassen und ist abgehauen. Eine Autofahrerin hat sie erst zwei Stunden später gefunden.« Jahnke hob den Kopf und sah Alex mit tränengefüllten Augen an. »Meine Frau ist jämmerlich erfroren.«

Jahnkes plötzlicher Gefühlsausbruch schien sie zu befremden. Hilfesuchend blickte sie zu Richard hinüber.

»Der Unfallverursacher wurde nie ermittelt?«, schaltete er sich nun ein.

Der Hotelbesitzer drückte kurz Daumen und Zeigefinger in die Augenwinkel und schaute ihn an. Der glasige Blick war verschwunden, nur ein zorniges Funkeln lag auf seinem runden Gesicht. »Was ist so ein Menschenleben schon wert, Professor Gruben? Drei Monate polizeiliche Ermittlungsarbeit, dann werden die Aktendeckel für immer geschlossen. Doch mit der Schuld wird er leben müssen. So wie ich mit meinem Verlust. Diese Gewissheit habe ich nur Danas tröstendem Zuspruch zu verdanken.«

Für einen Moment trat ein betretenes Schweigen ein. Alex warf Richard einen verstohlenen Blick zu. Sie fühlte sich sichtlich unbehaglich. Jahnke musste es gespürt haben. Ruckartig sprang er von seinem Stuhl auf und lächelte versöhnlich. »Entschuldige, Alex. Professor Gruben und du, ihr hattet sicher einen unterhaltsameren Abend im Sinn. Ich wollte euch nicht mit den Dämonen meiner Vergangenheit langweilen.«

»Nein, André«, sagte Alex entschieden. »Das tust du nicht. Bleib doch noch.«

»Ich muss, leider. Die Pflicht ruft. Vielleicht sehe ich dich morgen beim Frühstück?«

Argwöhnisch spähte er zu Richard hinüber. Die Frage, wo *er* morgen frühstückte, schien den Hotelier erheblich mehr zu interessieren.

»Gern«, beteuerte Alex.

»Dann wünsche ich noch einen schönen Abend.«

Jahnke nickte dem Professor zu, küsste Alex flüchtig auf die Wange und verschwand im Hotel.

Während Alex ihm nachschaute, betrachtete Richard ihr Profil. Was sie für André Jahnke empfand, konnte er nicht mit Bestimmtheit sagen. Mitleid? Freundschaftliche Zuneigung? Aber dass dessen Gefühle weitaus tiefer gingen, war ihm nicht entgangen.

»Dana Wolff hatte mit Jahnke Streit. Wusstest du das?«, fragte Richard in ihr Schweigen hinein.

Verblüfft wandte Alex ihm das Gesicht zu.

»Nein. Sie hat das nie mit einer Silbe erwähnt.«

»Offenbar hat sie ihm ihre Pläne für die Kunstgalerie verschwiegen.«

»Behauptet Lapitz das?«

Richard hob vielsagend die Augenbrauen.

»Das sieht diesem Mann ähnlich.« Alex lachte leise auf. »Nachdem Dana und ich die Räume bei André angemietet hatten, hat er uns erzählt, der Erdbeerbaron wäre ziemlich verstimmt gewesen, weil er das Strandlokal nicht ihm überlassen hat. Er hätte doch schließlich eine beachtliche Summe dafür geboten. Aber André bedeutete die Freundschaft zu Dana mehr als Profit. Er hat Lapitz' Kaufangebot abgelehnt. Was der ihm wohl nicht verziehen hat.«

»Jürgen Lapitz wollte das Strandlokal also selbst betreiben?«

Alex schien kurz über seine Frage nachzudenken. »Nein, Dana sollte einfach so schnell wie möglich wieder aus Niederwiek verschwinden.«

Richard griff nach seinem Glas und ließ das Wasser langsam kreisen. Wie die Gedanken in seinem Kopf. Alex hatte ihrer Freundin seine Visitenkarte bereits vor fünf Wochen ausgehändigt. Warum hatte Dana Wolff ihn in der ganzen Zeit nicht angerufen? Was war ihr dazwischengekommen? Oder besser: *Wer?* Lapitz? Richard hegte keine Zweifel, dass der Mann sehr genau wusste, dass er als Experte für den britischen Kunstmarkt tätig war. Doch wusste er tatsächlich, warum Dana Wolff ihn sprechen wollte? Was sie nach so vielen Jahren wieder hergeführt hatte?

Für Richard stand fest: Ihre plötzliche Rückkehr betraf nicht die Erfüllung eines lang gehegten Traumes, wie sie ihrer Tochter gegenüber behauptet hatte. Das alte Strandlokal glich mehr einer Rumpelkammer als einem florierenden Künstlerquartier. Sie hatte hier nach etwas Bestimmtem gesucht. Nach allem, was er bisher erfahren hatte, konnte es dabei nur um Thomas Halford gehen. Einen Ausnahmekünstler mit Weltruf. Ausstellungen in New York, Paris und Düsseldorf. Nur, wo war die Verbindung nach Niederwiek?

15

»Also gut, wenn Max nicht da ist, komme ich noch vorbei.« Lena legte auf. Auf dem Display ihres Handys leuchtete die Anzeige auf. Dreiundzwanzig Uhr zwölf. Verflixt! Warum bloß hatte sie sich von Mila breitschlagen lassen? Natürlich wusste sie, dass die Freundin es nur gut meinte und für sie da sein wollte nach dem Tod ihrer Mutter. Das Beisammensitzen am Strand mit den Erntehelfern würde sie ablenken. Jedoch verspürte Lena keine rechte Lust, so spät noch zur Seebrücke hinunterzufahren. Sie war hundemüde und wollte eigentlich nur ins Bett.

Den ganzen Tag über hatte sie mit Erika in der alten angemieteten Wohnung Möbel auseinandergeschraubt, Papierkram sortiert und Umzugskisten gepackt. »Wir müssen uns von einigen Dingen trennen, Lena«, hatte sie in einfühlsamem Ton gesagt. »Du kannst nicht alles mitnehmen.« Mitnehmen? Wohin? In sein Haus?, hätte sie beinahe geschrien. Doch Erika konnte ja nichts dafür. Für ihren Vater. Also hatte sie geschwiegen und einfach weitergemacht.

Nur als sie bei Danas Habseligkeiten angelangt waren und Erika sie ermutigte, sich in Ruhe etwas auszusuchen, was sie zur Erinnerung an ihre Mutter behalten wollte, konnte sie sich nicht beherrschen. »Ich brauche nichts!«, hatte sie halsstarrig geantwortet. Denn sie wollte sich nicht erinnern. Wollte kein Andenken an ihre kaltherzige, grausame Mutter. Aber wie sollte Erika das auch verstehen? Voller Unverständnis hatte die alte Frau sie angeschaut, als sie jedes Kleidungsstück, jedes Schmuckstück ihrer Mutter mit einem energischen Kopfschütteln in den Karton für das Rote Kreuz geschleudert hatte.

Lena stopfte das Handy in die Tasche ihrer Shorts zurück und griff nach dem Fahrradlenker. Sie hatte Erika hoch und heilig versprochen, von der Wohnung direkt nach Hause zu kommen, nachdem sie zum Schluss ihre eigenen Sachen in die Umzugskisten verstaut hatte. Dass sie diese niemals irgendwohin mitnehmen würde, konnte Erika nicht ahnen. Sie wusste schließlich nichts von ihren Plänen. Lena hatte nur das zusammengesucht und in ihren Rucksack gestopft, was sie in den nächsten Wochen tatsächlich brauchen würde. Wo auch immer.

Unschlüssig spähte sie in den nächtlich beleuchteten Sanddornweg hinein. Mila und auch die anderen Erntehelfer würden in wenigen Tagen Niederwiek verlassen, und wer wusste, wie viel Zeit sie noch zusammen hatten. Es waren die letzten gemeinsamen Abende, die ihr noch mit der Freundin blieben. Aber unter Garantie kam Erika ihretwegen schon vor Sorge um und tigerte ängstlich hinter dem Gartentor auf und ab. Mittlerweile war ihr die alte Frau irgendwie ans Herz gewachsen, und es bereitete ihr Unbehagen, sie zu enttäuschen oder in Unruhe zu versetzen. Doch Lena beschlich der Gedanke, dass Erika sie zu Hause womöglich wieder mit leidigen Fragen über ihre Mutter löchern würde. Und das konnte sie jetzt überhaupt nicht ertragen.

Kurz entschlossen wendete Lena das Mountainbike und bog nach rechts in die neu gebaute Ferienhaussiedlung ab. Sie hatte entschieden, die Strecke vorbei am »Hof-Café« zu nehmen, denn so würde sie wesentlicher schneller an der Seebrücke sein. Auch wenn um diese nachtschlafende Zeit auf den Straßen dorthin weniger Passanten unterwegs waren als oben auf der Hauptstraße. Gedankenverloren radelte sie weiter. Hoffentlich würde Mila recht behalten, und Max kreuzte nicht an der Seebrücke auf. Auch heute hatte er ständig versucht, sie zu erreichen. Aber sie hatte die Anrufe einfach weggedrückt, seine WhatsApp-Nachrichten ungelesen gelöscht. Stellte er sich das so leicht vor? Ein paar entschuldigende Worte übers Telefon?

Am Ende der Ferienhaussiedlung, wo die Sportplatzanlage lag, hielt Lena kurz an, um ihr Sweatshirt aus dem Rucksack zu holen. Sie fröstelte. Hoffentlich hatte sie sich keine Sommergrippe eingefangen. Angestrengt kniff sie die Augen zusammen und wühlte zwischen ihren Sachen herum. Sie konnte kaum etwas erkennen, denn das Licht der Laternen fiel nur spärlich zu ihr herüber. Sie beschloss, später auf der anderen Seite weiterzufahren. Ein Auto rollte leise an ihr vorbei, doch sie blickte nicht auf. Endlich fand sie ihren Pullover. Schnell streifte sie ihn über, band ihren Pferdeschwanz neu und trat wieder in die Pedale.

Plötzlich bremste sie abrupt ab. Hundert Meter weiter parkte ein Wagen. Sein Wagen. Mit eingeschaltetem Abblendlicht und laufendem Motor stand er unter einer Laterne am Straßenrand. Lena stutzte. Was sollte das denn? Lauerte er ihr etwa auf? Sie schaute kurz über die linke Schulter und überlegte, zurück zur Hauptstraße zu fahren. Doch sie hatte die vage Vermutung, dass das zwecklos war. Er würde ihr mit Sicherheit folgen.

Was bildete er sich eigentlich ein? Dass sie hier auf der Straße über ihre gemeinsame Zukunft diskutieren würde? Nur wie sollte sie ihn loswerden? Sie wollte nicht noch mehr Zeit verlieren. Und schon gar nicht wegen ihm. Ignorieren, schoss es ihr durch den Kopf, einfach ignorieren. Mit wackligen Beinen radelte sie los. Ihr Herz klopfte bis zum Hals. Allmählich kam sie näher. Das Fenster auf der Fahrerseite war heruntergelassen, und er beobachtete sie durch den Seitenspiegel. Konzentriert. Angespannt. Lena fuhr vorbei. Sie wurde schneller. Wenn er ihr etwas zu sagen hatte, konnte er sich bitte schön einen anderen Zeitpunkt dafür aussuchen, als ihr mitten in der Nacht nachzustellen.

Wütend krallten sich ihre Hände um die Griffe des Lenkers, während sie verbissen in den flackernden Strahl ihres Vorderlichts starrte. Bis zur Abzweigung Richtung »Hof-Café« waren es vielleicht noch dreihundert Meter. Dann hörte sie das Motorengeräusch. Immer deutlicher. Er näherte sich von hinten. In Schrittgeschwindigkeit tuckerte der Wagen an ihr vorüber. Durch die Heckscheibe konnte sie erkennen, wie er sie nun im Rückspiegel eingehend betrachtete. Was wollte er damit bezwecken? Seine Stärke beweisen? Erneut blieb er stehen. Doch diesmal stellte er den Motor aus.

Sie spürte ihr Herz noch heftiger klopfen. Wenn er aussteigt, fährst du einfach vorbei, dachte Lena entschlossen. Er wird es nicht wagen, dich zu stoppen. Das Brodeln in ihrem Bauch wurde stärker. Blitzschnell sauste sie an der geschlossenen Tür vorbei. Sofort sprang das Auto an und überholte sie zügig, um sich vor der Kreuzung wieder vor ihr einzuordnen. Gerade als er abermals anhalten wollte, rauschte ein Auto im hohen Tempo von hinten heran, und er musste abbiegen, da auf der rechten Seite ein Lkw den Parkstreifen blockierte. Sein Wagen verschwand hinter der Kurve. Lena bremste ab, riss den Fahrradlenker nach links und holperte quer über die Grünfläche, die zu einer Reha-Klinik gehörte. Hinter einem flachen Nebengebäude stieg sie keuchend vom Rad.

Wutentbrannt warf sie es auf den Boden. Vollidiot! Heiße Tränen schossen in ihre Augen. Sie stemmte die Arme in die Seite und streckte den Kopf in den klaren Nachthimmel. Gequält atmete sie ein und aus. Sie war ihm doch völlig gleichgültig. Warum interessierte er sich plötzlich für sie? Hatte er wegen ihrer Mutter ein schlechtes Gewissen? Fühlte er sich verpflichtet? Schuld ist das Einzige, was er empfinden sollte, dachte Lena bitter.

Sie hob das Mountainbike auf und setzte ihren Weg zur Seebrücke fort. Sie hatte schon genug Zeit wegen ihm verloren. Mila fragte sich inzwischen sicher, wo sie blieb. Und jetzt musste sie auch noch den Umweg durch die schummrige Parkanlage nehmen.

Ihre Gedanken kreisten immer noch um die unerwartete Begegnung, als das hell angestrahlte »Strandhotel« vor ihr auftauchte. Sie trat aus dem Dunkel der Parkanlage, um ab hier auf der beleuchteten Promenade weiterzufahren. Doch kurz darauf stoppte Lena erneut. Direkt vor dem Eingang parkte ein weißer Land Rover. Abwartend starrte sie auf das mächtige Fahrzeug. Aber niemand stieg aus. Der Motor lief. Doch durch die heruntergelassene Scheibe konnte sie deutlich hören, wie der Fahrer mit jemandem telefonierte. Erregt. Außer sich vor Wut. Dann legte er auf. Einige Minuten später trat Alex aus dem Hoteleingang und schlüpfte in den Wagen.

16

Richard schaltete den Laptop aus und hob ihn von seinen Knien auf den Couchtisch. Müde fuhr er sich mit der linken Hand über das Gesicht, wobei sein Blick an der Armbanduhr hängen blieb. Viertel vor zehn. Er hatte weit über zwei Stunden ergebnislos im Internet gesurft.

Als das Pfeifen in seinem Ohr ihn um sieben aus dem Bett getrieben hatte, hatte er sich nach einer ausgiebigen Dusche ins Wohnzimmer verzogen und im Netz nach Informationen über Thomas Halford gesucht, doch nichts Neues zutage befördert. Die Verbindung des englischen Grafikers nach Mecklenburg blieb ihm schleierhaft. Trotzdem spürte er, dass hinter Dana Wolffs plötzlichem Interesse mehr gesteckt haben musste als berufliche Neugier. Mit einer Ausstellung, die sie in ihrer Galerie bewerkstelligen wollte, wie Mulsow vermutete, hatte es sicher nichts zu tun. Dafür gab es zu viele Ungereimtheiten. Die unfertigen Räume im Strandlokal, ihre nebulösen Andeutungen Alex gegenüber.

Doch die größte Ungereimtheit war Jürgen Lapitz. Dass er auf Dana Wolff nicht besonders gut zu sprechen gewesen war, hatten seine unverhohlenen Worte sehr deutlich gezeigt. Aber lag das tatsächlich an Halford, wie Alex vermutete? Vielmehr drängte sich Richard der Eindruck auf, dass der Erdbeerbaron schlichtweg stinksauer war, weil Jahnke das alte Strandlokal an Dana Wolff vermietet hatte. Schließlich war die Lage an der Promenade eine Top-Adresse und für ihn als Gastronom ein lukratives Objekt.

Bevor Richard sich gestern Abend am »Strandhotel« von Alex verabschiedet hatte, hatte er ihr trotz allem das Versprechen abgerungen, in Bezug auf Jürgen Lapitz nichts im Alleingang zu unternehmen. Nur widerstrebend hatte sie zugestimmt. »Abgemacht. Aber sobald dein Freund Mulsow irgendetwas in Erfahrung bringt, erzählst du es mir, ja?«

»Einverstanden«, hatte er leichthin erwidert, obwohl ihm bewusst war, dass er sich damit auf sehr dünnem Eis bewegte. Er hatte Berts Vertrauensseligkeit vor geraumer Zeit schon einmal auf den Prüfstand gestellt. Und nur ungern wollte er den Freund ein zweites Mal vor den Kopf stoßen.

Träge erhob er sich vom Sofa und schlurfte gähnend zur Küchenzeile hinüber. Während er die Kaffeemaschine anstellte, spähte er auf das Außenthermometer am Fensterrahmen: dreiundzwanzig Grad im Schatten. Und keine einzige Wolke am Himmel. Niederwiek stand erneut ein brütend heißer Tag bevor. Richard grübelte noch, was er bei der Hitze unternehmen sollte, als ihm ein roter Kleinwagen auf der gegenüberliegenden Straßenseite auffiel. Direkt vor dem Haus von Erika Pohl. Er beugte sich vor und erspähte Alex, die in einem geblümten Sommerkleid auf der Fahrerseite ausstieg.

Schnell lief er ins Schlafzimmer und schlüpfte in seine Jeans, denn er hatte den Morgen lediglich in Boxershorts und weißem T-Shirt auf der Couch verbracht. Nachdem er sich vor dem Spiegel hastig durch das verstrubbelte Haar gefahren war, öffnete er die Tür, um ihr entgegenzugehen. Doch Alex war nirgends zu sehen. Nur der rote Polo stand verwaist auf dem Sanddornweg. Verwundert ging Richard die Auffahrt hinunter, bis er plötzlich eine jähzornige Stimme vernahm.

»Verpiss dich!«

Suchend blickte er sich um.

»Mir gegenüber brauchst du dich nicht so aufzuführen. Was zwischen dir und deiner Mutter gewesen ist, musst du schon mit dir allein ausmachen«, hörte er nun Alex.

Richard trat aus dem Schatten der Hecke auf den Gehweg. Dana Wolffs Tochter stand mit verschränkten Armen hinter dem geschlossenen Gartentor und starrte Alex hasserfüllt an. Ihre Augen glühten vor Zorn.

»Ich hab euch gehört«, fauchte Lena.

Alex machte zwei Schritte auf sie zu. »Was hast du gehört?«

Doch das Mädchen entgegnete nichts darauf. Verzog nur angewidert den Mund.

»Lena, was willst du …« Doch weiter kam Alex nicht. Dana Wolffs Tochter drehte sich ruckartig um und rannte ins Haus. Mit einem Krachen fiel die Haustür zu.

Langsam überquerte Richard die schmale Straße. »Hab ich etwas verpasst?«

Alex wirbelte herum. Sie schien für einen Moment verwirrt. So als müsste sie überlegen, wer da vor ihr stand. »Du …?«

»Ich habe mein Ferienquartier dort drüben. Schon vergessen?« Er deutete mit einer Kinnbewegung auf die andere Seite des Sanddornwegs.

»Ach, nein.« Ein kleines Lächeln umspielte ihren Mund. »Ich war nur gerade ein wenig durcheinander.«

»Wegen des Mädchens?«

Alex nickte. Sie schien fassungslos über die Aggressivität, die ihr Lena entgegengebracht hatte.

»Was hat sie denn damit gemeint?«

Fragend schaute sie ihn an. »Womit?«

»›Ich hab euch gehört‹«, zitierte er Lena.

Alex' Blick glitt für eine Weile zum Gartentor hinüber, dann drehte sie sich wieder zu ihm um. »Ich weiß es nicht, Richard. Ehrlich.«

»Worum ging es denn eigentlich?«

»Ich habe nur nach dem Schlüssel zu Danas alter Wohnung gefragt, falls dort noch Unterlagen aus der Galerie herumliegen. Aber Lena hat mich sofort angegiftet. Sie hat mich nicht einmal ausreden lassen.«

»Hast du ihr denn erklärt, wozu du in die Wohnung musst?«, hakte er nach.

Verständnislos schüttelte sie den Kopf. »Nein. Warum sollte ich?«

»Nun ja, das könnte schon ein Grund sein, warum sie so empfindlich reagiert. Vielleicht möchte sie nicht, dass jemand ungefragt in den Sachen ihrer toten Mutter herumstöbert.«

»Blödsinn«, protestierte Alex entschieden. »Die beiden hatten nicht gerade ein inniges Verhältnis zueinander.«

»Was meinst du damit?«

»Nach allem, was ich so mitbekommen habe, gab es wohl ständig irgendwelche Schwierigkeiten mit Lena. Schulabbruch. Herumtreiberei bis spät in die Nacht. Jungsgeschichten. So was eben.«

»Die düsteren Abgründe eines pubertierenden Teenagers«, warf Richard schmunzelnd ein.

»Ganz genau.« Alex lachte leise auf. »Ich erinnere mich dunkel. Keine besonders schöne Zeit für meine Eltern. Zum Glück sind uns pubertierende Kinder erspart geblieben.«

Richard lächelte flüchtig und schob abwartend die Hände in die Vordertaschen seiner Jeans. Mit aufeinandergepressten Lippen schaute er sie an. Dann schien sie zu verstehen.

»*Du* hast Kinder?«

»Einen Sohn … ja.«

Alex erwiderte nichts. Ihre grünen Augen musterten ihn abwartend. Fast erschrocken.

»Überrascht dich das jetzt?«

»Nein. Es ist nur …« Verlegen zupfte sie am Stoff ihres Kleides. »Warst du schon damals … in Leipzig … mit seiner Mutter liiert?«

»Ich habe Charlotte erst später kennengelernt«, sagte er mit einem leichten Kopfschütteln.

»Und was machst du dann hier … allein?«

»Wir haben uns vor sechs Monaten getrennt.«

Eine schmale Falte bildete sich auf ihrer Stirn. Doch ansonsten konnte er in ihrem reglosen Gesicht nicht ablesen, was sie dachte. Über ihn. Irritiert stellte er fest, dass Alex' Meinung ihm nicht gleichgültig war.

»Hast du Zeit auf einen Kaffee?« Richard zog die rechte Hand aus der Hosentasche und deutete mit dem Daumen auf Jahnkes Haus.

»Leider nein.« Alex ging langsam zu ihrem Auto zurück. »Ich muss mich um ein paar wichtige Dinge kümmern.«

Mit strengem Blick schaute er sie an.

»Keine Alleingänge wegen Lapitz. Ich weiß.« Abwehrend hob sie die Hände vor die Brust. »So schwer es mir auch fällt.«

»Alex.« Er ging einen Schritt auf sie zu. »Ich habe heute Morgen ein wenig über Halford recherchiert, doch nichts über den Mann gefunden, was nur ansatzweise erklärt, warum sich Jürgen Lapitz für ihn interessiert haben könnte. Zudem ist der Erdbeerbaron Obstbauer und kein Kunstkenner.«

»Aber du hast doch selbst gesagt, dass Lapitz den Namen Halford zu kennen scheint«, erwiderte sie.

»Ich sage ja nicht, dass Jürgen Lapitz vollkommen ahnungslos ist, doch vielleicht hat deine Freundin bei ihm nur ähnliche Andeutungen gemacht wie dir gegenüber, und er weiß letztendlich nicht mehr als wir beide.«

»Ich habe Dana und ihn auf dem Parkplatz streiten sehen, und dabei ging es nicht um harmlose Faltblättchen, wie er gegenüber deinem Freund von der Polizei behauptet hat. Da steckte mehr dahinter.«

»Dann sollten wir uns besser raushalten.«

Alex schaute gekränkt nach unten. Richard konnte sehen, wie sie nach Atem rang. Er wusste, sie steckte finanziell ziemlich in der Klemme. Und ihn um Hilfe zu bitten war ihr sicher nicht leichtgefallen. Wie eine Ertrinkende griff sie nach jedem Strohhalm.

»Ich bleibe an Halford dran«, ließ er sich schließlich hinreißen zu sagen.

Sie hob den Kopf und nickte versöhnlich. »Danke.«

Dann holte sie ihren Autoschlüssel aus der Handtasche und betätigte die Fernbedienung. »Aber jetzt muss ich wirklich in die Galerie.«

»Was ist denn so wichtig?«, wollte er wissen.

»Es geht um die Bilder, die dort noch herumliegen. Einige der Künstler, die ich an Dana vermittelt habe, möchten nun verständlicherweise ihr Eigentum zurück. Und da ich ihr direkter Ansprechpartner bin, muss ich mich darum kümmern. Leider habe ich mich dazu breitschlagen lassen, einer älteren Malerin aus Stralsund ihre Bilder heute Mittag persönlich vorbeizubringen.«

»Hat die Polizei denn inzwischen die Galerie wieder freigegeben?«

»Sie haben heute Morgen angerufen und mich darüber informiert«, bestätigte sie seine Frage und blickte dabei entschuldigend auf ihre Armbanduhr. »Ich habe den Mietvertrag aufgelöst und möchte das alles so schnell wie irgend möglich abwickeln, Richard. Wenn ich mich jetzt nicht beeile, brauche ich nicht mehr loszufahren.«

»Dann sehen wir uns heute Abend? Zum Essen?«, versuchte er es von Neuem.

»Schon wieder?« Spöttisch legte sie den Kopf schräg. »Wird das jetzt zur Gewohnheit?«

»Wäre das so schlimm?«

»Nein.«

Hatte er ein leichtes Zögern in ihrer Stimme vernommen?

Alex stieg ins Auto. »Ich weiß noch nicht, wie lange ich zu tun habe. Wenn ich am Nachmittag aus Stralsund zurück bin, stehen schon die nächsten auf der Matte, um ihre Bilder abzuholen. Komm doch einfach gegen acht im Hotel vorbei, ja?«

»Mach ich.«

Er ging zurück zu Jahnkes Haus. Auf halbem Weg hörte er sie rufen. »Ach, Richard?«

»Ja?« Er drehte sich um.

Ihre linke Hand umfasste den Griff der offenen Fahrertür, mit der rechten tastete sie nach ihrer Sonnenbrille auf dem Armaturenbrett. »Bis dahin solltest du aber noch einmal die Wahl deines Schuhwerks überdenken.«

Alex lachte, setzte die Sonnenbrille auf und knallte die Tür zu. Kurz darauf war sie weg.

Richard senkte den Kopf. Er stand barfuß auf dem warmen Asphalt.

17

»Beehrt uns der feine Herr Graf auch mal wieder?«

Christoph von Roden kam mit nach unten gerichtetem Blick aus dem Bürogebäude des Erdbeerhofes und stolperte seinem Schwiegervater regelrecht in die Arme. Überrascht schaute er auf, die Hände nestelnd am Hosenbund. Jürgen Lapitz stand so dicht vor ihm, dass er dessen schalen Atem riechen konnte. Seine gewaltige Adlernase zuckte unruhig. Zornig funkelte er ihn an.

»Wo zum Kuckuck hast du gesteckt?«

Was geht dich Kotzbrocken das verdammt noch mal an?, dachte Christoph ungehalten. Er verspürte den Drang, dem Alten gehörig die Meinung zu geigen. Aber wie immer behielt er diese für sich.

»Ich komme aus Rostock. Deine Tochter hat mir heute Morgen eine Extratour aufgedrückt«, brummte er und zog seinen Gürtel in der Schnalle fest.

»Extratour?« Lapitz' stechender Blick wanderte an Christoph hinab und blieb ungeniert in seinem Schritt hängen. »Fragt sich nur, wer die auf dir geritten ist.«

»Frag dich doch, was du willst.« Genervt schob er sich an ihm vorbei, doch der Alte hatte noch nicht genug.

»Deine Trauer um Dana scheint sich ja ziemlich in Grenzen zu halten. War wohl nichts mit großer Liebe?«

Von Roden erstarrte, die rechte Hand ballte sich zur Faust. Mit versteinertem Gesicht drehte er sich zu seinem Schwiegervater um. »Hör sofort auf, oder …«

»Oder was?« Lapitz blickte ihn höhnisch an.

Christophs Hand verkrampfte sich noch mehr. Die Knöchel seiner Finger traten weiß hervor. Voller Abscheu blickte er Lapitz an. Jetzt, dachte er, genau jetzt haust du ihm eine rein. Doch mit jeder Sekunde, die verstrich, wurde er wieder zu dem armseligen Weichei, das er schon immer gewesen war.

»Lass mich in Ruhe«, raunte er und drehte sich weg.

»Ich war noch nicht mit dir fertig«, bellte Lapitz. »Bleib gefälligst stehen!«

Von Roden schluckte. Warum ließ er sich die ganzen Jahre so von seinem Schwiegervater herumschubsen? Was wäre der Alte denn ohne ihn? Ohne Leonores Acker? Langsam wandte er sich wieder um. »Was willst du?«

Der Erdbeerbaron griff in die aufgesetzte Tasche seiner grünen Cargohose, holte einen karierten Zettel heraus und drückte ihn von Roden in die Hand. »Martina hat angerufen. Das ist eine Liste der Sachen, die im ›Dünenresort‹ gebraucht werden. Du sollst ihr das vorbeibringen.«

Christoph überflog die handschriftliche Notiz. Alles Dinge aus dem Hofladen. Warum musste *er* sich darum kümmern? Doch außer einem genuschelten »Wird erledigt« sagte er nichts. Wie so oft. Ohne seinen Schwiegervater noch einmal anzusehen, schlich er über den gepflasterten Hof.

»Gern heute noch!«, rief Lapitz ihm von Weitem hinterher.

Aber seine spottenden Worte erreichten den Schwiegersohn nicht mehr. Christoph war mit seinen Gedanken längst woanders. Er dachte an Alex. Sein nächtliches Auftauchen gestern am »Strandhotel« war ihr gehörig gegen den Strich gegangen. Das hatte er gespürt. Nur widerstrebend war sie aus ihrem Zimmer nach unten gekommen, nachdem er sie vom Auto aus angerufen hatte. Doch er brauchte Erklärungen. Klarheit, was dieser Gruben in Danas Galerie zu schaffen hatte.

»Warum hast du mir nicht erzählt, dass die Polizei den Kerl dort hinbestellt hat?«

»Ich wusste es bis dahin doch selbst nicht«, hatte sie sich echauffiert.

»Und? Was genau wollte er nun dort?«

»Richard ist Kunstexperte! Was soll er wohl anderes in einer Galerie gemacht haben, als sich Bilder anzugucken?«

»Willst du mir weismachen, er hat dir bei einer eurer ständigen Verabredungen nicht erzählt, was die Polizei von ihm wollte?«

»Was soll das? Warum verhörst du mich?« Trotzig hatte sie den Kopf zum Fenster gedreht. Die Antworten blieb sie ihm schuldig. Alex war ihm ausgewichen.

Christoph von Roden betrat den kühlen Hofladen und schob dem jungen Mann, der mit gelangweiltem Gesicht hinter dem Verkaufstresen hockte, den Zettel hinüber. Behäbig erhob er sich von seinem Stuhl. Es war dieser langhaarige, schlaksige Musiker, den sein Schwiegervater jeden Sommer auf seinem Hof beschäftigte. Max Irgendwas. Ein Kiffer. Kategorie dauer-high. Seine Pupillen waren nur selten im Normalzustand und erinnerten Christoph an die überdimensionierten Augen dieser merkwürdigen japanischen Zeichentrickfiguren. Er hatte mit dem Typen kaum mehr als drei Wörter gewechselt. Und auch jetzt tat er es nicht. »Such mal zusammen.«

Der Blonde studierte die Liste. »Geht klar«, sagte er träge. Dann trottete er genauso gelangweilt, wie seine Miene aussah, in einen der hinteren Räume. Das konnte dauern.

Christoph blickte sich in dem spärlich besuchten Laden um. Kein Wunder, dass bei der Affenhitze kaum jemand herkam, dachte er, aber der Alte würde es verschmerzen. Am Weinregal blieben seine Augen hängen. Erdbeerwein. Unwillkürlich verspürte er ein Brennen in der Kehle. Er hatte Durst. Richtigen Durst. Bloß nicht auf dieses klebrige, widerlich süße Zeug. Einen ordentlichen Schluck Bourbon, den könnte er jetzt gut vertragen. Aber heute sollte er lieber die Finger vom Alkohol lassen. Er brauchte einen klaren Verstand. Für Alex. Was zum Teufel verschwieg sie ihm?

Von Roden ging wieder nach draußen. Im flirrenden Sonnenlicht musste er kurz die Augen zusammenkneifen, um sich nach der Dunkelheit im Laden zu orientieren. Vor der Lagerhalle standen wie üblich einige der blauen Lieferwagen, die je nach Tageszeit be- oder entladen wurden. Es war weit nach Mittag, und die ersten Fahrzeuge dürften mit ihren leeren Kisten zurückgekommen sein. Schon von Weitem konnte er eine Gruppe von Arbeitern lauthals lachen hören. Christoph blieb auf Höhe des ersten Lieferwagens stehen und beobachtete Lapitz' Männer aus einiger Entfernung. Doch nah genug, um alles zu verstehen. Augenscheinlich war Gunnar Priebe der Grund für ihre Erheiterung.

»Scheiße, hab ich 'nen Sonnenbrand«, stöhnte er laut.

»Mann, Priebe. Deinen Job möcht ich mal machen: den ganzen Tag aufm Acker und den Weibern in den Ausschnitt gucken.«

Alle Latzhosenträger brüllten von Neuem los. Priebe rieb sich über seine feuerroten Schulterblätter. Ein imaginäres weißes Achselhemd zeichnete sich auf seiner tätowierten Haut ab.

»Drinnen in der Halle ist's schön schattig. Da stehen noch 'ne Menge Kisten rum. Die kannste gern für mich umstapeln«, rief ihm einer von Lapitz' Leuten zu.

Priebe schlenderte zu einem der blauen Lieferwagen hinüber. »Nee, das mach mal schön allein. Ich will zum Großmarkt, die Polen haben mich geschickt. Die Getränke für die Strandparty heute Abend besorgen«, erwiderte er, während er sich nun tatsächlich sein Unterhemd überstreifte. »Verfluchte Scheiße, tut das weh!«

Was beschwerte der sich eigentlich?, dachte Christoph aufgebracht. Schließlich verrichtete er doch seit Tagen dessen Arbeit. Und auch jetzt schickte ihn Martina auf einen ihrer lästigen Dienstbotengänge, die Priebe sonst erledigt hatte. Gunnar Priebe war seit Ewigkeiten auf dem Erdbeerhof. Dumm wie Stroh. Etwas anderes fiel ihm zu dem Haus- und Hofnarren seines Schwiegervaters nicht ein. Und auch für Lapitz war Priebe nichts weiter als sein persönlicher Fußabtreter.

»Die scheinen dich ja richtig lieb gewonnen zu haben, wenn sie dich dazu einladen«, spottete nun ein anderer.

»Nur kein Neid.«

Plötzlich reckten die Männer ihre Köpfe Richtung Bürogebäude. Beifällige Pfiffe ertönten. Von Roden folgte ihren lüsternen Blicken und sah die Sekretärin seines Schwiegervaters in engem Bleistiftrock und hauchdünner grüner Seidenbluse auf die Lagerhalle zusteuern. Das Stieren der Arbeiter war ihr sichtlich unangenehm. Nervös strich sie über ihre nackten Arme. Vor dem Lieferwagen, in dem sich Priebe mittlerweile hinters Steuer geklemmt hatte, blieb sie stehen.

»Na, Süße! Was kann ich denn Gutes für dich tun?«

Feixendes Gelächter im Hintergrund. Christophs Verlangen nach Alkohol wurde stärker. Seine rechte Hand ballte sich wieder krampfartig zusammen.

»Sie möchten bitte Herrn Lapitz anrufen, wenn Sie wieder am Großmarkt losfahren.« Ihre Stimme war kaum zu hören.

»Mach ich doch glatt, Schätzchen.«

Erneut Pfiffe und Lachen. Schnell wandte sie sich um und stakste in ihren hohen Pumps wieder zum Büro zurück. Priebe hupte. Lang und mehrmals. Dann startete er den Motor. Als er an von Roden vorbeirollte, wandte er ihm den Kopf zu und entblößte seine gelben Zähne.

18

»Bitte schön.«

Richard Gruben starrte verwirrt auf das fettig glänzende Stück Sahnetorte, das sich plötzlich in sein Blickfeld schob. Da er ohne Mulsow vor der Bäckerei an der Promenade saß, konnte es sich nur um ein Versehen handeln. Er hob den Kopf von der Tischplatte und schaute die Kellnerin lächelnd an. »So verlockend Ihr Angebot auch ist … ich bekomme einen doppelten Espresso.«

»Oh.« Ihr Blick wanderte hektisch zwischen ihm, dem Tortenstück und den restlichen Gästen umher. Die Augenlider flatterten. Sie wirkte gestresst. »Entschuldigen Sie bitte.« Ruckartig griff die junge Frau in weißem T-Shirt und dunkelroter Schürze nach dem Teller und eilte wieder davon.

Richard lehnte sich im Schatten der Markise auf seinem Stuhl zurück. Es war früher Nachmittag, und die Tische vor der kleinen Strand-Bäckerei waren voll besetzt. Dass das Servicepersonal bei diesem Hochbetrieb kopflos herumlief, wunderte ihn nicht. Wer sollte hier den Überblick behalten? Auch er hätte unter normalen Umständen diese Art von Getümmel tunlichst gemieden, doch die erdrückende Stille in Jahnkes Ferienhaus hatte ihn hierher getrieben. Der Lärm schluckte seinen Tinnitus, und das war im Moment Balsam für seine Seele.

Nach dem kurzen Aufeinandertreffen mit Alex hatte er ausgiebig gefrühstückt und sich anschließend mit seinem E-Book-Reader in den Garten gesetzt. Den neuen Krimi seines schwedischen Lieblingsautors hatte er bereits vor drei Monaten heruntergeladen, nur die Ruhe, das Buch endlich zu lesen, nie gefunden. Doch schon nach wenigen Seiten war er erneut kläglich gescheitert. Er konnte sich nicht auf die Handlung konzentrieren. Permanent klingelte der Folterknecht in seinem Ohr. Zähneknirschend hatte er daraufhin beschlossen, die Zeit an der Promenade totzuschlagen.

Richard betrachtete die vorbeiströmenden Menschenmassen. Familien mit Bollerwagen und Kühltaschen, untergehakte, flanierende Paare, eine Gruppe junger Mädchen, bunte Strandmatten unter den Arm geklemmt. Der Gedanke an Lena Wolff drängte sich ihm auf. Das zornige Funkeln auf ihrem Gesicht, als sie am Morgen auf Alex losgegangen war. Der gewaltsame Tod ihrer Mutter musste ein entsetzlicher Schock für sie gewesen sein. Dass sie mit Jähzorn reagierte, konnte er sogar ein wenig verstehen. Seine Mitmenschen für das empfundene Unrecht mit Verachtung zu strafen machte es für sie vorerst leichter, mit dem schweren Verlust umzugehen. Nur dieser abgrundtiefe Hass, der in den Augen des Mädchens gelegen hatte, war ihm unerklärlich.

Nachdenklich wandte er den Kopf zur Seite. Wenige Meter weiter lag die sogenannte Galerie von Dana Wolff. Verwundert runzelte er die Stirn. Die Eingangstür stand weit offen. Konnte Alex von ihrem Termin aus Stralsund schon zurück sein? Er warf einen kurzen Blick auf seine Armbanduhr. Vermutlich nicht. Noch während er darüber nachgrübelte, was sie aufgehalten haben könnte, trat ein Mann in dunkler Hose und weißem Hemd heraus. Richard kniff die Augen zusammen und erkannte André Jahnke, der das Handy zwischen Ohr und Schulter geklemmt hatte. In den Händen hielt er eine rote Plastikbox. Richard wollte sich gerade den Kopf darüber zerbrechen, was der Hotelbesitzer in der Galerie zu schaffen hatte, als er sich daran erinnerte, dass er ja der Eigentümer des alten Strandlokals war. Er besaß mit Sicherheit einen Schlüssel. Aber wusste Alex darüber Bescheid, dass Jahnke dort herumstöberte?

»Ihr Espresso.«

Die Bedienung war erneut an seinem Tisch aufgetaucht und stellte ein kleines Tablett mit Espressotasse und einem Glas Wasser vor ihm ab.

»Danke.« Richard stand vom Tisch auf. »Bin gleich wieder da.«

Im Augenwinkel konnte er erkennen, wie sie ihm verdutzt hinterherschaute, als er in Richtung Promenade verschwand. Mit schnellen Schritten drängelte er sich an den Leuten vorbei und steuerte auf die Galerie von Dana Wolff zu. André Jahnke hatte die Plastikbox inzwischen vor der Eingangstür abgestellt und lehnte, immer noch telefonierend, an der blauen Holzfassade. Das rechte Bein angewinkelt, die freie Hand in die seitliche Hosentasche geschoben. Doch seine lässige Körperhaltung wollte nicht so recht zu den angestrengten Zügen auf seinem mondförmigen Gesicht passen. Er schien aufgebracht. Als Richard näher kam, flogen ein paar Wortfetzen zu ihm herüber.

»… verstehe ich nicht … Wort gegeben …«

Zwischen Jahnke und ihm lagen nur noch ein paar Schritte.

»… war doch alles in Butter …«

Dann hatte André Jahnke ihn entdeckt. Mit einem Ruck stieß er sich von der Hauswand ab und nickte Richard zu.

»Ich melde mich noch mal«, blaffte er ins Telefon und legte auf.

Sie schüttelten einander kurz die Hand.

»Ärger?«, fragte Richard geradeheraus.

»Nichts von Bedeutung.« Jahnke winkte nachlässig ab. Aber das unruhige Zucken in seinem Gesicht verriet seine Anspannung. Worum auch immer es bei dem Anruf eben gegangen war, es hatte den Hotelbetreiber sichtlich missgestimmt.

»Was kann ich für Sie tun, Professor Gruben?«

»Ich wollte zu Frau Marks.« Obwohl Richard die Antwort zu kennen glaubte, zeigte er mit ausgestrecktem Arm ins Innere der Galerie. »Ist sie da?«

»Frau Marks?« Jahnke schaute einige Sekunden irritiert zu der offen stehenden Eingangstür. Dann schien er den Grund seiner Frage zu begreifen.

»Ach wo«, verneinte er. »Alex ist unterwegs. Irgendwas Dringendes in Stralsund. Wussten Sie das nicht?«

»Doch, sie hat mir davon erzählt. Ich dachte nur, weil die Tür offen stand, sie wäre vielleicht schon zurück.«

»Alex hat mich gebeten, Strom und Wasser abzulesen«, erklärte Jahnke. »Der Mietvertrag läuft ja nun aus, und sie möchte wissen, was noch an Nebenkosten zu erwarten ist. Dana hat anscheinend ein wenig über ihre Verhältnisse gelebt. Auf dem Konto der Galerie sieht es ziemlich mau aus.«

Richard nickte. Offensichtlich hatte Alex Jahnke ins Vertrauen gezogen. Er war über die finanzielle Situation der Galerie gut informiert. Plötzlich kam ihm ein Gedanke.

»Sagt Ihnen der Name Thomas Halford etwas?«

»Halford? Dieser englische Grafiker?«

»Sie wissen, wer der Mann ist?« Richard horchte auf.

Auf Jahnkes rundes Gesicht legte sich ein spöttischer Ausdruck. »Professor Gruben, auch ich bin ein durchaus kunstaffiner Mensch, wenngleich die mecklenburgische Ostseeküste nicht der Nabel der Kunstwelt ist.«

Richard ignorierte den überheblichen Unterton und hakte nach. »Ich wollte sagen, hat Dana Wolff diesen Namen Ihnen gegenüber einmal erwähnt?«

»Warum sollte sie?« Überrascht blickte Jahnke ihn an.

»Ich hatte gestern den Eindruck bekommen, dass Sie beide eng vertraut miteinander waren.«

»Ja, ja, natürlich. Dana hat mir sehr nahegestanden.« Der Hotelinhaber strich sich fahrig über das lichte graue Haar. »Aber dieser Halford war nie ein Thema zwischen uns. Wieso fragen Sie?«

»Frau Wolff wollte sich wegen Thomas Halford mit mir in Verbindung setzen.«

»Ach …« Jahnke schien verblüfft. »Ist Halford nicht eine Nummer zu groß für das, was sie hier vorhatte?« Mit einer leichten Kopfbewegung deutete er zur Galerie.

»Genau deshalb stellt sich mir die Frage, warum sie mich kontaktieren wollte«, bestätigte Richard seinen Einwand. »Frau Wolff hat also mit Ihnen nie über ihn gesprochen?«

»Wie ich bereits sagte: Es war kein Thema.« Nachdrücklich schüttelte er den Kopf. »Tut mir leid.«

»Kein Problem. Es war nur so ein Gedanke«, erwiderte der Professor und zeigte wieder auf die Eingangstür. »Ich will Sie auch nicht weiter aufhalten. Sie haben sicher noch zu tun.«

»Ach was, ich bin hier eh fertig.« Jahnke beugte sich zu der roten Plastikbox, in der zwei Aktenordner lagen, hinunter und nahm einen Schlüsselbund heraus. Während er die Tür zusperrte, fuhr er in lockerem Plauderton fort: »Alex sagt, Sie wären ein Arbeitskollege von früher?«

Wie gestern Abend auf der Terrasse des »Strandhotels« konnte Richard sich des Eindrucks nicht erwehren, dass der Mann tiefere

Gefühle für Alex hegte. Seine Frage war keine zwanglose Plauderei. Es schien Jahnke brennend zu interessieren, in welchem Verhältnis er tatsächlich zu ihr stand.

»Richtig«, lautete seine nicht so ganz korrekte Version ihres Kennenlernens. »Das ist aber schon lange her.«

»Und nun treffen Sie sich nach so vielen Jahren zufällig an der Ostsee wieder.« Jahnkes Versuch, gelöst zu klingen, misslang gänzlich.

Alex hatte ihm offenbar nichts von der Visitenkarte, die sie Dana Wolff ausgehändigt hatte, erzählt. Und auch Richard sah keinen Anlass dafür, Jahnke über sein Zusammentreffen mit Alex in Kenntnis zu setzen.

»Die Welt ist ein Dorf«, sagte er nur und reichte seinem Gegenüber die Hand. »Noch einen schönen Tag.«

Er wandte sich zum Gehen um. Aber Jahnke hielt ihn auf. »Dann werden Sie sicher in Kürze abreisen, oder?«

Verwundert schaute Richard den Hotelbesitzer an. »Wie kommen Sie darauf?«

»Bert hat mir erzählt, Sie unterstützen die Polizei bei ihren Ermittlungen in der Galerie.«

»Ja, und?«

»Nun ja, ich weiß von Frau Marks, dass die Untersuchungen inzwischen offiziell abgeschlossen sind.« André Jahnkes eng stehende Augen musterten Richard neugierig. »Ich möchte ja nicht indiskret erscheinen, aber was hält Sie noch in Niederwiek?«

Richard legte den Kopf schief. »Gibt es ein Problem wegen dem Ferienhaus?«

»Nein, nein!«, wehrte Jahnke entschieden ab. »Ich hatte mit Bert abgemacht, dass Sie bleiben können, so lange Sie möchten. Ich habe mir nur gedacht, dass ein Kunstexperte von Ihrem Format doch sicher einen vollen Terminkalender hat.«

»Der auch mal Urlaub vorsieht …«

»Natürlich. Verzeihen Sie bitte meine Neugier.« Jahnke räusperte sich verlegen und hob die rote Plastikbox vom Boden hoch. »Erholen Sie sich gut.«

»Danke.«

Jahnke schob die Kiste seitlich auf die Hüfte und tauchte im

Strom der Menschen unter. Grübelnd schaute Richard ihm nach. André Jahnke sähe also gern, dass er bald abreiste. Das hatte er ihm deutlich zu verstehen gegeben. Nur, ob allein Alexandra Marks der Grund dafür war, konnte er nicht mit Bestimmtheit sagen.

19

»Können Sie mir nicht einfach ihre Nummer sagen, dann kann ich selbst nachsehen, ob sie da ist?«

Richard stand in der klimatisierten Hotellobby des »Strandhotels« und versuchte, der Empfangsdame an der Rezeption Alex' Zimmernummer zu entlocken. Als er gegen neunzehn Uhr an Jahnkes Ferienhaus aufgebrochen war, war er mit dem Auto zunächst zur Galerie von Dana Wolff gefahren, in der Hoffnung, sie dort anzutreffen. Aber das alte Strandlokal war verschlossen gewesen. Die Termine mit den Künstlern hatten sich anscheinend nicht so lange hingezogen, wie sie am Morgen angenommen hatte.

»Es ist uns nicht gestattet, die Zimmernummern unserer Gäste weiterzugeben«, vermerkte die Mittdreißigerin hinter dem Tresen mit einem entschuldigenden Lächeln und legte den Telefonhörer auf, als sie Alex auch nach mehrmaligem Klingeln nicht auf ihrem Zimmer erreichen konnte.

»Aber ich muss Frau Marks in einer sehr dringenden Angelegenheit sprechen. Es ist wichtig«, probierte Richard es nun mit einer Notlüge.

»Es tut mir leid. Aber wir dürfen da keine Ausnahmen machen.« Ihre piepsige Stimme klang unsicher, doch er konnte einen hartnäckigen Unterton ausmachen. Sie würde sich nicht so leicht geschlagen geben.

Charmant lächelnd beugte er sich über den Empfangstresen zu ihr hinüber. »Sie hätten etwas gut bei mir.«

»Ich kann Ihnen nicht …«

»Es scheint bei dir ja wirklich um Leben und Tod zu gehen.«

Richard fuhr herum. Direkt hinter ihm stand Bert Mulsow in Uniform, auf dem runden Gesicht ein breites Grinsen.

»Was treibt dich denn hierher?«, begrüßte ihn Richard irritiert.

»Alles rein dienstlich. Ich wollte zu André Jahnke. Aber er ist nicht in seinem Büro.« Der Polizist deutete mit ausgestrecktem

Zeigefinger nach oben und fügte vielsagend hinzu: »Leider habe ich keine Zeit für private Vergnügungen wie du.«

»Woran ich im Moment allerdings gehindert werde«, entgegnete Richard scherzend und ließ seinen Blick zu der Rezeptionistin wandern, die die beiden Männer lauernd beobachtete. »Könntest du nicht mit deinem Dienstausweis herumwedeln und für mich die Zimmernummer von Frau Marks in Erfahrung bringen?«

»Keine schlechte Idee.« Mulsow lachte auf. »Trotzdem dürftest du kein Glück haben. Frau Marks ist nicht auf ihrem Zimmer. Ich habe sie eben im Aufzug getroffen. Sie war auf dem Weg in die Tiefgarage. Soweit ich weiß, hat sie wohl eine Verabredung.«

Richard drehte den Kopf zum Fahrstuhl hinüber. Nachdenklich starrte er auf die geschlossenen Türen. Alex schien seine Einladung zum Abendessen vergessen zu haben. Hätte er sie noch einmal anrufen sollen? Aber wenn er es sich recht überlegte, hatte sie ihm auch nicht hundertprozentig zugesagt. Ging sie auf Distanz zu ihm?

»Also, wie sieht's aus? Hast du Lust?«

»Wozu?« Richard schaute Mulsow fragend an. Offenkundig hatte der Freund irgendetwas vorgeschlagen.

»Mit mir zu Abend zu essen?«, sagte dieser, als würde er sich wiederholen. »Auch wenn ich kein adäquater Ersatz für deine Frau Marks bin.«

»Stimmt. Doch in Erwartung eines deprimierenden Fernsehabends in Jahnkes Ferienhaus bist du immerhin eine vielversprechende Alternative.«

Einige Minuten später saßen die beiden Männer mit zwei Gläsern alkoholfreiem Bier auf der Terrasse des »Strandhotels«. Der Polizist hatte Bereitschaft, und Richard wollte nicht allein trinken. Dank Mulsows guter Kontakte zum Hotelinhaber hatten sie einen der Tische ergattert, die ausschließlich für Stammgäste reserviert waren. Obwohl es bereits halb neun war, gab es keinen einzigen freien Platz. Lautes Stimmengewirr hüllte die Terrasse ein.

»Ist es an der Ostseeküste schon immer so überlaufen gewesen?«, murmelte Richard kopfschüttelnd, während er seinen Blick über die voll besetzten Tische schweifen ließ.

»Vergiss nicht, du warst das letzte Mal im Winter hier«, erinnerte ihn Mulsow. »Da geht es für gewöhnlich ein wenig geruhsamer zu.«

Unwillkürlich fasste Richard sich an den Hals. Die Ereignisse vor eineinhalb Jahren flammten wieder auf. Mit hochgezogenen Brauen blickte er den Freund an. Und auch Mulsow schien sofort zu wissen, woran er dachte. Für ein paar Augenblicke schwiegen die beiden, vertieft in ihre Erinnerungen.

»Bereust du deine Entscheidung von damals?«, fragte Mulsow schließlich.

Die Gegenwart hatte Richard wieder eingeholt.

»Du meinst, weil ich Johanna habe gehen lassen?«

Der Polizist nickte stumm.

»Nein«, sagte er mit fester Stimme. »Auch wenn es zwischen Charlotte und mir nicht funktioniert hat: Es war die richtige Entscheidung.« Er machte eine kurze Pause. »Aber was ist jetzt? Habe ich da etwas falsch gemacht? Mit meinem selbstsüchtigen Verhalten bin ich nicht gerade ein Abbild väterlicher Fürsorge.«

»Bist du nicht deshalb hier, um darüber nachzudenken?«

Richard erwiderte nichts. Gedankenverloren schaute er zum Wasser. Kaum eine Welle brach sich an den gewaltigen Pfeilern der Seebrücke. Der laue Ostseewind war immer noch angenehm warm. War er wirklich deshalb hergekommen? Um sich erneut den Kopf über das alles zu zerbrechen? Er hatte seine Entscheidung doch nicht aus einer Laune heraus gefällt. Nur warum zog er sie plötzlich in Zweifel?

»Oder lenkt dich die Anwesenheit einer ganz bestimmten Person zu sehr vom Nachdenken ab?«, fragte der Polizist lachend und nahm einen Schluck von seinem kühlen Bier.

Richard drehte sich wieder zu ihm um. Er kam nicht drum herum, Mulsow heimlich beizupflichten. Seit er Alex wiederbegegnet war, ertappte er sich ständig dabei, an sie zu denken. Und auch jetzt erinnerte er sich wieder an das, was er ihr versprochen hatte.

»Ich habe über unseren Besuch auf dem Erdbeerhof noch

einmal nachgedacht, Bert«, sagte er. »Es gibt da eine Sache, die ich mir nicht so recht erklären kann.«

»Ja?« Mulsow schaute ihn abwartend an.

»Jürgen Lapitz wusste, dass ich als Experte für den britischen Kunstmarkt tätig bin.«

»Und was ist daran so merkwürdig?«

»Du hast ihm gegenüber lediglich erwähnt, dass ich euch bei den polizeilichen Ermittlungen unterstütze.«

Mulsow schmunzelte und reckte das Kinn zu den Nachbartischen. »Auch wenn du es dir im Moment nicht vorstellen kannst: Niederwiek ist und bleibt ein kleines Nest mit knapp tausend Einwohnern. Ein Mord ist *das* Gesprächsthema unter den Einheimischen. Lapitz wird es irgendwo aufgeschnappt haben, schließlich habe ich dich ganz offiziell in unsere Ermittlungen eingebunden.«

Mulsows Argument war nicht von der Hand zu weisen. Richard vergaß immer wieder, dass die Informationen in Orten wie diesem schneller und weiter flossen als in einer Großstadt. Trotzdem störte ihn etwas.

»Ich hatte das Gefühl, dass der Name Thomas Halford Lapitz nicht besonders überrascht hat.«

»Ist trotzdem nur ein Gefühl, Richard«, warf Mulsow ein. »Ich weiß, du möchtest Frau Marks helfen, aber *mein* Bauchgefühl sagt mir, dass Jürgen Lapitz nichts mit dem Treiben von Dana Wolff zu tun hat. Der Erdbeerbaron ist ein integrer, millionenschwerer Unternehmer mit dem richtigen Riecher für ein gutes Geschäft. Landwirtschaft und Gastronomie. Aber Kunst? Ich weiß nicht, Richard. Das passt nicht zu dem Mann.«

Erneut ließ sich Richard das Gehörte durch den Kopf gehen. Er musste zugeben, dass Mulsows Erklärungen durchaus einleuchtend waren. Schließlich hatte er selbst am Morgen die gleichen Schlüsse gezogen. Vielleicht verbiss Alex sich wirklich zu sehr in den Erdbeerbaron. Sie hatte bei dem Streit auf dem Parkplatz nicht gehört, worum es dabei gegangen war.

»Sie steckt wohl ziemlich tief in der Patsche, was?« Mulsow musterte ihn neugierig.

Immer noch gedankenversunken strich Richard sich über

den dunklen Bart. »Das Geld aus der Teilhaberschaft ist weg. Alex' Hoffnung ist, dass Dana Wolff mit ihrer Äußerung, dass die Galerie bald florieren würde, recht behält und sie ihre Einlage wiederbekommt.«

Ein Kellner tauchte mit ihrer Bestellung am Tisch auf. »Zweimal der Dorsch mit Kartoffelkruste.«

Mit einem erwartungsvollen Lächeln schaute Mulsow auf die kunstvoll arrangierten Teller, die vor ihnen abgestellt wurden. »Lecker.«

Richard grinste. Die Vorliebe für gutes Essen war dem Polizisten also nicht abhandengekommen.

»Richten Sie Ihrem Chef meine besten Empfehlungen aus«, sagte Mulsow zu dem Kellner, der darauf mit einem höflichen »Guten Appetit« davoneilte.

Bei der Erwähnung von André Jahnke erinnerte Richard sich wieder an seine Begegnung mit dem Inhaber des »Strandhotels« und sagte: »Übrigens habe ich deinen Freund Jahnke in der Zwischenzeit kennengelernt.«

Die Männer griffen zum Besteck.

»Ach ja? Wann denn?« Mulsow schob sich den ersten Happen genussvoll in den Mund.

»Gestern, bei meinem Abendessen mit Alex.«

»André ist ein feiner Kerl, so ein richtiges Stehaufmännchen.« Der Polizist machte mit dem Messer in der Hand eine ausschweifende Geste. »Schau dich um. Das alles hat er kurz nach dem Tod seiner Frau auf die Beine gestellt. Nicht jeder wäre dazu in der Lage, bei dem, was er durchgemacht hat.«

»Der Unfall seiner Frau hat ihn hart getroffen«, sagte Richard und hatte wieder das zittrige Beben, das gestern in Jahnkes Stimme lag, im Ohr.

»Ja, ziemlich üble Sache. Damals war ich frisch auf Streife dabei, und mein Kollege und ich waren die Ersten am Unfallort. Die Bilder der toten Miriam spuken immer noch in meinem Kopf herum.«

»Vor allem wenn man bedenkt, dass die arme Frau noch am Leben sein könnte.«

Mulsow nickte kauend. »Hätte der Unfallverursacher sofort

Hilfe gerufen, wäre sie aller Wahrscheinlichkeit nach durchgekommen.«

»Und man hat den Fahrer des Autos nie feststellen können?«

»Leider nein. Alle unsere Ermittlungen verliefen im Sand. Wir mussten Miriams Unfalltod ungeklärt zu den Akten legen.«

»Jahnke scheint auch jetzt noch sehr wütend darüber zu sein.« Richard sah das zornige Funkeln auf André Jahnkes Gesicht noch deutlich vor sich.

»Wenn man nie Klarheit über die wahren Todesumstände bekommt, staut sich die Wut natürlich auf. Ich verstehe André, doch wir mussten uns an die Gesetzeslage halten.«

Eine Weile aßen sie schweigend weiter. Richard musste an Lena und Erika Pohl denken. Die eine wütend, die andere verzweifelt. Auch sie suchten nach Erklärungen für den grauenvollen Tod von Dana Wolff. Als er an Lenas Mutter dachte, fiel ihm ein, dass Mulsow ja vermutlich wegen ihr ins Hotel gekommen war. »Was wolltest du eigentlich bei deinem Freund Jahnke?«

»Der Streit mit Dana Wolff, den Lapitz erwähnt hat.«

»Wegen des Strandlokals?«

Mulsow nickte. »Ich glaube allerdings nicht, dass die beiden massiven Ärger miteinander hatten. Immerhin waren sie eng befreundet. Aber wir gehen jedem noch so kleinen Hinweis nach.«

Jahnke hatte auch Richard nicht das Gefühl vermittelt, er hätte mit Dana Wolff im Clinch gelegen. Im Gegenteil, allem Anschein nach war die Vermietung des Strandlokals ein reiner Freundschaftsdienst gewesen, wie Alex ihm erzählt hatte. Jahnke war ihr für den Beistand nach dem Unfalltod seiner Frau sehr dankbar.

»Wie kommt ihr denn mit euren Ermittlungen voran?«, wechselte er das Thema und bedauerte seine Frage sofort. Die Gesichtszüge des Polizisten verhärteten sich schlagartig. Das Besteck sank hinab. Richard hatte ihm den Appetit verdorben.

»Nichts. Wir treten auf der Stelle«, antwortete er verstimmt. »Es gibt einfach keine Zeugen, denen etwas aufgefallen ist, das uns in dem Fall einen entscheidenden Schritt weiterbringen könnte.«

»Glaubst du noch immer, dass der Täter aus ihrem näheren Umfeld stammt?«, fragte Richard vorsichtig.

Mulsow setzte an, etwas zu erwidern, doch ein lautes Glucksen ließ sie die Köpfe zur Seite drehen. Am Nachbartisch erhoben sich kichernd zwei Frauen von den Stühlen. Sie waren jung. Ihr ganzes Leben lag noch vor ihnen. Sie griffen nach ihren Handtaschen und verließen untergehakt die Terrasse. Die beiden Männer schauten ihnen nach.

»Ich weiß es nicht, Richard«, sagte Mulsow schließlich mit erstickter Stimme. »Das Einzige, was ich weiß, ist, dass dieses Schwein immer noch frei herumläuft.«

20

Der krampfartige Schmerz erfasste sie wie eine Welle. Anfangs hatte sie das schwache Ziehen in ihrem Unterleib noch ignoriert und angenommen, ihre Periode setzte einfach nur zu früh ein. Doch inzwischen war aus dem kaum merklichen Ziehen ein höllisches Reißen geworden. Stöhnend krümmte Lena sich zusammen.

»Geht es dir nicht gut?«

Der Krampf verebbte. Mila legte vorsichtig den Arm um ihre Schultern. Auf ihrem besorgten Gesicht tanzten die Flammen des Lagerfeuers. Die beiden Freundinnen hockten etwas abseits von den anderen, die ausgelassen am Strand feierten.

»Geht schon«, ächzte Lena. »Ich muss wohl irgendwas Falsches gegessen haben.«

Sie lächelte erschöpft und stützte sich mit der rechten Hand in den noch sonnengewärmten Sand. Mila streichelte ihr behutsam über das blonde Haar.

»Soll ich dir Wasser holen?«

Lena schüttelte vehement den Kopf, denn wieder bäumte sich der mörderische Schmerz in ihr auf. Sie würgte. Röchelte. Hechelte nach Luft. Ihre Finger gruben sich tief zwischen die feinen Sandkörner. Was zum Teufel hatte sie bloß gegessen?

Bevor sie zur Strandparty aufgebrochen war, hatte sie bei Erika eine Scheibe Schwarzbrot mit Erdbeermarmelade hinuntergeschlungen. Und auch hier am Feuer hatte sie nur kurz an ihrem Bier genippt. Das war alles. Sie hatte keinen wirklichen Appetit gehabt und auch keine richtige Lust auf diese verdammte Party verspürt. Zu groß war die Gefahr, dass Max hier auftauchen würde. Denn noch immer wollte Lena ihn nicht sehen, in seine verlogenen Augen blicken. Doch Mila hatte darauf gedrängt, dass sie dabei war an diesem letzten Abend der Erntehelfer. Morgen würden sie sich in alle Himmelsrichtungen zerstreuen. Mila ging zum Studium nach Wien, Ewa hatte eine Anstellung als Krankenschwester in Stockholm gefunden. Nur sie saß ohne einen Plan in diesem trostlosen Kaff herum.

Lena fühlte, wie der Krampf verflachte, doch in ihrem Magen rumorte es heftig. Ungelenk rappelte sie sich aus dem Sand hoch.

»Bin gleich wieder da«, sagte sie mit zittriger Stimme zu Mila, die ebenfalls aufgesprungen war. »Ich muss nur kurz aufs Klo.«

»Soll ich dich begleiten?« Mit sorgenvollem Blick schaute die Freundin sie fragend an.

»Nein«, wehrte Lena ab. »Ich schaff das schon.«

Bevor Mila protestieren konnte, stakste sie eilig den schmalen Dünenaufgang hinauf und tauchte in den schummrigen Kiefernhain ein. Bis zu dem WC-Häuschen waren es nur ein paar Meter. Das kriegte sie allein hin. Wie alles in ihrem Leben. Sie brauchte niemanden. Weder ihre Mutter noch ihren Vater. Oder Max.

Die nächste Welle durchfuhr ihren Körper. Lena hatte Mühe, sich auf den Beinen zu halten. Sie tastete nach einem der schlanken Kiefernstämme und stützte sich ab. Mit der anderen Hand drückte sie reflexartig gegen ihren Unterleib. Lena presste die Lippen fest aufeinander, um nicht aufzuschreien, obwohl sie bezweifelte, dass man sie hören könnte. Das Lagerfeuer war zu weit weg. Nur gedämpft drang das fröhliche Lachen der anderen zu ihr herüber.

Sie wartete. Zählte die Sekunden. Der Krampf verschwand. Schnell stolperte sie weiter. Die Nachtbeleuchtung des Klohäuschens schimmerte hell durch die Finsternis. Nur noch wenige Schritte, dann drückte sie die Klinke hinunter und zog die schwere Stahltür auf. Lena schlüpfte ins Innere. Automatisch flammten die Neonröhren an und warfen ihr lilafarbenes Licht auf die weiß gefliesten Wände. Der so typische Geruch aus Desinfektionsmitteln und Fäkalien schlug ihr entgegen. Der Würgereiz in ihrem Hals war jetzt kaum noch zu unterdrücken. Mit der Hand stieß sie gegen eine der angelehnten WC-Türen und verschwand in der muffigen Kabine. Lena fragte sich noch, warum sie überhaupt die Tür verriegelte, als sie bereits bittere Galle in ihrem Mund fühlte. Zitternd stützte sie sich an der Zwischenwand ab. In einem Schwall brach es aus ihr heraus.

Der Infrarotsensor sprang an und startete die WC-Spülung. Erschöpft wischte sich Lena mit der flachen Hand über den feuchten Mund. Sie fühlte sich ein wenig besser. Nur in ihrem Darm rumorte es noch immer lebhaft. Plötzlich spürte sie einen kühlen Luftzug. Lena richtete sich auf. Durch das Rauschen des Wassers hindurch hörte sie laut die Stahltür ins Schloss fallen. Jemand war im Vorraum. Für ein paar Sekunden erstarrte sie, bis es ihr dämmerte. Erleichtert atmete sie auf. Mila. Sie musste ihr gefolgt sein.

»Du hättest dir keine Sorgen machen müssen. Mir geht es schon besser«, rief sie laut aus ihrer Kabine heraus.

Nichts. Nur das Plätschern der Toilettenspülung.

»Mila …?«

Wieder keine Antwort. Ihr klägliches Rufen verhallte in dem menschenleeren Gebäude. Ruckartig trat sie von der Tür weg und drückte sich mit angehaltenem Atem an die rückseitige Wand. Unweigerlich verspürte sie nun eine gewisse Erleichterung, den Riegel vorgeschoben zu haben. Die Spülung verstummte.

Über den Klinkerboden schlurften schwere Schritte. Es war ein Mann. Eindeutig. Sie roch es. Saurer Schweiß und Bier. Sie kannte diese Mischung. Nicht bewegen. Vielleicht wusste er nicht, dass sie hier drinnen war. Doch da hatte sie sich getäuscht. Entsetzt sah sie, wie sich die Türklinke lautlos senkte. Er suchte nach ihr. Sie saß in der Falle.

Lena fuhr mit der linken Hand in ihre Hosentasche. Sie brauchte ihr Handy. Fahrig strich sie über das Display. Mila konnte mit den Jungs in einer Minute hier sein. So lange musste sie aushalten. Das schaffte sie. Ein krachendes Rütteln an der Tür ließ sie zusammenzucken. Das Handy entglitt ihren zitternden Händen und landete polternd unter dem Türspalt. Langsam fuhr die Türklinke zurück. Er hatte es bemerkt. Lena erstarrte. Unter der Kabinentür tauchte die Spitze eines grünen Gummistiefels auf und kickte das Telefon nach außen. Lena konnte sein kehliges Stöhnen hören, als er sich danach bückte. Unwillkürlich schrie sie laut auf.

Oh Gott! Sie wusste, wer dort hinter der Tür auf sie lauerte. Was hatte ihre Mutter nur getan? Musste auch Lena für ihren abscheulichen Frevel bezahlen? Wie gelähmt starrte das Mädchen auf die beschmierte Kabinentür. Er würde sie töten. Doch nicht gleich. Erst wenn er seinen Hunger an ihr gestillt hatte. Wie bei ihrer Mutter. Dana! Der Gedanke an sie riss Lena aus ihrer Reglosigkeit. Panisch schaute sie sich um, dabei ging ihr Blick zur offenen Installationsdecke. Das Männerklo auf der anderen Seite lag völlig im Dunkeln. Sie brauchte nicht zu schreien. Niemand würde sie hören. Die andere Seite! Oh Gott, sie musste da rüber. Irgendwie. Es war ihre einzige Chance.

Hektisch kletterte sie mit ihren Flipflops auf den glitschigen Rand des WC-Beckens. Doch die Oberkante der Wand lag viel zu hoch. Sie bekam sie nicht zu fassen, ihre Hand glitt immer wieder an den rauen Steinen hinunter. Dann krachte es. Die Kabinentür bebte. Mit aller Kraft stemmte er sich von außen dagegen. Im gleichen Moment entdeckte Lena den Abfalleimer unter sich. Schnell sprang sie auf den Boden, griff nach dem blechernen Behälter und kippte ihn aus. Der süßlich faulige Geruch löste ein Würgen aus. Lena schluckte. Für Befindlichkeiten hatte sie keine Zeit. Zitternd stellte sie den Eimer umgedreht auf das Klo und schob ihn so weit wie möglich an die Wand heran. Die Auflagefläche war hier größer. Ihre Konstruktion kippelte bedrohlich, doch es musste reichen. Sie stellte den linken Fuß auf den Beckenrand und trat mit dem anderen auf den Boden des Abfalleimers. Es funktionierte. Vorsichtig richtete sie sich auf und tastete sich nach oben. Ihre Finger umkrallten die Mauerkrone. Mit aller Kraft zog sie sich an der Wand hoch. Sie blickte in den dunklen WC-Raum auf der anderen Seite. Sie konnte es schaffen. Lena schob ihren Brustkorb so weit wie möglich über die Kante und ließ sich nach vorn kippen. Der Eimer fiel scheppernd auf den Klinkerboden.

Ihr Angreifer stieß noch wütender gegen die Tür. Hastig zog Lena die Beine nach und ließ los. Sie landete hart, ihr linker Knöchel schmerzte. Als die Neonröhren grell aufglimmten, kniff sie die Augen zusammen. Waschbecken. Pissoirs. Sie war im Vorraum. Die Stahltür kaum einen Meter entfernt. Ihr Weg in die Freiheit. Lena rappelte sich hoch und stolperte barfuß über den kalten Boden. Die Flipflops hatte sie abgestreift. Sie drückte die Tür nach außen und stöhnte. In ihrem Unterleib baute sich eine neue Welle auf. Sie zählte. Drei. Vier. Dann rannte sie los. Ausruhen konnte sie später.

Ihr hechelnder Atem hallte zwischen den schwarzen Kiefern wider. Die Lichter der Promenade tauchten auf. Das »Strandhotel«! Gleich war sie in Sicherheit. Lena drehte sich um. Er war nicht da. Sie hatte ihn abgehängt. Sie wandte den Kopf und prallte hart gegen eine dunkle Gestalt. Erschrocken schrie sie auf und taumelte zurück.

»Hoppla!« Die Stimme verströmte Wärme. Geborgenheit.

Lena hob den Kopf. Es war der Mann, der in André Jahnkes Ferienhaus wohnte. Kraftlos brach sie vor ihm zusammen.

21

Richard Grubens zögerliches Klopfen verhallte in der morgendlichen Stille von Niederwiek. Der Ort schien noch zu schlafen. In der Ferne rauschte leise das Meer. Für ein paar Sekunden verharrte er lauschend an der Haustür, bevor er langsam zum Gartentor zurückschlenderte. Allem Anschein nach war niemand daheim. Gerade als er die Straße zu Jahnkes Haus überqueren wollte, hörte er in der Ferne jemanden seinen Namen rufen.

»Professor Gruben!«

Überrascht wandte er den Kopf. Auf dem grauen Pflasterweg entdeckte er die rundliche Gestalt von Erika Pohl, die winkend auf ihn zueilte. Trotz der drückenden Hitze, die sich bereits in den Morgenstunden wie eine riesige Glocke über den Ort gelegt hatte, war sie komplett in Schwarz gekleidet. Unweigerlich drängte sich Richard das Foto der lachenden Dana Wolff auf, das Mulsow ihm im »Hof-Café« gezeigt hatte. Der Verlust der Patentochter musste für die ältere Frau unerträglich sein.

Inzwischen hatte sie zu ihm aufgeschlossen. Sie trug einen Weidenkorb bei sich, darin eine Tüte mit frischen Brötchen und zwei Flaschen Milch.

»Wollten Sie zu uns?«, fragte sie leicht außer Atem.

Richard nickte und schaute besorgt zu ihrem Haus zurück. »Ich wollte nach Lena sehen. Doch auf mein Klopfen hat niemand geöffnet.«

»Vermutlich hört das Kind nur nichts wegen diesem quäkenden Musikdings«, sagte sie und zeigte mit der freien Hand auf ihr Ohr. »Kommen Sie, Professor.«

Rasch schob sich die alte Frau an ihm vorbei und strebte auf das Gartentor zu. »Ich bin so erleichtert, dass dem Mädchen gestern Nacht nichts zugestoßen ist. Nicht auszudenken, was womöglich hätte passieren können, wenn Lena Ihnen nicht begegnet wäre.«

»Hat sie inzwischen erzählt, was wirklich vorgefallen ist?«, erkundigte sich Richard, während er Erika Pohl hinterhertrottete.

»Sie behauptet weiterhin, ihr wäre nur furchtbar schlecht von dem Alkohol gewesen und sie hätte im Kiefernhain die Orientierung verloren«, seufzte sie und schloss die knarzende Haustür auf. »Doch ich fürchte, sie sagt nicht die Wahrheit.«

Auch Richard bezweifelte Lenas Version der Ereignisse. Irgendetwas war passiert. Er hatte die Panik in ihrem angstverzerrten Gesicht gesehen, bevor sie zusammengebrochen war. Richard hatte sich kurz zuvor von Mulsow am »Strandhotel« verabschiedet und wollte über die Promenade zurück zu seinem Auto, das er auf einem der öffentlichen Parkplätze in der Nähe von Dana Wolffs Galerie abgestellt hatte. Lena war ihm regelrecht vor die Füße gestolpert. Als er das Mädchen später in seinem Volvo nach Hause gefahren hatte, war sie beinahe apathisch gewesen und hatte mit leerem Blick durch die Windschutzscheibe gestarrt.

»Gehen Sie ruhig schon in die Küche«, riss ihn Erika Pohl aus seinen Gedanken und deutete mit dem Kopf auf die angelegte Kiefernholztür gegenüber. »Ich sehe nach, ob Lena auf ihrem Zimmer ist.«

Schwerfällig stieg sie die schmale, abgewetzte Holztreppe hoch. Die Stufen knarrten bei jedem Tritt. Richard durchquerte die Diele und stieß die Tür zur Küche auf. Der niedrige, beinahe quadratische Raum bot wie Jahnkes Ferienhaus eine angenehm schattige Kühle. An der linken Wand erstreckte sich eine weiße Massivholzküche mit Rattankörben. Hinter den Glasscheiben der Hängeschränke leuchtete buntes Keramikgeschirr hindurch. Ein langer Esstisch mit einem Margeritenstrauß bildete den Mittelpunkt des Raumes. Auf den Holzstühlen lagen karierte Sitzkissen. Seine Mutter hätte Erika Pohls Küche verzückt als anheimelnden Landhausstil bezeichnet.

Durch das bodentiefe Fenster konnte Richard einen Blick in den dicht bewachsenen Garten werfen. Im Schatten eines Kirschbaumes entdeckte er Lena. Sie hockte mit angezogenen Knien auf einem hölzernen Liegestuhl. Ihr schmaler Körper war in eine grüne Strickjacke gehüllt, nur die nackten Beine schauten hervor. Teilnahmslos stierte sie vor sich hin. Er zog die Schiebetür einen Spaltbreit auf und ging, die Hände in den Taschen seiner Shorts versenkt, auf sie zu.

»Guten Morgen, Lena!«

Sie hob den Kopf. Obwohl das Mädchen ihn direkt ansah, hatte Richard das Gefühl, ihre Augen blickten geradewegs durch ihn hindurch.

»Hallo«, sagte sie tonlos und richtete den Blick wieder ins Nirgendwo.

Richard griff nach einem der Klappstühle und setzte sich zu ihr in den Schatten. Vom angrenzenden Garten drang Kinderlachen herüber. Irgendwo ratterte ein Rasensprenger.

»Geht's wieder?«

»Mmh …«, murmelte Lena.

»Ich kann mich noch ziemlich gut an meinen ersten Kater erinnern. Es war auf der Konfirmation meiner Cousine … Erdbeerbowle. Ein Teufelszeug.«

»Mmh …«

»Ich dachte, ich müsste sterben.«

Ruckartig wandte sie ihm das kalkweiße Gesicht zu. Jetzt sah sie ihn zum ersten Mal wirklich an. »Was?«

Wieder flammte die Panik in ihren Augen auf. Wie gestern Nacht. Er hatte sie mit seinen Worten erschreckt. Er beugte sich auf seinem Stuhl leicht vor. »Warum sagst du nicht, was tatsächlich am Strand geschehen ist?«

Lena vergrub die Fingernägel tief in ihre Unterschenkel. Auf der gebräunten Haut traten weiße Flecken hervor. Doch sie blieb stumm.

»Wovor bist du weggelaufen?«, versuchte Richard es erneut.

»Mir war schlecht. Das habe ich doch schon gesagt«, blockte sie ab und drehte den Kopf zur Seite. Er brauchte nicht weiterzubohren. Das Mädchen hatte sich in ihr schützendes Schneckenhaus zurückgezogen. Was auch immer vorgefallen war, sie würde ihm nichts erzählen. Langsam stand er auf und schob den Stuhl zurück.

»Erika sagt, Sie wären Kunstprofessor und wegen meiner Mutter hier?«, fragte Lena, ohne ihn anzusehen.

»Ja, die Polizei hat mich hinzugezogen, um die Unterlagen in ihrer Galerie zu prüfen. Doch viel gab es da nicht. Es scheint, als hätte sie mittendrin einfach aufgehört. Weißt du, was deiner Mutter dazwischengekommen ist?«

»Sie hat mit mir nie über ihre Arbeit gesprochen.«

Das Mädchen log. Ihre Antwort kam zu schnell. Richard spürte, dass sie sehr genau wusste, was ihre Mutter aufgehalten hatte.

»Lena, da ist Besuch für dich.«

Erika Pohls heisere Stimme ließ sie beide die Köpfe drehen. Sie stand in der Schiebetür zur Küche. Hinter ihr trat ein junger Mann Anfang zwanzig in den Garten. Er überragte die ältere Frau um einiges. Sein schlaksiger, sonnengebräunter Körper steckte in blauen Badeshorts und einem verwaschenen T-Shirt unbekannter Farbe. Das schulterlange surferblonde Haar fiel ihm tief in die Stirn. Beinahe ängstlich starrten seine blauen Augen zu Lena hinüber, die nervös auf ihrer Unterlippe kaute.

Richard verabschiedete sich von ihr und ging zum Haus zurück. Der junge Mann nickte ihm zu, während er etwas steif Richtung Kirschbaum stakste.

»Vielleicht bringt Max das Mädchen auf andere Gedanken«, flüsterte Erika Pohl. »Max Küpper spielt in einer Band und führt so ein richtiges Musikerleben mit verrauchten Clubs und Tourbus. Allerdings herrscht in der Kasse der Jungs ständig gähnende Leere, darum arbeitet er fast jeden Sommer bei Jürgen Lapitz auf dem Erdbeerhof. Er ist ein netter Junge.« Dana Wolffs Patentante lächelte verschwörerisch und ging wieder in ihre Küche. Richard folgte ihr.

»Ich habe uns frischen Kaffee aufgebrüht. Setzen Sie sich doch«, lud sie ihn freundlich ein und zog einen der Stühle unter dem Tisch hervor.

Zögernd nahm er Platz. »Wenn ich nicht störe …«

»Ich bin froh über jede Ablenkung«, sagte sie mit belegter Stimme. »Wenn man zu viel allein ist, kommt man leicht ins Grübeln. Das ist nicht gut.«

Erika Pohl holte zwei bunte Keramikbecher aus einem der Hängeschränke, goss den dampfenden Kaffee hinein und stellte sie mit einer Flasche Milch auf den Tisch. Schwerfällig sank sie auf das karierte Stuhlkissen. Der Blick ihrer trüben Augen blieb an ihrer Tasse kleben.

»Wissen Sie, Professor, diese Frage nach dem Warum frisst

einen auf. Dana war so jung. Sechsunddreißig. Sie hatte noch so viel vor in ihrem Leben. Die Galerie … es sollte ein Neuanfang sein …« Mit einem Schluchzen brach sie ab.

Richard musste zwangsläufig an seinen Besuch dort denken. Ihre Worte standen im Widerspruch zu dem, was er vorgefunden hatte.

»Ich habe mich vorgestern in den angemieteten Räumlichkeiten von Frau Wolff umgeschaut«, begann er vorsichtig. »Das alte Strandlokal sieht noch recht unfertig, beinahe verwaist aus, so als hätte Ihre Patentochter das Interesse an der Galerie verloren. Haben Sie eine Erklärung dafür, warum sich dort seit Monaten kaum etwas getan hat?«

»Nein.« Sie löste den Blick von ihrem Kaffeebecher. »Es war mir natürlich nicht entgangen, als ich das letzte Mal dort vorbeigeschaut habe. Aber Dana hat nur gemeint: ›Es gibt noch tausend andere Dinge, um die ich mich kümmern muss, Tantchen.‹ Ich habe dann nicht weiter gefragt. Aber gewundert habe ich mich schon.«

»Wissen Sie, was für Dinge das waren?«

»Das kann ich leider nicht sagen. Aber vermutlich hatte sie schon wieder die nächste Idee im Kopf. Dana ist … Dana war ein sehr sprunghafter Mensch. Schon als Kind fiel es ihr schwer, sich auf nur eine Sache zu konzentrieren. Ständig gab es irgendetwas Neues, das ihre Aufmerksamkeit forderte. Das hatte sich wohl bis zuletzt nicht geändert.« Gedankenverloren rührte sie die Milch in ihren Kaffee ein. »Vielleicht lag es aber auch an dem Geld, das sie sich von der Gräfin versprochen hatte.«

Entgeistert starrte er sie an. »Gräfin?«

»Leonore von Roden. Die Frau hatte einen Narren an Dana gefressen«, erzählte sie geradeheraus. »Einige Jahre nach der Wende hatte die alte Dame das gräfliche Gut ihrer Familie mit Herrenhaus und Ländereien zurückerworben und sich mit ihrem Enkelsohn Christoph in Niederwiek niedergelassen. Sie hat ihn als Geschäftsführer ihres landwirtschaftlichen Betriebes eingesetzt. Doch dieser Mann ist ein Taugenichts. Frauen. Schnelle Autos. Alkoholexzesse. Doch für Dana war Christoph von Roden die große Liebe. Ich kann bis heute nicht verstehen, was meine Patentochter in diesem Mann gesehen hat. Aber in der Zeit, während die beiden ein Paar waren, schien von Rodens Leben in geordneten Bahnen zu verlaufen. Vermutlich liebte Leonore sie deshalb so abgöttisch. Auch als Lena klein war, hat sie sich liebevoll um das Mädchen gekümmert.«

»Lebt die Gräfin noch im Gutshaus?«

»Leonore ist vor einigen Wochen verstorben.«

Erika Pohl bemerkte seinen betretenen Blick. »Sie ist friedlich eingeschlafen und hat ein hohes Alter erreicht, Professor. Das Glück ist nicht jedem beschert.«

Traurig wandte sie den Kopf in Richtung Fenster. Er konnte spüren, was in ihr vorging. Der bestialische Mord an ihrer Patentochter wühlte sie auf.

»Und diese Leonore von Roden hat Dana Wolff in ihrem Testament bedacht?«, versuchte Richard das Gespräch auf das eigentliche Thema zurückzubringen und nahm einen Schluck heißen Kaffee.

»Sie hat die Hälfte ihres Nachlasses Lena vererbt.« Die ältere Frau nickte bestätigend und drehte sich wieder zu ihm um. »Doch Dana hat sich einfach falschen Illusionen hingegeben. Um Leonores Finanzen stand es nicht zum Besten. Die Sanierung des maroden Gutshauses hat Unmengen von Geld verschlungen, und die gräflichen Ländereien sind schon seit Langem an Jürgen Lapitz verkauft. Viel Vermögen gab es nicht mehr auf ihrem Bankkonto. Aber woher sollte Dana das alles wissen, sie war schließlich dreizehn Jahre fort.«

Eine Weile saßen sie schweigend beieinander. Erika Pohls erschöpfter Blick senkte sich wieder auf die volle Kaffeetasse vor ihr. Sie hatte noch keinen einzigen Schluck getrunken. Trotz der langen Abwesenheit von Dana Wolff waren die beiden Frauen offenbar sehr vertraut miteinander geblieben. Ein Gedanke drängte sich ihm auf, und Richard durchbrach die erdrückende Stille.

»Ihre Patentochter wollte kurz vor ihrem Tod Kontakt zu mir aufnehmen«, sagte er. »Hat sie Ihnen gegenüber erwähnt, was der Grund dafür war?«

Erika Pohl überlegte einen kurzen Moment, ehe sie ihm kopfschüttelnd, aber entschieden antwortete. »Nein. Dana hat nie davon gesprochen, dass sie einen Kunstexperten zurate ziehen wollte.«

»Könnte sie mit diesem Christoph von Roden darüber gesprochen haben?«

Erstaunt blickte sie ihn an. »Warum ausgerechnet mit ihm?«

»Immerhin waren die beiden mal ein Paar.«

»Das ist sehr, sehr viele Jahre her, Professor.«

»Wenn Christoph von Roden *die* große Liebe Ihrer Patentochter gewesen ist«, entgegnete Richard, »wird es auch nach so langer Zeit eine Verbindung zwischen ihnen gegeben haben. Welcher Art auch immer.«

Die alte Frau schien eine Weile zu zögern, als überlege sie, welches Gegenargument sie noch aufbringen könnte. Doch dann richtete sie sich gerade auf und schaute ihn mit einem traurigen Blick an.

»Vermutlich stimmt es, was Sie sagen. Ich glaube, Dana konnte sich nie wirklich von Christoph lösen. Und er nicht von ihr. Sie hat mir gegenüber zwar immer etwas anderes behauptet, aber ich habe Augen im Kopf. Vielleicht weiß er ja tatsächlich, worüber Dana mit Ihnen sprechen wollte.«

»Wissen Sie, wo ich ihn am besten erreichen kann?«

»Das weiß ich leider nicht.« Sie hob ratlos die Schultern. »Aber am ehesten werden Sie Christoph von Roden wohl im Gutshaus antreffen. Versuchen Sie es einfach dort.«

Kurz erklärte sie ihm den Weg. Dann trank Richard einen letzten Schluck und stand auf. »Haben Sie vielen Dank für den Kaffee.«

Erika Pohl erhob sich ebenfalls und griff nach den Tassen. Die eine leer, die andere unberührt. »Ich danke *Ihnen*.«

Verwirrt sah er zu ihr hinunter. »Wofür?«

»Fürs Zuhören. Wenn man über die Toten spricht, fühlt es sich noch nicht so endgültig an, dass sie fort sind. Es tut gut, darüber zu reden.«

Die Frau lächelte gequält, schlurfte zur Küchenzeile und stellte das schmutzige Porzellan in das Spülbecken. Richard warf einen letzten Blick in den Garten. Wie zuvor verharrte Lena mit starrem Blick auf ihrem Liegestuhl. Ihre Arme hatte sie nun fest um die nackten Beine geschlungen, als wollte sie sich schützen. Der junge Mann hockte im Gras und redete auf sie ein. Auch er schien nicht zu ihr durchzudringen.

Richard wandte sich ab und ging zur Vordertür hinaus. Erika Pohl begleitete ihn. Auf dem Gartenweg drehte er sich noch einmal zu ihr um. Der Name von Roden hatte ihn gleich stutzig gemacht, doch erst jetzt erinnerte er sich wieder, woher er ihn kannte.

»Gestatten Sie mir noch eine letzte Frage. Martina von Roden, die Freundin Ihrer Patentochter, in welchem Verhältnis steht sie zu diesem Christoph?«

»Sie ist seine Ehefrau.«

Richard schaute Erika Pohl verwundert an.

»Ich weiß, was Sie jetzt denken. Danas beste Freundin, verheiratet mit dem Mann, der einmal ihre große Liebe war?«, sagte sie. »Hier im Ort waren alle überrascht, als der junge von Roden von einem Tag auf den anderen Jürgen Lapitz' Tochter geheiratet hat. Dass Martina in Christoph vernarrt gewesen war, entging niemandem. Aber er?« Sie runzelte die Stirn. »Auch wenn meine Patentochter es sich nie eingestehen wollte, ich glaube, es hat sie sehr verletzt, dass Christoph sie sitzen gelassen hat. Aber ein Kind ist nie eine Garantie für die ewige Liebe.«

»Welches Kind?«, fragte Richard verdutzt.

Erika Pohl blickte ihn mit trüben Augen an. »Lena. Sie ist Christoph von Rodens Tochter.«

22

Gemächlich holperte der Volvo über die kopfsteingepflasterte Allee. Im Licht der hoch stehenden Mittagssonne warfen die Schatten der Kastanien unförmige Streifenmuster auf die enge Straße. Zwischen den Bäumen leuchteten goldgelbe Roggenfelder.

Richard Gruben hatte das Seitenfenster heruntergelassen, sein linker Ellenbogen lehnte auf der Fahrertür. Durch die Frontscheibe entdeckte er drei Männer auf Rennrädern, die auf ihn zupreschten. Beinahe mühelos schienen sie über die holprige Allee zu fliegen. Sport, dachte er deprimiert. Wie lange war es her, dass er schwitzend den Aasee in Münster umrundet hatte? Sicher ein Jahr. Seit der Geburt seines Sohnes.

Schnell versuchte Richard die aufkommenden Gedanken an seine gescheiterte Beziehung abzuschütteln. Und an das, was er für den verzweifelten Versuch, in sein altes Leben zurückzukehren, aufgegeben hatte. Vielleicht sollte er morgen nach Rostock fahren, sich ein paar bequeme Sportschuhe kaufen und einige Runden über die Promenade drehen. Zumindest hatte er jetzt die Zeit dafür. Und für Alex.

Richard war selbst überrascht, dass er ihre Bitte, ihr zu helfen, nicht sofort ausgeschlagen hatte. Was wusste er schon von ihr oder ihrem Leben in Berlin? Anscheinend steckte Alex in finanziellen Schwierigkeiten, weil sie sich geschäftlich an Dana Wolffs Galerie beteiligt hatte und das investierte Geld nun dringend benötigte. Doch war die Freundschaft tatsächlich so eng, wie sie behauptete? Hätte sie dann nicht wissen müssen, was die Freundin wirklich an der Ostsee getrieben hat? Und auch Dana Wolffs freundschaftliches Verhältnis zu Leonore von Roden hatte sie mit keinem Wort erwähnt.

Er konnte nicht sagen, woran genau es lag, aber Richard spürte, dass sie ihm bewusst etwas verschwieg. Und trotzdem half er ihr. Sein Verhalten war irrational. Doch aus einem Grund, den er sich nicht eingestehen wollte, konnte er irgendwie nicht mehr zurück.

Noch bevor Richard die Blaulichter aufflackern sah, hörte er das Aufheulen der Sirenen. Hinter der Biegung tauchten auf der Allee zwei Einsatzwagen der Polizei auf, die in hohem Tempo auf ihn zurasten. Intuitiv riss er das Steuer nach rechts und stoppte am Straßenrand. Im selben Moment schnellten die Autos in Richtung Niederwiek an ihm vorbei. Richard sah ihnen im Rückspiegel nach. Trotz der Hitze durchfuhr ihn ein eiskalter Schauer. Er dachte an Lena. Das Mädchen hatte Angst. Todesangst. Doch warum verschwieg sie, was in der Nacht am Strand vorgefallen war?

Nachdem Richard von dem Besuch bei Erika Pohl in sein Ferienhaus zurückgekehrt war, hatte er versucht, Bert Mulsow zu erreichen, um ihn über das nächtliche Ereignis zu informieren. Aber der Polizist war nicht an sein Telefon gegangen. In der Ferne verstummte das Sirenengeheul, und ein mulmiges Gefühl breitete sich in seinem Magen aus.

Grübelnd drehte Richard den Kopf nach rechts und erspähte durch das Seitenfenster die helle Fassade des Gutshauses. Er startete den Volvo, setzte nach nur wenigen Metern das Blinklicht und bog auf die mit weißem Kies bestreute Zufahrt ein. Im Schritttempo fuhr er auf den knirschenden Steinen, bis sich der Weg zu einem breiten Rondell gabelte.

Richard parkte das Auto links neben einem weißen Geländewagen und stellte den Motor aus. Sein Blick wanderte nachdenklich die marode Fassade entlang. Obwohl das Gutshaus ein wenig heruntergekommen schien, spürte er sofort, warum der alte Familienbesitz Leonore von Roden so am Herzen gelegen hatte. Die imposanten Linden, der weitläufige Park, die Abgeschiedenheit, er konnte verstehen, dass sie jeden Cent in das Gut gesteckt hatte. Richard fielen der Bauwagen einer Maurerfirma und ein mit Schutt gefüllter Container auf. Offenbar wollte jemand nach ihrem Tod dem Haus wieder neues Leben einhauchen. Der Professor kletterte aus dem Wagen und strebte auf den Eingang zu.

»Suchen Sie jemanden?«

Abrupt blieb Richard stehen und schaute sich, die Hand vor den Augen, suchend um. Auf dem Kiesweg, den er zuvor gekommen war, entdeckte er einen hochgewachsenen Mann, der langsam näher kam. Richard schätzte ihn auf Ende dreißig. Doch das dichte aschblonde Haar, das ihm lässig in den Nacken fiel, ließ ihn jünger erscheinen. Was im Übrigen auch für seinen durchtrainierten Körper galt. In dunkelbraunen Reiterstiefeln, enger grauer Hose und weißem Polohemd hätte er direkt der Titelseite von »Horse & Hound« entsprungen sein können. Richard wusste sofort, wen er vor sich hatte.

»Herr von Roden?«

»Was wollen Sie?« Die tiefe Stimme klang wie gefrorenes Eis. Auch der abschätzige Blick auf seine Shorts entging ihm nicht.

»Mein Name ist Richard Gruben. Ich bin Professor für Kunstgeschichte.«

Der Mann funkelte ihn mit seinen blauen Augen feindselig an, und Richard hatte das unbestimmte Gefühl, dass auch sein Gegenüber sehr genau wusste, wer da vor ihm stand. Also fiel er gleich mit der Tür ins Haus.

»Dana Wolff wollte kurz vor ihrem Tod Kontakt zu mir aufnehmen. Können Sie sich denken, warum?«

»Wie kommen Sie darauf, dass ausgerechnet ich das könnte?«

»Erika Pohl hat mir erzählt, dass Sie und Frau Wolff sich einmal sehr nahestanden.«

»Ja, das stimmt schon, und ich habe Dana auch hin und wieder in ihrer Galerie besucht. Doch wir haben nie über ihre Arbeit gesprochen ...«, er stockte, »... oder über das, was immer sie hier vorhatte. Frau Pohl muss da etwas missverstanden haben.«

Der Mann machte drei Schritte auf ihn zu. »Dana Wolff ist tot. Warum interessieren Sie sich überhaupt noch dafür, was sie von Ihnen wollte?«

Richard schluckte. Von Roden sprach genau das aus, was seit dem Wiedersehen mit Alex an ihm nagte. Er war an die Ostsee gereist, um ein paar Tage freizumachen. Und um Mulsow einen Gefallen zu tun. Letzteres war erledigt. Er konnte also wieder nach Münster fahren oder am Strand entspannen. Aber entgegen aller Vernunft setzte er sich für eine Frau ein, die er eigentlich kaum kannte. Doch lügen würde er für sie nicht.

»Alexandra Marks hat mich darum gebeten.«

Augenblicklich verschwand die ablehnende Härte aus von

Rodens Gesicht. Die anfängliche Feindseligkeit wich einem zögerlichen Misstrauen. »Verraten Sie mir auch, *warum*?«

»Frau Marks braucht dringend das Geld zurück, das sie in Frau Wolffs Galerie investiert hat.« Sie wird mir den Hals umdrehen, dachte Richard.

»Und Sie helfen Alex dabei, es wiederzubeschaffen?« Sein Gegenüber sah ihn aus schmalen Augen an.

»Ich berate sie.«

»Sehr diplomatisch.« Von Roden grinste schief. »Sie hätten meiner Großmutter gefallen.«

Mit erhobenem Kopf stolzierte er an Richard vorbei und steuerte auf die geschwungene Freitreppe zu. »Lassen Sie uns unsere Unterhaltung im Haus weiterführen. Hier draußen ist es zu heiß«, rief er über die Schulter hinweg.

Niemand passte besser an diesen Ort, ging es Richard durch den Kopf.

***

Er folgte Christoph von Roden durch eine hallenartige dunkle Diele. Es roch nach kaltem Staub und feuchtem Holz. Ein paar Dutzend Kisten und Möbel stapelten sich in der Mitte auf. Neugierig spähte Richard hinein: Kleidung, Porzellan, unzählige Bücher.

Von Roden bemerkte seine verstohlenen Blicke. »Die Habseligkeiten meiner Großmutter Leonore«, sagte er gequält und fügte nach einer kurzen Pause hart hinzu: »Doch für meine Frau nichts weiter als Müll.« Schwungvoll stieß von Roden die Tür zur Küche auf und bat den Professor, an einem ovalen Esstisch mit polierter Granitplatte Platz zu nehmen. Mit routinierten Bewegungen öffnete er den Kühlschrank, holte eine Flasche Mineralwasser heraus und stellte diese mit zwei Gläsern, die er aus einer Anrichte nahm, auf den Tisch. Er setzte sich Richard gegenüber und schlug die langen Beine übereinander. Seine Hand griff nach der grünen Glasflasche, die das Sonnenlicht reflektierte. Für einen winzigen Moment starrte von Roden auf das weiße Etikett, als wäre eine schockierende Nachricht darauf gedruckt.

»Ich wünschte, ich könnte Ihnen sagen, warum Dana Sie sprechen wollte. Doch wir haben uns kaum gesehen, seit sie aus Berlin zurück war, allenfalls zwei-, dreimal in der Galerie …« Seine Stimme begann leicht zu beben. »Als sie dort in der Rechtsmedizin vor mir lag … blutleer und steif … Vielleicht wäre Dana noch am Leben, wenn ich mich mehr gekümmert hätte, wenn ich nicht so arglos gewesen wäre …«

Plötzlich schien von Roden sich wieder an Richards Anwesenheit zu erinnern. Er straffte die breiten Schultern und goss die Gläser voll. »Diese lächerliche Idee mit der Galerie stammt von meiner Großmutter, auch wenn Dana immer etwas anderes behauptet hat. Verwirklichung eines Lebenstraums … finanzielle Unabhängigkeit.«

Er schnaubte eher amüsiert als abfällig und griff nach seinem Glas. »Im Februar hatte Leonore ihren neunzigsten Geburtstag gefeiert. Es war nur eine kleine, bescheidene Feier im engsten Kreis. Na ja, in diesem Alter hat man ja kaum noch Freunde, die einem von früher geblieben sind. Dana war extra aus Berlin angereist. Sie hatte sich seit über dreizehn Jahren nicht an der Ostsee blicken lassen. Wahrscheinlich rief das plötzliche Wiedersehen zwischen den beiden alte Erinnerungen wach, denn Dana war danach wie ausgewechselt. Plötzlich wollte sie als Galeristin in Niederwiek sesshaft werden, obwohl sie die Engstirnigkeit dieses Ortes immer erdrückt hat. Aber ich bin der festen Überzeugung, sie hat es nur meiner Großmutter zuliebe getan. Leonore konnte ziemlich hartnäckig sein, wenn sie sich etwas in den Kopf gesetzt hatte.«

»Warum wollte Ihre Großmutter denn ausgerechnet eine Kunstgalerie in Niederwiek?«, fragte Richard. »Noch dazu in ihrem hohen Alter?«

Von Roden sah ihn eindringlich an. »Alte Menschen werden mit ihren letzten Atemzügen sonderlich, Professor Gruben. Ich denke, Leonore wollte nur nicht, dass Dana wieder nach Berlin geht, und hat ihr mit dieser absurden Idee falsche Hoffnungen gemacht.«

»Frau Wolff schien aber recht bald das Interesse an der Galerie verloren zu haben«, sagte Richard. »In den Räumlichkeiten des alten Strandlokals hat sich kaum etwas getan.«

»Für Dana zählte immer nur das schnelle Geld. In ihrem Job in Berlin hat sie tagtäglich gesehen, welche Summen Sammler für noch junge unbekannte Künstler auf den Tisch zu legen bereit sind. Doch hier in der Provinz …? Aber das brauche ich Ihnen wohl kaum zu erklären.«

Von Roden nahm einen tiefen Schluck Mineralwasser. Sein ruheloser Blick glitt zum Fenster hinaus. »Meine Großmutter hat ihr schlichtweg das Blaue vom Himmel gelogen. Dana muss nach den ersten Wochen recht schnell aufgegangen sein, dass sich Leonore nur an sentimentale Erinnerungen geklammert hat. Das große Geld war mit ihr nicht mehr zu verdienen.«

Plötzlich ertönte eine aufgebrachte Stimme aus dem Hintergrund: »Was machst du hier?«

Überrascht wandten sich die beiden Männer zur Tür. Auf der Schwelle stand Martina von Roden und funkelte wütend zu ihrem Mann hinüber. Die Farbe in ihrem Gesicht glich der ihres klatschmohnfarbigen Overalls. Im Schlepptau hatte sie einen rothaarigen Jungen. Schmollend verschränkte er die Arme vor der Brust und stierte an die Stuckdecke. Richard brauchte einige Sekunden, bis er ihn wiedererkannte. Er war Lapitz' Enkelsohn Theo vorgestern im Hofladen des Erdbeerhofes begegnet. Während er den Jungen unauffällig musterte, erinnerte er sich an seine Unterhaltung mit Erika Pohl vom Vormittag. Theo und Lena waren Bruder und Schwester. Halbgeschwister. Doch äußerlich hatten die beiden nichts gemein. Während Lena das aschblonde Haar und die ebenmäßigen Gesichtszüge Christoph von Rodens geerbt hatte, ähnelten die groß gewachsene Statur und die teigige Haut des Rotschopfs seiner Mutter.

»Und was soll überhaupt dieser Aufzug?« Martina von Roden beäugte die Kleidung ihres Mannes missbilligend von oben nach unten.

»Wonach sieht es wohl aus?« Von Rodens Stimme war ohne jede Emotion. »Ich wollte zum Reitstall raus.«

»Denkst du, die Geschäfte auf dem Erdbeerhof laufen von allein?«, brauste sie auf. »Ich habe dir doch gesagt, dass du dich gefälligst um den Tourenplan für die nächste Woche kümmern sollst.«

»Wie du siehst, habe ich noch zu tun«, überging von Roden gleichmütig ihre Vorhaltungen.

»Über Danas verpfuschte Existenz zu philosophieren?«

»Nur weil du sie mit ihrem Tod aus deinem Leben verbannt hast, muss das nicht auch für andere gelten.«

Martina von Roden zog scharf die Luft ein. Hinter ihrer Stirn glaubte Richard zu erkennen, wie es in ihr arbeitete. Doch sie schluckte, was immer sie ihrem Mann an den Kopf schleudern wollte, hinunter. Stattdessen wandte sie Richard das zornige Gesicht zu. Ihr schweres Make-up glänzte fettig von der Hitze. »Reicht es Ihnen nicht, in Danas Privatleben herumzustochern? Müssen Sie auch noch in dem ihrer Freunde herumwühlen?«

»Martina, lass das!«, bellte von Roden heiser und blickte seine Frau vorwurfsvoll an. »Du musst deinen Groll nicht auch noch auf meinen Gast abladen. Sobald ich hier fertig bin, fahre ich zum Erdbeerhof.«

Martina von Roden presste die Lippen fest aufeinander und durchquerte mit schnellen Schritten die Küche. Auf der Anrichte lag eine schwarze Handtasche. Sie zog den Reißverschluss auf und wühlte vernehmbar darin herum.

»Warum ist Theo überhaupt hier?«, wollte von Roden wissen und blickte zu seinem Sohn hinüber, der nun mit hängendem Kopf im Türrahmen stand. Die Streitereien seiner Eltern schienen dem Jungen zuzusetzen. »Ich dachte, er und dein Vater wollten zur Jagdhütte raus.«

»Max Küpper hat sich bereit erklärt, Theo heute Nachmittag Nachhilfe zu geben. Vielleicht schafft er es ja, dem Jungen Prozentrechnung einzubläuen. Immerhin hat er mal zwei Semester Mathematik auf Lehramt studiert.«

»Dieser Bruce Springsteen für Arme?«

»Stört dich etwas an ihm?«

»Nein. Aber ausgerechnet an einem Sonntag?«, schnaubte von Roden. »Es sind Sommerferien. Entspann dich, Martina.«

Mit wutverzerrtem Gesicht preschte sie zum Esstisch vor und baute sich vor ihrem Mann auf. »Warum ereiferst du dich plötzlich darüber, was Theo in seiner Freizeit treibt? Du hast dich doch zwölf Jahre nicht für den Jungen interessiert.«

»Und du hast ihm zwölf Jahre alles durchgehen lassen.«

»Dann wird es endlich Zeit, das zu ändern.«

Ohne ein weiteres Wort klemmte sie die schwarze Handtasche unter ihre Achsel, taxierte die beiden Männer mit einem letzten verächtlichen Blick und zerrte ihren Sohn am Oberarm nach draußen.

Richard blickte verlegen auf die polierte Tischplatte. Die Situation war ihm zutiefst unangenehm. Ungewollt war er Zeuge dieser ehelichen Auseinandersetzung geworden. Es fiel ihm äußert schwer, sich vorzustellen, dass diese beiden Menschen irgendwann glücklich miteinander gewesen waren. Wie konnte so ein Zusammenleben überhaupt funktionieren?

»Wo waren wir stehen geblieben?«

Von Roden schaute den Professor mit aufforderndem Blick an. Augenscheinlich gehörten Situationen wie diese zu seinem Alltag und bedurften keinerlei Kommentars.

»Sie haben davon gesprochen, dass sich Ihre Großmutter an sentimentale Erinnerungen geklammert hat«, nahm Richard das Gespräch wieder auf. »Hatte sie denn Erfahrungen in der Kunstbranche?«

Christoph von Roden schwieg einen Moment, dann lehnte er sich zurück und sagte: »Als meine Großmutter mit ihrer Familie kurz vor Kriegsende aus Mecklenburg flüchten musste, war Leonore gerade einmal zwanzig und ohne irgendeine Ausbildung. Doch sie verstand etwas von Kunst und hat sich durchgebissen. Sie hat viele Jahre als Kunsthändlerin in einer sehr renommierten Galerie gearbeitet. Aber heute?« Abfällig zog er die Stirn kraus. »Meine Großmutter war eine alte Frau und mittlerweile viel zu lange aus dem Geschäft, als dass sie Dana gewinnbringende Arrangements hätte vermitteln können.«

»Erinnern Sie sich vielleicht noch an den Namen der Galerie, für die sie tätig war?«

»Nein, tut mir leid«, antwortete von Roden. »Um ehrlich zu sein, ich habe mich für die Kunstleidenschaft meiner Großmutter nie begeistern können. Aber ich konnte ein paar ihrer alten Fotoalben vor dem Entrümpelungswahn meiner Frau retten. Vielleicht helfen die Ihnen weiter.«

Von Roden ging hinüber zur Anrichte, beugte sich zu den unteren Schranktüren hinab und holte einen Pappkarton hervor. Damit kehrte er zum Tisch zurück. »Sollten Sie auf etwas Interessantes stoßen, Professor Gruben, lassen Sie es mich wissen. Ich würde gern verstehen, was Dana dazu veranlasst hat, den Ammenmärchen meiner Großmutter Glauben zu schenken.«

»Selbstverständlich und vielen Dank.« Auch Richard stand auf. »Gestatten Sie mir noch eine Frage. Sagt Ihnen der Name Thomas Halford etwas?«

Sein Gegenüber ließ einige Sekunden verstreichen, ehe er kopfschüttelnd antwortete. »Nein. Nie gehört.«

Er hatte gezögert, dachte Richard. Für einen winzigen Moment. Doch ihm war klar, dass es keinen Zweck hatte, den Mann zu drängen. Von Roden würde sein Wissen für sich behalten. Warum auch immer.

»Dann will ich Sie nicht länger aufhalten«, sagte Richard. »Ich möchte schließlich nicht daran schuld sein, wenn der Erdbeerbaron Verluste einfährt.«

»Ein großartiger Spitzname, nicht wahr?« Von Roden lachte bitter auf. »Ja, das rote Gold hat den alten Lapitz reich gemacht. Aber heute vergisst er nur zu gern, auf wessen Grund und Boden sein Vermögen gedeiht. Die Ackerflächen gehörten einmal zum gräflichen Gut meiner Familie, das meine Großmutter nach der Wende zurückgekauft hat. Als wir uns Ende der Neunziger in Niederwiek niedergelassen hatten, war mein Schwiegervater ein Nichts. Ein mittelloser, ungehobelter Bauer. Nur seinen messerscharfen Verstand haben wir alle unterschätzt …«

Er stockte, drehte den Kopf und schaute mit glasigem Blick zum Fenster hinaus. »Leonore hat meinen Schwiegervater abgrundtief gehasst.«

Von Roden atmete schwer. Erregt zuckte sein Adamsapfel auf und ab. Die Erinnerung hatte offenbar verstörende Bilder wachgerufen. Verlegen stand Richard neben ihm. Von Rodens plötzlich aufwallende Emotionen irritierten ihn. Mit einem Räuspern machte er sich bemerkbar. »Vielen Dank, dass Sie sich die Zeit für mich genommen haben.«

Richard streckte die Hand vor. Ein paar Sekunden verstrichen. Dann wandte der Mann ihm das Gesicht wieder zu. »Ich habe sie mir für Frau Marks genommen.«

Die ihm dargebotene Hand ignorierte er. Stattdessen hielt er Richard den Karton vor die Brust. Mit einem dankbaren Nicken folgte er von Roden durch die Eingangshalle nach draußen.

»Woher kennen Sie und Alex sich eigentlich?« Von Roden schaute ihn mit unverhohlenem Interesse an.

Die Frage überraschte Richard nicht. Er hatte die ganze Zeit damit gerechnet. Schließlich hatte sich von Roden nur wegen Alex dazu herabgelassen, mit ihm zu reden.

»Die Kunst hat uns vor einigen Jahren zusammengeführt«, erklärte er kurz.

Christoph von Roden hatte sich offensichtlich eine präzisere Auskunft erhofft. Mürrisch deutete er mit dem Kinn auf die Fotoalben in Richards Händen.

»Vielleicht tun es diese ja auch wieder«, blaffte er und schloss ohne Verabschiedung die schwere Haustür.

Richard schlich unter der prallen Sonne zum Auto zurück. Er öffnete die Fahrertür und ließ die aufgestaute Hitze ins Freie entweichen. Vorsichtig schob er den Karton auf den Beifahrersitz, nahm eines der Fotoalben heraus und legte es auf der warmen Motorhaube ab. Langsam blätterte er durch die vergilbten Seiten. Die sepiagetönten Bilder mussten aus den Sechzigern stammen. Ein halbes Jahrhundert alt. Familienfeste. Urlaubsreisen.

Plötzlich hielt er in seinen Bewegungen inne. Er hob das Album hoch und betrachtete eines der Fotos genauer. Vor der spiegelnden Fassade eines lang gestreckten Flachbaus lächelte eine Gruppe Menschen fröhlich in die Kamera. Doch nicht die farblosen, unscharfen Gesichter erregten seine Aufmerksamkeit. Ungläubig starrte er auf das rechteckige Schild über der Eingangstür: »Galerie Mühlberg * Düsseldorf«.

Düsseldorf. Halfords langjährige Wirkungsstätte. Von Rodens Großmutter musste dort als Kunsthändlerin gearbeitet haben. Leonore von Roden. Sie war also die Verbindung zwischen Thomas Halford und Niederwiek.

23

Mit kreischenden Bremsen kam der weiße Geländewagen vor dem Bürogebäude des Erdbeerhofes zum Stehen. Christoph von Roden riss die Sonnenbrille herunter, schnappte sich sein Handy und wählte Alex' Nummer. Vergeblich. Was sollte das? Warum ging sie nicht ran? Er stopfte das Telefon in die Brusttasche seines Polohemdes und stieg aus.

Die ganze Zeit hatte Alex ihm etwas vorgemacht. Wieso war er nicht selbst darauf gekommen? Ihre ewigen Ausflüchte. Die ständigen Verabredungen mit dem Professor. Am liebsten wäre er sofort zu ihr ins »Strandhotel« gefahren, nachdem er den Kerl endlich abgewimmelt hatte. Doch Martina saß ihm mit ihrem verfluchten Tourenplan im Nacken, und er hatte kein Verlangen danach, mit seiner Frau deshalb erneut aneinanderzugeraten oder womöglich den Zorn des Alten auf sich zu ziehen. Zuerst musste er sich darum kümmern. Und dann würde er sich Alex vorknöpfen.

War es ein Fehler, diesem Gruben die Fotoalben auszuhändigen?, überlegte Christoph fieberhaft, während er zum Eingang stapfte. Ist er tatsächlich so ahnungslos, wie er vorgibt? Doch da Alex es ja nicht für nötig hält, mit mir zu reden, ist der Typ nun mal meine einzige Chance, herauszubekommen, was Dana mir verheimlicht hat.

Von Roden betrat das flache Bürogebäude und warf einen verstohlenen Blick zum Empfangstresen hinüber. Lapitz hatte seiner Sekretärin am Sonntag offenbar mal freigegeben. Umso besser. Ihre Litanei, warum er sie seit dem kurzen Stelldichein im Lieferwagen nicht angerufen hatte, konnte er jetzt wahrlich nicht gebrauchen. Zügig lief er den Flur bis zum Ende entlang und öffnete die Tür zu dem engen, stickigen Kabuff, das ihm sein Schwiegervater beim Einzug großmütig als Büro zugewiesen hatte. Während er sich hinter den Schreibtisch setzte und seinen Rechner hochfuhr, fiel ihm auf, dass der Ordner mit den aktuellen Bestellungen fehlte. Vermutlich hatte ihn der Alte weggenommen. Christoph ging wieder hinaus in den Flur. Vor der geschlossenen Bürotür seines Schwiegervaters machte er halt und lauschte. Keine Stimmen. Kein Geklapper auf der Computertastatur. Vorsichtig drückte er die Klinke hinunter.

Das Büro war leer, der Alte ausgeflogen. Von Roden durchquerte das großzügig geschnittene Zimmer Richtung Schreibtisch. Der Ordner, den er suchte, lag aufgeklappt neben der Tastatur. Als er danach griff, stieß er versehentlich mit der Hand gegen die Maus, und der Bildschirmschoner löste sich auf. Wie elektrisiert starrte Christoph auf den flimmernden Monitor. Dem Mann, dessen Foto ihm geradewegs ins Auge sprang, hatte er noch vor wenigen Minuten gegenübergestanden. Kunsthistoriker Richard Gruben. Was hatte das zu bedeuten?

Christoph beugte sich vor und überflog die Einträge auf der Seite der Suchmaschine. Münster. Gutachter. Experte für britische Gegenwartskunst. Nichts, was er nicht schon selbst in Erfahrung gebracht hatte. Doch auch sein Schwiegervater hatte augenscheinlich ganz gezielt nach Informationen über den Professor gesucht. Warum interessierte sich der Alte für den Kerl?

Durch das gekippte Fenster hörte er auf dem Hof ein Auto bremsen. Von Roden blickte auf. Jürgen Lapitz war mit seiner Nobelkarosse vorgefahren. Schnell klemmte er sich den Ordner unter den Arm und verließ das Büro. Kaum hatte er wieder an seinem Schreibtisch Platz genommen, hörte er schon die lärmenden Schritte seines Schwiegervaters auf dem Flur. Direkt vor seiner Tür verstummten sie. Christoph blickte auf. Lapitz' massige Gestalt drängte sich in das kleine Kabuff. Er schwitzte stark, und in seinem Gesicht und auf dem Hals hatten sich rote Flecken gebildet.

»Was wollte der aufgeblasene Clown von dir?«

Für ein paar Sekunden starrte Christoph Lapitz verwirrt an, bis er begriff, von wem eigentlich die Rede war. Martina musste ihrem Vater den Besuch des Professors sofort brühwarm aufgetischt haben. Nur, warum brachte das den Alten so in Rage? Was hatte er mit diesem Gruben zu schaffen?

»Er hat Fragen gestellt.«

»Worüber?«

Christoph spürte, wie Lapitz beinahe den Atem anhielt. Seine Augen blitzten wild umher. Offensichtlich stand er unter Druck.

»Fragen über Dana …«

Lapitz hechelte nach Luft. Die Hitze schien ihm zuzusetzen. Oder seine beschissene Angst, dachte Christoph voller Genugtuung. Und zum ersten Mal in seinem Leben hatte er das Gefühl, dem Mann überlegen zu sein. Auch wenn er noch nicht so recht verstand, womit.

»Was wollte dieser Gruben wissen?« Vergebens versuchte Lapitz, das Beben in seiner Stimme zu unterdrücken.

Von Roden lehnte sich lässig nach hinten und faltete die Hände im Nacken zusammen. Herausfordernd blickte er zu dem Alten auf. »Warum Dana ihn so dringend sprechen wollte.«

»Und?«

»Erklär du es mir.«

Sein Schwiegervater rang weiter nach Luft. Hinter seinen Schläfen pulsierten die Adern merklich. Doch er schwieg.

»Für Danas Treiben hast du dich doch nie interessiert«, sagte Christoph. »Warum ausgerechnet jetzt … wo sie tot ist?«

Auf dem Gesicht des Alten nahmen die Flecken mittlerweile eine dunkelrote Farbe an. »Was … wollte … Gruben … wissen?«, presste er heiser hervor.

Christoph lächelte böse. »Der aufgeblasene Clown macht dir Angst. Ein komisches Gefühl, nicht wahr?«

Lapitz machte einen Schritt auf ihn zu und packte ihn am Kragen seines Polohemdes. »Ich warne dich, oder …«

»Oder was?« Christoph war wie euphorisiert. Er genoss es, dass sein Schwiegervater sich so aggressiv wehrte wie ein angeschlagenes Tier und ebenso kläglich scheiterte.

Lapitz zog noch fester. Seine blutunterlaufenen Augen schienen aus den Höhlen hervorzutreten. Schließlich ließ er mit einem wütenden Schnauben von ihm ab. Mit dem ausgestreckten Zeigefinger stieß er ihm hart gegen die Brust. »Von dir erbärmlichem Versager lass ich mich nicht provozieren. Halt schön die Füße still, oder …«

»Ja?«

»… ich geb dein kleines Geheimnis preis.«

Christophs Rausch erstarb auf der Stelle. Alle Farbe wich aus seinem Gesicht. Er schluckte. Sechs Worte. Mehr hatte der Alte nicht gebraucht, um ihn wieder zu dem winselnden Feigling zu machen, der er war.

Lapitz' buschige Augenbrauen schoben sich eng zusammen. »Wie ich sehe, haben wir uns verstanden.«

Ein letztes Mal bohrte er Christoph den Zeigerfinger in die Brust. Dann drehte er sich um und verließ den Raum. Wieder hallten seine polternden Schritte auf dem Flur. Von Roden sprang auf. Er lief zur Tür. Krachend knallte er sie zu. Für einen Augenblick stand er wie betäubt da, bis er das altbekannte Zittern in seinen Händen verspürte. Er ging zum Schreibtisch zurück und holte die Flasche Bourbon aus dem Rollcontainer. Drei tiefe Züge. Dann fühlte er sich besser. Der Alte hatte Angst. Eine verfluchte Scheißangst. Und der Grund dafür war Dana.

Draußen hörte von Roden einen Motor aufheulen. Er wandte den Kopf und sah, wie Lapitz seinen Audi rückwärts aus der Parklücke manövrierte. Mit quietschenden Reifen raste er vom Hof. Auch als er längst durch die Toreinfahrt verschwunden war, schaute Christoph ihm noch nach. In seinem Kopf hämmerte nur ein Gedanke: Warum zum Henker jagte dieser Gruben dem Alten solche Angst ein?

24

»Alex, sobald du das abhörst, ruf mich bitte an, ja?«

Richard betätigte die Freisprechanlage in seinem Volvo und bog in den Sanddornweg ein. Nachdem er am Gutshaus aufgebrochen war, hatte er kurz überlegt, direkt zu Alex ins »Strandhotel« zu fahren, um ihr seine Entdeckung über Leonore von Roden mitzuteilen. Doch schnell hatte er den Gedanken wieder verworfen. Von Rodens entrückter Blick vorhin bei der Erwähnung von Alex' Namen hielt ihn davon ab. War Christoph von Roden ihre gestrige Verabredung gewesen? Herrgott, was ist nur los mit mir, dachte er. Mit wem sich Alexandra Marks traf, ging ihn schließlich nichts an. Alex hatte ihn lediglich wegen Halford um Hilfe gebeten. Und doch war er enttäuscht.

Jahnkes Ferienhaus kam in Sichtweite. Ein weißer Lieferwagen mit dem Schriftzug des »Strandhotels« parkte halbseitig auf dem Gehweg. Verwundert fuhr Richard in die Auffahrt ein und stellte den Motor aus. Durch die heruntergelassene Scheibe entdeckte er linker Hand unter dem seitlichen Vordach, das als Lagerplatz für Kaminholz genutzt wurde, die untersetzte Gestalt eines Mannes. Er hatte ihm den Rücken zugewandt und wühlte in einem Metallschrank.

»Brauchen Sie Hilfe?«

Der Mann wirbelte blitzartig herum, und Richard schaute in das überraschte mondförmige Gesicht von André Jahnke.

»Ach, Professor Gruben …« Fahrig wischte sich der Hotelinhaber die Hände an den Seiten seiner dunkelblauen Stoffhose ab und ging auf ihn zu. Wie immer war er korrekt mit blütenweißem Hemd und blauer Krawatte gekleidet. Nur die Schweißflecken unter den Achseln störten seine tadellose Erscheinung. Richard stieg aus, und die beiden Männer schüttelten einander die Hand.

»Einer der Sprinkler der Bewässerungsanlage vor dem Hotel ist ausgefallen. Bei dieser Hitze ist das für den Rasen eine mittlere Katastrophe, und ich brauche dringend Ersatz.« Mit dem Kinn deutete Jahnke zu dem offenen Schrank hinüber. »Ich weiß, dass ich so ein Teil noch irgendwo haben muss. Aber vermutlich liegt das Ding im Haus.«

»Sie können gerne nachsehen.« Richard zeigte zur Eingangstür.

Abwehrend hob Jahnke die Hände vor die Brust. »Kommt nicht in Frage, Sie machen Urlaub.«

»Ohne Sie müsste ich meine Nächte im Strandkorb verbringen«, erwiderte Richard scherzhaft. »Also, kommen Sie.« Er steckte den Schlüssel ins Schloss und stieß die Haustür einladend auf. Während Jahnke sofort in der Abstellkammer unter der Treppe verschwand, nutzte Richard die Gelegenheit, um den Karton aus dem Auto zu holen. Im Haus lud er die Fotoalben auf dem Wohnzimmertisch ab. Anschließend ging er zur Küchenzeile hinüber und stellte einen Topf mit Wasser für Spaghetti auf den Herd. Außer einem Käsetoast am Morgen und dem Kaffee bei Erika Pohl hatte er heute noch nichts zu sich genommen, und allmählich rebellierte sein leerer Magen hörbar.

»Sie sind meine Rettung.« Mit einem triumphierenden Grinsen kam Jahnke aus der Abstellkammer und streckte ein Stück graues Plastik in die Höhe.

Richard nahm einen Kaffeebecher aus dem Hängeschrank. »Möchten Sie?«

»Vielen Dank, aber ich muss zurück ins Hotel«, lehnte Jahnke ab und hatte sich bereits zum Gehen umgewandt, als er mit einem Mal abrupt stehen blieb.

»Obwohl … hätten Sie vielleicht einen Moment für mich?«

»Jederzeit.«

»Es geht um die Galerie von Frau Wolff.« Der Hotelier wischte ein paar Schweißtropfen von der Stirn, wobei sein Blick den Karton auf dem Wohnzimmertisch streifte. Irritiert blieben seine Augen kurz daran haften, doch dann schaute er Richard beinahe entschuldigend an. »Ich will Sie auch nicht lange aufhalten.«

»Das tun Sie nicht. Also, worum genau geht es?«

»Wissen Sie, die Galerie war ein lang gehegter Wunsch von Dana, und um unserer alten Freundschaft willen habe ich ihr das Strandlokal auch vermietet. Wenngleich mir bewusst war, dass es Anlaufschwierigkeiten geben würde und ich ein besseres Angebot auf dem Tisch hatte.«

Eine kurze Pause entstand, und auf Jahnkes Gesicht lag wieder dieser traurige Ausdruck, den Richard bereits auf der Terrasse im »Strandhotel« wahrgenommen hatte. »Dana war mir damals eine wirkliche Freundin, und nach ihrem plötzlichen Tod stellt sich für mich nun die Frage, ob es nicht in ihrem Sinn wäre, die Galerie weiterzuführen. Allerdings bin ich ein wenig unschlüssig, ob Kunst eine gute Investition in die Zukunft ist.«

»Und wie kann ich Ihnen dabei helfen?«

»Bert meint, Sie wären so etwas wie eine Koryphäe auf Ihrem Gebiet. Ihre professionelle Einschätzung würde meine Entscheidungsfindung erheblich erleichtern.«

»Herr Jahnke, mein Fach ist die britische Gegenwartskunst. Ich glaube nicht, dass ich da der richtige Ansprechpartner für Sie bin.«

»Ich dachte nur, weil Sie sich ohnehin schon in der Galerie umgesehen haben, wüssten Sie vielleicht …« André Jahnke ließ den Satz unvollendet.

»Bei meinem Besuch habe ich mir lediglich einen groben Überblick verschafft. Um Aussagen zur Wirtschaftlichkeit von Frau Wolffs Galerie zu treffen, bedarf es einer tiefgründigen Prüfung, und dafür fehlt mir leider die nötige Zeit.« Auch wenn Jahnke ihm bereitwillig sein Ferienhaus zur Verfügung gestellt hatte, Richard fühlte sich dem Mann gegenüber zu nichts verpflichtet.

»Natürlich, Sie haben Urlaub. Entschuldigen Sie bitte, dass ich Sie mit meinen privaten Angelegenheiten belästigt habe, Professor Gruben«, entgegnete Jahnke freundlich. »Das mit der Galerie ist vorerst auch nur so eine vage Idee von mir, denn seit Lapitz plötzlich kein Interesse mehr hat …«

Richard wurde hellhörig. »Jürgen Lapitz ist von seinem Verkaufsangebot zurückgetreten?«

»Gestern hat er mich angerufen. An der Galerie, als wir uns beide dort getroffen haben.« Sein Gegenüber schüttelte verständnislos den Kopf. »Monatelang liegt der Mann mir in den Ohren, ihm das Strandlokal zu überlassen, und jetzt, wo Dana tot ist und einem Verkauf nichts im Wege steht, springt er plötzlich ab.«

Richard erinnerte sich wieder an die Wortfetzen, die er unfreiwillig aufgeschnappt hatte. Nun konnte er sich einen Reim darauf machen. »Hat Lapitz gesagt, warum?«

»Angeblich hat er in der Zwischenzeit das Konzept für sein Restaurant geändert, und das Strandlokal wäre dafür zu klein«, erklärte Jahnke. »Dabei war für ihn immer nur die hervorragende Lage ausschlaggebend gewesen. Aber verstehe die Familie Lapitz, wer will.« Mit einer nachlässigen Geste unterstrich er seine Worte und reichte Richard die Hand. »Danke.«

»Nicht dafür.« Der Professor deutete an, seinen Besucher nach draußen zu begleiten. Doch Jahnke hatte sich bereits in Bewegung gesetzt. »Machen Sie sich keine Umstände, ich weiß ja, wie ich hier rausfinde.«

Wenige Sekunden später fiel die Tür krachend ins Schloss. Gedankenversunken starrte Richard in das sprudelnde Wasser im Topf. Sollte er sich in Jürgen Lapitz doch nicht getäuscht haben? Warum hatte der Mann gegenüber Mulsow behauptet, zwischen Dana Wolff und Jahnke hätte es wegen der Ausrichtung des Strandlokals Streit gegeben? Der Hotelinhaber hatte auch eben nicht den Eindruck erweckt, über die Pläne zum Umbau der Galerie nicht in Kenntnis gesetzt oder gar verärgert gewesen zu sein. Im Gegenteil. Jahnke schien der Freundin offenbar freie Hand gelassen zu haben. Und warum war Lapitz plötzlich von seinem Kaufangebot zurückgetreten? Diese Kehrtwende passte so gar nicht in das Bild des knallharten Geschäftsmannes, das er und auch Mulsow von ihm hatten.

In Richards Kopf hallten Alex' Worte wider: *Dana sollte einfach so schnell wie möglich wieder aus Niederwiek verschwinden.*

***

»Es geht um die Jahre, als Thomas Halford bei Ihnen ausgestellt hat«, sagte Richard, schob seinen leeren Teller beiseite und griff nach dem Fotoalbum im Karton.

Während er seine Spaghetti Bolognese auf dem Sofa verschlungen hatte, war ihm der Gedanke gekommen, bei der »Galerie Mühlberg« in Düsseldorf anzurufen. Vielleicht hatte er ja Glück, dass sonntags geöffnet war und sich dort noch jemand an die alte Gräfin erinnern konnte. Aber die helle dünne Stimme in seinem Ohr zerstreute alle Hoffnungen, und im nächsten Augenblick bekam er seine Bestätigung.

»Thomas Halford?«, kicherte der junge Mann. »Das war Ende der Sechziger. Wie bitte schön soll ich mich daran erinnern?«

»Dass Sie das nicht können, höre ich selbst«, entfuhr es Richard. »Aber vielleicht gibt es jemanden in Ihrem Haus, der zu dieser Zeit schon bei Ihnen tätig war.«

»Nee, das ist fast fünfzig Jahre her, so alt ist hier keiner.«

Richard rollte mit den Augen. Er war allmählich genervt.

»Oder ...« Der junge Mann atmete tief in den Hörer. »Warten Sie mal ... Der alte Bredenkamp gehört natürlich schon zum Inventar.«

Langsam schien es voranzugehen. »Bredenkamp?«

»Ja, Horst Bredenkamp, der Senior-Chef.«

Richard wartete darauf, dass er noch etwas sagen würde, aber es kam nichts. Nur das leise Rauschen in der Leitung.

»Wäre es eventuell möglich, Herrn Bredenkamp zu sprechen?« Musste man dem Jungen alles aus der Nase ziehen?

»Möglich wäre das, aber ich muss erst fragen.«

Natürlich!

Richard vernahm ein knisterndes Scharren. Sein Gesprächspartner hatte den Hörer beiseitegelegt. Eine gefühlte Ewigkeit später war er wieder da. »Wer waren Sie noch mal?«

»Professor Richard Gruben.« Richard befürchtete, dass er erneut auf dem Schreibtisch abgelegt werden würde, doch es klickte, und eine klassische Melodie erklang. Schon Sekunden später meldete sich ein älterer Herr mit kehliger, knarzender Stimme. »Horst Bredenkamp.« Richard vermutete, dass er um die achtzig sein musste. »Ich habe gehört, es geht um Thomas Halford?«

»Nicht direkt«, antwortete Richard. »Vielmehr interessiert es mich, wer in den Jahren, als Halford bei Ihnen ausgestellt hat, in der Galerie tätig war.«

»Erwarten Sie etwa, dass ich alle Namen von damals noch parat habe?«

Fast könnte man meinen, dass es zwischen dem Alten und dem Jungspund irgendwelche verwandtschaftlichen Verhältnisse gibt, dachte Richard. Ihr Humor ähnelte sich auffallend.

»Mir geht es nur um eine bestimmte Person«, entgegnete er höflich. »Leonore von Roden.«

»Die Gräfin?«

Er hatte also richtig getippt. Von Rodens Großmutter war in der »Galerie Mühlberg« als Kunsthändlerin beschäftigt gewesen.

»Lebt die etwa noch?«, fragte Bredenkamp.

»Sie ist vor ein paar Wochen gestorben.«

»Ach …« Doch außer einem tiefen Schnaufen war auf der anderen Seite nichts zu hören. Richard hoffte, dass der alte Mann keinen Herzinfarkt erlitten hatte.

»Können Sie sich erinnern, ob es zwischen Leonore von Roden und Thomas Halford irgendwelche Berührungspunkte gab?«, versuchte er, den Alten zum Sprechen zu bewegen.

»Berührungspunkte? Präzisieren Sie Ihre Frage, junger Mann!« Bredenkamp hatte sich wieder gefangen.

»Kannten sich die beiden?«

»Ja.«

»Leonore von Roden hat demnach seine Ausstellungen betreut. Ist das richtig?«

»Betreut …« Ein heiseres Lachen. »Bewacht trifft es wohl eher.«

»Wie darf ich das verstehen?«

»Wie eine Löwenmutter ihr Neugeborenes. Jede Halford-Ausstellung hat Leonore damals mit Argusaugen bewacht. Nichts passierte ohne ihr Zutun. Sie arrangierte seine Bilder, sie bestimmte den Preis, und sie wickelte die Verkäufe für ihn ab.«

»Und Thomas Halford?«

»Der große Meister ließ sie willenlos gewähren«, tönte Bredenkamp. »Na ja, Genie und Wahnsinn liegen bekanntlich ja dicht beieinander.«

»Also waren die beiden ein Paar?«, fragte Richard das Nächstliegende.

»Offiziell natürlich nicht. Halford war verheiratet.« Der Mann am anderen Ende räusperte sich.

Natürlich wusste Richard, dass Thomas Halford über vierzig Jahre verheiratet gewesen war. »Sie hatten also ein Verhältnis?«, präzisierte er seine Frage für Bredenkamp.

»Oh ja, ihre Bekanntschaft ging sehr weit über das normale Verhältnis zwischen Galeristin und Künstler hinaus. Ich denke, ich lehne mich nicht zu weit aus dem Fenster, wenn ich behaupte, dass sie seine Muse war. Aber bei einer Frau wie Leonore …«

Der Alte schien plötzlich ins Schwärmen zu geraten. Gelegenheit, mehr über die Gräfin in Erfahrung zu bringen.

»Wie war sie denn so?«

»Eine sehr exzentrische Erscheinung! Beharrlich, dickköpfig – Leonore wusste sehr genau, was sie wollte und was nicht.«

»Was wollte sie denn?«

»Dieses Land da … drüben im Osten. Das wollte sie immer zurück. Der Besitz ihrer gräflichen Familie war ihr heilig.«

Seine Beschreibung der Gräfin passte zu dem Eindruck, den Richard auch bei Christoph von Roden gewonnen hatte. »Können Sie sich vorstellen, dass sie noch aktive Kontakte in die Kunstszene hatte?«

»Leonores erfolgreiche Jahre sind lange her«, sagte Bredenkamp wehmütig. »Schon bevor sie Ende der Neunziger in den Osten übergesiedelt ist, hatte sie sich seit einiger Zeit aus dem Geschäft zurückgezogen.«

Richard bedankte sich und legte auf. Das Fotoalbum lag aufgeschlagen auf seinem Schoß. Nachdenklich blätterte er zu der Aufnahme der »Galerie Mühlberg«. Er betrachtete die braunen grobkörnigen Gesichter. Fünfzig Jahre. Eine lange Zeit. Richard seufzte. War Dana Wolff tatsächlich nur den sentimentalen Erinnerungen der Gräfin erlegen, wie von Roden behauptete? Das würde Alex wenig gefallen.

25

Richard Gruben drückte erneut die Wahlwiederholung seines Smartphones. Beharrlich tönte das Freizeichen in seinem Ohr. Bert Mulsow ging noch immer nicht ans Telefon. Richard strich über die rote Taste und ließ das Handy in der Hosentasche verschwinden. Den Blick landeinwärts gerichtet, schlenderte er über die wettergegerbten Holzplanken der Seebrücke zurück auf die Promenade. Die tiefen Schatten der Abendsonne glitten schläfrig über die Ostsee. Lautlos blies der warme Wind durch den rot leuchtenden Strandhafer. Auch jetzt noch strömten die Menschen wie ein Ameisenschwarm in alle Richtungen. Die Ostseeküste schien im Sommer niemals zu schlafen.

Hinter den blauen Holzfassaden der Strandhäuser bog Richard in eine schmale Seitenstraße ein, die zum »Hof-Café« führen sollte. Er fasste in seine Gesäßtasche und faltete den Ortsplan auseinander, den er vorsorglich mitgenommen hatte. Bei seinem letzten Besuch mit Mulsow war er mit dem Auto zum Café gefahren und hatte sich blind von der nüchternen Stimme seines Navigationsgeräts leiten lassen. Doch da er inzwischen wusste, wie mühselig die Parkplatzsuche in Niederwiek war, hatte er den Volvo am Ferienhaus stehen lassen und versuchte sich nun mit der Karte in seinen Händen durch die verwinkelten Wege zu navigieren. Er warf einen flüchtigen Blick auf seine Armbanduhr. In fünf Minuten war er mit Alex verabredet. Er sollte sich besser beeilen.

Drei Stunden nach seiner Nachricht auf ihrer Mailbox hatte sie ihn endlich zurückgerufen. Jedoch hatte er Alex seinen Besuch im Gutshaus vorerst verschwiegen. Von seiner Entdeckung in von Rodens alten Fotokisten und dem Anruf in der »Galerie Mühlberg« wollte er ihr nicht am Telefon erzählen. Also hatte er vorgeschlagen, sich am Abend mit ihr im Biergarten des »Hof-Cafés« zu treffen.

Dass Thomas Halford nicht nur ein Hirngespinst ihrer Freundin war, würde Alex nicht großartig überraschen. Sie hatte Dana

Wolff vertraut. Es gab keinen Grund für sie, an deren mysteriösen Andeutungen zu zweifeln. Nur hatte Alex sich auf Jürgen Lapitz versteift und ging davon aus, dass der Erdbeerbaron zu Halford führen würde. Auch wenn Lapitz' undurchsichtiges Verhalten für Richard nach wie vor rätselhaft blieb: Seit er in von Rodens Fotoalbum auf die Aufnahme der Düsseldorfer Galerie gestoßen war, wusste er, dass jemand anders Dana Wolffs plötzliches Interesse an dem englischen Grafiker geweckt hatte. Gräfin Leonore von Roden war die Verbindung.

In den sechziger und siebziger Jahren galt die »Galerie Mühlberg« als das Sylt in der Kunstszene. Sehen und gesehen werden. Jeder wollte dorthin. Künstler. Agenten. Galeristen. Auch Thomas Halford hatte dort ruhmreiche Zeiten gefeiert und erfolgreich ausgestellt. Und er kannte Leonore von Roden, was ihm der alte Bredenkamp bei ihrem kurzen Telefonat am Nachmittag bereitwillig bestätigt hatte. Es war nicht verwunderlich, dass Halford seine Affäre mit der Gräfin offen ausgelebt hatte. Jeder, der mit dem Leben Halfords näher vertraut war, wusste um seinen Ruf als Frauenheld. Und allem Anschein nach hatte er diesem auch in Düsseldorf alle Ehre gemacht.

Unweigerlich musste Richard an Christoph von Roden denken. Auch er schien kein Kind von Traurigkeit zu sein. *Ich glaube, Dana konnte sich nie wirklich von Christoph lösen. Und er nicht von ihr.* Das waren Erika Pohls Worte gewesen. Ohne Zweifel ging von Roden der Tod von Dana Wolff sehr nahe, das hatte er bei seinem Besuch im Gutshaus gespürt. Genauso, wie ihm von Rodens Interesse in Bezug auf Alex nicht entgangen war.

Mittlerweile war Richard auf dem überfüllten Parkplatz angekommen, der zum »Hof-Café« der Familie Lapitz gehörte. Unschlüssig blieb er stehen und schaute zum Eingang des Biergartens hinüber, vor dem sich eine kleine Menschentraube gebildet hatte. Er hätte damit rechnen müssen, dass das Lokal am Abend brechend voll sein würde. Dort war sicher kein freier Platz mehr zu finden.

»Richard! Hier!«

Eine erregte helle Stimme drang zu ihm durch. Suchend ließ er den Blick über den Parkplatz schweifen. Auf der gegenüberliegenden Seite entdeckte er Alex, die neben ihrem roten Polo stand. Hektisch winkte sie ihm zu. Der lindgrüne Stoff ihres ärmellosen Kleides bewegte sich leicht im Abendwind. Über den Schultern hing eine hauchdünne schwarze Stola. Ihr dunkelblondes Haar hatte sie zu einem Knoten zusammengesteckt. Die Erinnerungen an den Abend in Leipzig drängten sich ihm auf. An das, was er damals für sie empfunden hatte. Auch wenn heute dieser verbitterte Ausdruck auf ihrem Gesicht lag, Alex war eine sehr begehrenswerte Frau. Und Richard gestand sich endlich ein, dass er sich noch immer zu ihr hingezogen fühlte.

Langsam kam er näher. Erst jetzt bemerkte er den Mann, der vor dem Hinterrad ihres Autos kniete. Mit der linken Hand umfasste er die Kurbel eines Wagenhebers und pumpte das Fahrzeug in die Höhe. Sein tätowierter Oberarm wölbte sich unter der Kraftanstrengung auf. Von dem kahlen Schädel perlten dicke Schweißtropfen hinab.

»Du wirst wohl schon ohne mich reingehen müssen«, lachte Alex nervös und deutete mit dem Kinn in Richtung Hinterrad. »Du siehst ja, was hier los ist. Zum Glück hatte ich mit Gunnar gleich einen hilfsbereiten Retter zur Stelle.«

Der Mann richtete sich auf und zog den Reifen von der Achse. Über seinem massigen Bauch spannte sich ein fleckiges Achselhemd. Die beigen Bermudashorts waren ölverschmiert. Richard erinnerte sich, dass er dem Mann gestern auf dem Erdbeerhof begegnet war.

»Wart aber nicht zu lang auf Alex. Vielleicht gehen wir Hübschen ja noch einen heben«, witzelte dieser und entblößte gelbe Raucherzähne.

Alex lächelte unbeholfen und zog Richard ein Stück zur Seite. Die Situation war ihr sichtlich unangenehm.

»Ihr beide kennt euch?« Mit hochgezogenen Augenbrauen sah er sie an.

»Wir sind uns ab und an begegnet. Gunnar Priebe hat für Dana ein paar Gefälligkeiten erledigt. Bilder transportiert, Gerümpel aus dem Strandlokal entsorgt. Kleinigkeiten. Sie kannten sich eben.«

Richard schaute ungläubig zu Lapitz' Hofarbeiter hinüber. Sein kahl geschorener Schädel war nun unter der offenen Kofferraumklappe des Wagens verschwunden.

»Jetzt guck nicht so herablassend«, schnaubte sie beleidigt. »Sei lieber dankbar, dass er aufgetaucht ist. Oder wolltest du in deinem Aufzug den Helden spielen?«

Stirnrunzelnd wanderte ihr prüfender Blick von seinem grauen Oberhemd die indigoblaue Jeans hinab.

Richard grinste schief.

»Na also«, flüsterte Alex. »Geh ruhig schon vor und besorg uns einen Tisch. Sobald Gunnar hier fertig ist und ich ihn abgewimmelt habe, komme ich nach.«

Richard spähte misstrauisch zu dem Mann hinüber, der bereits wieder vor dem Auto kniete. Über dem Bund der Bermudashorts zeichnete sich der Ansatz seines Maurerdekolletés ab. Angewidert drehte Richard den Kopf zurück. »Bist du sicher?«

»Ja, Gunnar ist ein wenig ungehobelt, aber harmlos.« Mit fahrigen Fingern steckte sie eine Haarsträhne, die sich aus dem Knoten gelöst hatte, hinters Ohr.

»Einverstanden. Dann bis gleich.«

Sanft berührte er mit der rechten Hand ihren Oberarm und küsste sie auf die Wange. Für einen kurzen Moment spiegelte sich in Alex' Gesicht Verwirrung, ehe sie ihn wortlos stehen ließ und ihre Aufmerksamkeit wieder ihrem Pannenhelfer schenkte.

Richard wandte sich um und ging über das graue Betonpflaster zum Café hinüber. Vor dem Eingang herrschte nach wie vor reger Trubel. Lautes Stimmengewirr schallte über den Parkplatz. Verwundert stellte er fest, dass die Leute überhaupt nicht die Absicht hatten, bei Lapitz einzukehren. Dicht gedrängt und gestikulierend standen sie beieinander und reckten neugierig ihre Köpfe in den Biergarten. Erst jetzt bemerkte Richard etwas abseits zwei silberblaue Streifenwagen. Die gedrungene Gestalt daneben erkannte er sofort. Bert Mulsow stützte sich mit der Hand an einem der Autodächer ab und beobachtete das Treiben aus der Ferne. Zügig ging Richard auf den Freund zu.

»Hallo, Bert«, begrüßte er den Polizisten.

Einige Sekunden schien Mulsow überrascht, ihn hier zu sehen, doch dann schlug er in die Hand ein, die Richard ihm entgegenstreckte.

»Entschuldige, dass ich deine Anrufe ignoriert habe, aber seit dem Mittag läuft bei uns alles auf Hochtouren.« Der Beamte wischte sich mit dem Handrücken über die hohe Stirn. Mit ernstem Blick schaute er Richard an. »Eine junge Frau wurde tot aufgefunden. Erwürgt. Sie war gerade einmal achtzehn Jahre alt. Alles deutet darauf hin, dass sie auch vergewaltigt wurde. Klarheit haben wir aber erst, wenn der abschließende Bericht der Rechtsmedizin vorliegt.«

Richard dachte an die Einsatzwagen, die am Mittag heulend über die alte Kastanienallee gerast waren. Die Nachricht über einen erneuten Mord dürfte sich inzwischen wie ein Lauffeuer in Niederwiek ausgebreitet haben.

»Also doch ein Serienmörder?«

Mulsow schielte unschlüssig zu der Menschentraube hinüber. So als wöge er ab, wie viel er dem Freund an internen Details ausplaudern konnte.

»Serientäter weichen selten von ihrer Vorgehensweise ab. Dana Wolff wurde erstochen, ihr Körper war von Messerstichen geradezu übersät. Ihr Mörder hat sich später ihrer Leiche in einem Waldstück entledigt. Das Opfer von heute hingegen wurde erwürgt, und Tat- und Fundort sind identisch. Alles spricht gegen ein und denselben Täter. Aber wir müssen den Abgleich der DNA abwarten.«

Richard nickte nachdenklich und lenkte seinen Blick zum »Hof-Café«.

»Und was ist hier los?«

»Der leitende Beamte und ein Kollege von mir befragen Lapitz und seine Tochter. Die Leute sind nur zum Gaffen da.«

Überrascht sah Richard Mulsow an. »Was hat Jürgen Lapitz mit eurem Fall zu tun?«

»Das Opfer gehörte zu den Erntehelfern, die auf seinem Erdbeerhof arbeiten. Eine junge Polin. Mila Zajec.«

»Wo genau hat man sie gefunden?«

»Nur wenige Meter von der Promenade entfernt. Eine Reinigungskraft der Tourismusverwaltung hat ihre Leiche gegen

Mittag in den WC-Anlagen am Strand entdeckt. Sie lag in einer der Kabinen. Der Mörder hatte die Tür von außen verklemmt.«

Richard wurde hellhörig. »An welchem Strandabschnitt liegt das WC?«

»Gleich gegenüber von Jahnkes ›Strandhotel‹. Warum?«

Lena! Genau an dieser Stelle war sie ihm gestern Nacht völlig verstört vor die Füße gefallen.

»Wann ist es passiert?«

»Gegen Mitternacht.« Der Polizist starrte den Freund entgeistert an. »Was sollen diese Fragen, Richard?«

»Ich denke, ich kenne da jemanden, der eurem Mörder begegnet ist.«

26

Mit zitternden Fingern löste Lena den Knoten des Badetuches und streifte die Leinenbluse über ihre schmalen Schultern. Durch den dünnen Stoff fühlte sie die nassen Haarspitzen auf ihrer Haut. Sie griff nach Slip und Shorts auf dem Bett und schlüpfte hinein. Barfuß tappte sie über die warmen Holzdielen durch das halbdunkle Zimmer und presste die Stirn gegen das Gaubenfenster.

Auch die eiskalte Dusche hatte die schrecklichen Bilder in ihrem Kopf nicht vertreiben können. Ihre Gedanken kreisten ständig um Mila. Um die Qualen, die sie erleiden musste. Um ihren sinnlosen Tod. Die Vorstellung, dass sie nun wie ihre Mutter vor wenigen Tagen in einem dieser anonymen, sterilen Kühlfächer lag, jagte Lena ein Schaudern über den Rücken.

Am Nachmittag, als Erika sie ans Telefon gerufen hatte, hatte Lena sofort gespürt, dass etwas passiert sein musste. Es war dieser ängstliche, fast panische Blick, mit dem Erikas trübe Augen sie verfolgten, während sie zum Hörer griff. Max' stammelnde Worte konnte sie zuerst nicht richtig fassen. Nur langsam begann sie zu begreifen, was er ihr eigentlich sagen wollte. Lena hatte ihn angeschrien und ihn als Lügner beschimpft. Doch die stoische Ruhe, mit der Max ihren Wutausbruch über sich ergehen ließ, gab ihr schließlich zu verstehen, dass Milas Tod die grausame Wahrheit war. Geschunden und erwürgt. Und sie, Lena Wolff, war schuld daran. Warum hatte sie Mila nicht gewarnt? Sie hätte doch damit rechnen müssen, dass sie nach ihr suchen und ihr zum Klohäuschen folgen würde. Stattdessen hatte sie feige geschwiegen, von ihrer eigenen Angst gelähmt.

Als Max am Morgen in Erikas Garten aufgetaucht war, um sich für seinen Fehltritt mit der dänischen Studentin zu entschuldigen, hatte Lena ihm alles erzählt. Von ihrer Mutter, von der vergangenen Nacht am Klohäuschen, von ihrer Angst, zu ihrem Vater zu müssen. Schweigend hatte er zugehört. Bis sie davon gesprochen hatte, endlich zur Polizei zu gehen und eine Aussage zu machen. Erst da hatte sie begriffen, wie tief auch Max da mit drinsteckte. Er hatte keine Schuld. Nicht direkt. Und trotzdem würde es die Polizei wenig interessieren. Sie hatte Max versprochen, zu schweigen. Für ihn. Auch wenn dieses Schwein dann ungestraft davonkommen würde. Aber die Wahrheit brachte Mila und ihre Mutter nicht zurück. In zwei Tagen wollten sie zusammen los. Das war alles, worauf es jetzt noch ankam.

Lena war gerade im Begriff, sich vom Fenster abzuwenden, als unten auf dem Sanddornweg ein Streifenwagen vorfuhr und auf Höhe von Erikas Gartenpforte hielt. Im dämmernden Abendlicht sah Lena den Professor auf der Beifahrerseite aussteigen. Er hob den Kopf und blickte direkt zu ihrem Fenster. Erschrocken wich sie zurück. Er war wegen Mila hier. Der Mann war schließlich nicht blöd. Von dort, wo er sie aufgelesen hatte, lag das Klohäuschen nicht einmal fünfzig Meter entfernt. Und das Häufchen Elend, das sie abgegeben hatte, sprach für sich allein.

Eilig stolperte Lena zum Schreibtisch hinüber und schaltete die Lampe ein. Das matte Licht ergoss sich über die Papiere auf der Holzplatte. Ein Busfahrplan nach Rostock. Zwei Online-Tickets für den Kölner Nachtzug. Ihr Personalausweis. Selbst einem Drittklässler dürfte klar sein, was sie vorhatte. Sie musste sich beeilen. Ihre linke Hand zog die seitliche Schublade auf, mit der anderen fegte sie hastig alles hinein. Anschließend legte sie noch die Box mit den Rasierklingen darüber, knallte die Schublade zu und warf sich mit angezogenen Knien auf das Bett, als sie bereits schwere Schritte auf der knarrenden Holztreppe hörte. Es klopfte leise, und auf ihr zögerliches »Ja« erschien Erikas weißer Haarschopf im Türspalt.

»Lena, die Polizei möchte mit dir sprechen.«

Ihre heisere Stimme klang ängstlich, doch die grauen Augen blickten hellwach. Erika stieß die Tür weiter auf, und der dicke Polizist trat mit ernster Miene ins Zimmer. Gleich dahinter entdeckte Lena den Professor. Die schwarzen Haare waren ihm tief in die Stirn gefallen, sodass sie den Ausdruck seiner blauen Augen nicht ergründen konnte. Mit verschränkten Armen lehnte er am Türrahmen. Warum konnte er den Vorfall nicht einfach auf sich beruhen lassen?

Trotzig drehte Lena den Kopf zur Seite und starrte auf den abgewetzten Dielenboden. Der Polizist räusperte sich leise.

»Du weißt sicher, worüber ich mit dir reden will?«

Sie schwieg und schlug ihre Arme noch fester um die Knie.

»Mila Zajec wurde heute Mittag in einer der Strandtoiletten tot aufgefunden«, fuhr er betont sachlich fort. »Nur wenige Meter von der Stelle entfernt, wo du gestern Nacht Professor Gruben in die Arme gelaufen bist. Du erinnerst dich?«

Angriffslustig blickte sie den Polizisten an. »Was glauben Sie denn? Ich war angetrunken und hatte schließlich keinen Vollrausch.«

»Lena!« Erikas mahnende Stimme drang vom Schreibtisch herüber, an dem sie sich abstützte.

Beschwichtigend hob der Dicke die Hand. »Es ist vollkommen in Ordnung, wenn du wütend bist. Deine Freundin wurde ermordet. Und das so kurz nach dem gewaltsamen Tod deiner Mutter.« Er ließ einige Sekunden verstreichen, ehe er weitersprach. »Mila und du, ihr wart zusammen auf der Strandparty. Ist dir dort irgendetwas Ungewöhnliches aufgefallen? Hat Mila mit jemandem gestritten?«

Lena senkte ihren Blick wieder auf die durchgetretenen Dielen. »Nein.«

»Und du? Hattest du Streit?«

Sie schüttelte stumm den Kopf.

»Du bist also früher vom Feuer aufgebrochen, weil dir schlecht war. Auf deinem Weg zur Promenade musst du an dem WC-Haus vorbeigekommen sein.«

»Schon möglich.«

Der Polizist trat näher an ihr Bett heran und neigte den Kopf zur Seite. »Das heißt also ja?«

»Ja …«, sagte Lena mit brüchiger Stimme.

Verdammt! Warum konnte sie nicht einfach ihren Mund halten? Niemandem war geholfen, wenn sie die Wahrheit ausplauderte. Nicht mehr Mila. Nicht mehr ihrer Mutter. Und am wenigsten Max.

»Ist dir am WC-Haus jemand begegnet, oder hast du etwas Auffälliges beobachtet?«

»Vielleicht … Ich erinnere mich nicht mehr so genau.«

»Denk bitte nach, alles könnte wichtig sein. Mag es dir auch noch so unwahrscheinlich vorkommen«, beteuerte der Polizist.

Lena richtete sich gerade auf. Sie musste eine Entscheidung treffen. Entschied sie sich für die Wahrheit, wanderte Max in den Knast. Wenn sie weiter schwieg, würde ihre Schuld an Milas Tod noch schwerer zu ertragen sein.

Sie hob den Kopf und sah abwechselnd zu dem Polizisten und Erika. Abwartend schauten die beiden sie an. Ihnen konnte Lena vielleicht vormachen, dass sie nichts Ungewöhnliches bemerkt hatte, aber niemals dem Professor. Er hatte ihre Furcht genau gespürt. Das angsterfüllte Keuchen. Das panische Zittern. Er würde nicht lockerlassen. Langsam wandte sie ihm das Gesicht zu. Inzwischen hatte er sich die Haare aus der Stirn gestrichen. Wissend ruhten seine stahlblauen Augen auf ihr. Sie musste sich entscheiden.

»Ich habe einen Mann gesehen.« Ihre Stimme bebte. »Er ist aufs Klo gegangen.«

Die halbe Wahrheit musste reichen.

»Konntest du sein Gesicht erkennen?«, wollte der Polizist wissen.

»Nein.«

Nicht einmal eine Lüge.

»Wie würdest du ihn beschreiben? Groß, dick, dünn, jung, alt?« Der Polizist bohrte weiter.

»Es war zu schummerig zwischen den Kiefern.« Lena drehte sich zu ihm um und fügte leise hinzu: »Und mir war schlecht.«

»Aber du bist dir schon sicher, dass es ein Mann war?«

Zornig funkelte sie ihn an. »Ich habe ihn röcheln hören, während er mit seinen grünen Gummistiefeln aufs Klo geschlurft ist.«

»Er trug also grüne Gummistiefel?«

Verflixt noch mal! Warum ließ sie sich provozieren?

»Ja.«

»Und warum erinnerst du dich ausgerechnet an dieses Detail?«

Lena wandte ihren Kopf zum Fenster. Mit leerem Blick starrte sie durch die Scheibe in die inzwischen dunkle Nacht.

»Weil alle Männer auf dem Erdbeerhof diese Stiefel tragen.«

27

»Entschuldigen Sie bitte noch einmal die späte Störung, Frau Pohl«, sagte Mulsow höflich und verhakte die Daumen seitlich in seinem Gürtel. »Ich werde Lena wie besprochen morgen früh abholen, damit wir auf dem Revier ihre Aussage auch schriftlich protokollieren.«

Richard stand mit dem Polizisten hinter der Gartenpforte. Erika Pohl nickte verständig. »Ja, selbstverständlich. Ich passe auf, dass sie zu Hause bleibt.«

Sie wünschte den beiden Männern eine gute Nacht und schlich wie ein geisterhafter Schatten in ihr Haus zurück. Nachdenklich schauten sie der älteren Frau hinterher.

»Glaubst du, das Mädchen sagt die Wahrheit?«, fragte Mulsow mit einem dumpfen Brummen in der Stimme.

»Sie hat mit Sicherheit jemanden am WC-Häuschen gesehen. Doch die Begegnung ist anders ausgefallen, als sie uns weismachen will«, antwortete Richard. »Sie hatte Todesangst.«

»Möglicherweise hat sie den Mord an Mila Zajec beobachtet.«

Der Professor hob ratlos die Schultern. Sein Blick wanderte hinauf ins Dachgeschoss. Hinter Lenas Fenster war das Licht nun erloschen. Was, wenn Mulsow richtig vermutete und das Mädchen tatsächlich den qualvollen Tod der Freundin hatte mit ansehen müssen? Es würde ihre Angst in der Nacht erklären. Aber ihr beharrliches Schweigen?

Bert Mulsow kratzte sich am Kinn. »Wenn wir davon ausgehen, dass ihre Aussage mit den Gummistiefeln stimmt, hätten wir endlich einen ersten konkreten Anhaltspunkt, wo wir nach dem Täter suchen müssen.«

Richard schaute Mulsow von der Seite an. »Jürgen Lapitz dürfte nicht sehr erfreut sein, wenn ihr nach eurem Auftritt im ›Hof-Café‹ jetzt auch noch den Erdbeerhof auf den Kopf stellt.«

»Wir müssen Lenas Aussage ernst nehmen. Lapitz' Befindlichkeiten können wir da nicht berücksichtigen.« Mulsow schlug dem Freund auf die Schulter. »Ich muss aufs Revier. Der Chef erwartet meine Rückmeldung.«

Er wandte sich zum Streifenwagen um. Plötzlich erschien ein breites Grinsen auf seinem Gesicht. »Aber ich sehe schon, du kriegst den Rest der Nacht auch ganz gut ohne mich herum.«

Verdutzt folgte Richard dem Blick des Polizisten. Auf Jahnkes Einfahrt parkte neben seinem Volvo ein roter Kleinwagen. An der Heckscheibe lehnte Alex und telefonierte. Mulsow kletterte in seinen silber-blauen Passat, reckte den Daumen hoch und rauschte davon.

Langsam schlenderte Richard über den von den Laternen ausgeleuchteten Sanddornweg auf die andere Seite. Er hörte, wie Alex leise mit jemandem stritt. Worum es dabei ging, konnte er nicht verstehen, doch ihr harscher Tonfall war eindeutig. Als sie ihn entdeckte, brach sie das Gespräch abrupt ab. Unsicher strich sie eine Haarsträhne hinters Ohr.

»Ich habe dich auf dem Parkplatz mit deinem Freund wegfahren sehen.«

»Es tut mir leid, dass ich dir nicht Bescheid gegeben habe.«

»Das macht doch nichts. Ich habe gehört, was passiert ist.« Alex deutete mit dem Kinn zum Nachbarhaus gegenüber. »Die junge Polin war wohl eine Freundin von Lena. Ist sie okay?«

»Na ja, geht so. Sie ist schon ziemlich mitgenommen.«

Für einen Moment sah es so aus, als ob sie noch etwas fragen wollte, doch sie behielt es für sich. Richard zog seinen Schlüssel aus der Tasche. »Hast du Hunger?«

Sie nickte lächelnd und folgte ihm durch die inzwischen offene Haustür. In Jahnkes Wohnküche schaltete er das Licht über der Küchenzeile ein und inspizierte den mageren Inhalt seines Kühlschranks. Da er nicht zu den Männern gehörte, die im Handumdrehen aus fettarmem Fruchtjoghurt und Salamischeiben kulinarische Köstlichkeiten zaubern konnten, blieb ihm nur, ihr die Reste seines kläglichen Mittagessens anzubieten. »Aufgewärmte Spaghetti bolognese?«

»Gern.« Alex legte ihre Handtasche auf eine der Fensterbänke und nahm auf dem Sofa Platz. Verführerisch schlug sie die nackten Beine übereinander und streifte die Stola von ihren Schultern. Mit einer sinnlichen Geste strich sie eine dunkelblonde Strähne aus ihrem Gesicht. Auch sieben Jahre später verstand sie es, einen Mann für sich einzunehmen. Er spürte, wie er sie anstarrte. Verlegen wandte er sich dem Nudeltopf auf dem Herd zu und holte zwei Teller aus dem Hängeschrank.

»Was ist das?«

Richard blickte zu ihr hinüber. Auf dem niedrigen Couchtisch stand noch der Karton mit von Rodens alten Fotoalben. Alex nahm ein Album in die Hand und begann mit ungläubiger Miene darin zu blättern.

»Ich bin heute Mittag zum Gutshaus der Familie von Roden rausgefahren. Christoph von Roden hat mir die Sachen ausgehändigt. Die Fotos gehörten seiner Großmutter.«

»Der Gräfin?«

»Du kanntest sie?«

Unmerklich schüttelte sie den Kopf. »Persönlich bin ich ihr nie begegnet. Dana hatte nur einmal erwähnt, sie hätte Lena wohl die Hälfte ihres Vermögens vermacht.«

»Leonore von Roden ist die Verbindung zwischen Dana und Thomas Halford.«

Verwirrt sah sie ihn an. »Wie kommst du darauf?«

Richard erzählte ihr von Leonore von Rodens Vergangenheit in der nordrhein-westfälischen Landeshauptstadt.

»Düsseldorf? Wo auch Halford gelebt und ausgestellt hat?«

»So ist es. Die Gräfin hat dort mehrere Ausstellungen von ihm inszeniert und betreut«, sagte er. »Und sie war seine Muse.«

»Woher weißt du das alles?«

Richard füllte die Spaghetti auf die Teller, griff nach zwei Gabeln im Besteckkorb und ging zu ihr hinüber.

»In von Rodens Fotoalben bin ich auf ein Foto der Düsseldorfer ›Galerie Mühlberg‹ gestoßen. Ich brauchte nur eins und eins zusammenzuzählen, um zu erkennen, dass seine Großmutter Halford gekannt haben muss. Ein Anruf in der Galerie hat meinen Verdacht bestätigt. Der Senior-Chef konnte sich noch gut an die beiden erinnern.«

Kurz berichtete er ihr von dem Telefonat am Nachmittag.

Alex senkte den Blick wieder auf das Album im Karton. »Aber

warum hat Dana dann so ein Geheimnis um Halford gemacht? Sie und die Gräfin waren schließlich befreundet.«

Achselzuckend ging Richard zum Kühlschrank und holte eine Flasche Weißwein heraus. Mit zwei gefüllten Gläsern kam er zu ihr zurück. »Vielleicht wollte sie zuerst mit mir darüber sprechen, bevor sie dir zu große Hoffnungen macht.«

»Hoffnungen?« Überrascht sah Alex auf. »Du denkst, sie hatte vermutlich gar nichts Konkretes in der Hand?«

»Laut Christoph von Roden hatte seine Großmutter vor Dana Wolff schlichtweg das Blaue vom Himmel gelogen. Sie wollte einfach nicht, dass sie wieder nach Berlin geht. Doch ihre Kontakte als Kunsthändlerin waren zu lange eingeschlafen, als dass sie Dana ein lukratives Geschäft hätte vermitteln können. Das hat mir auch der alte Bredenkamp am Telefon bestätigt.«

Ungläubig strich Alex über die Seiten. »Dana hätte es mir sagen können. Ich war ihre Teilhaberin ... und auch ihre Freundin.«

Forschend betrachtete er ihr Gesicht. Seine Worte hatten Alex sichtlich nachdenklich gestimmt. Zum ersten Mal schien sie die Möglichkeit in Betracht zu ziehen, dass sich die Versprechungen ihrer Freundin als Luftschlösser entpuppen könnten. Er sah ihr an, dass sie sich betrogen fühlte.

»Keine Scheu.« Richard deutete auf die Spaghetti vor ihr. »Es sieht miserabler aus, als es schmeckt.«

»Oh, tut mir leid.« Sie schob den Karton zur Seite, nahm Teller und Gabel in die Hand und wickelte die Nudeln auf. Hungrig schlang sie den ersten Bissen hinunter. »Phantastisch«, murmelte sie mit vollem Mund.

»Du lügst noch schlechter, als ich koche!«

Lachend griff Richard ebenfalls zu seinem Teller und setzte sich zur ihr auf das Sofa. Für eine Weile durchbrach nur das Klappern von Porzellan die Stille im Haus.

»Sag mal, diese Martina von Roden ... Wie eng war die Freundschaft zwischen ihr und Dana Wolff?« Richard blickte Alex neugierig von der Seite an.

Zögernd beugte sie sich vor, stellte ihren Teller ab und griff nach ihrem Glas. Einige Sekunden lang schwenkte sie das Glas und ließ den Wein darin kreisen. Sie schien zu überlegen, was sie auf seine Frage antworten sollte. »Dana hat mir einmal erzählt, dass sie als Kinder unzertrennlich waren«, sagte sie schließlich. »Später gingen die gemeinsamen Interessen immer weiter auseinander, und sie hatte der Frau wohl nicht mehr viel zu sagen.«

»Und jetzt nach ihrer Rückkehr?«

Alex schüttelte vehement den Kopf. »Für Dana hatte sich nichts geändert. Aber diese impertinente Person merkt einfach nicht, wann etwas zu Ende ist. Sie hat sich an Dana gekettet wie ein herrenloser Hund. Ständig rief sie an, kam unangemeldet vorbei und redete ununterbrochen. Sie kapierte einfach nicht, dass Dana das alles nicht interessiert hat. Dass sie Luft für sie war. Sie konnte die Frau nicht ausstehen.«

»Womöglich, weil Martina von Roden mit dem Vater ihres Kindes verheiratet ist und sie noch immer etwas für ihn empfand?«

Ruckartig setzte Alex sich gerade auf. Ihre grünen Augen rollten unruhig umher. »Nach so vielen Jahren war es Dana gleichgültig, mit wem Christoph zusammen ist.«

Richard stellte seinen leeren Teller beiseite und nahm einen kräftigen Schluck Wein. Musste er sich für seine nächste Frage etwa Mut antrinken? Durchdringend blickte er sie an. »Und das zwischen dir und Christoph von Roden? War ihr das auch gleichgültig?«

Erschrocken über seine Worte rang Alex nach Luft. Doch dann schien sie sich zu sammeln und sah ihn kleinmütig an. »Dana wusste nichts von meiner Affäre mit Christoph. Er wollte nicht, dass sie es erfährt, also haben wir uns immer heimlich getroffen. Es war ein Riesenfehler. Ich weiß selbst nicht, warum ich mich überhaupt auf ihn eingelassen habe.« Nervös spielte sie an ihrer silbernen Halskette. »Aber das mit Christoph ist jetzt vorbei.«

»Du bist mir keine Erklärung schuldig.«

»Doch, Richard! Ich möchte, dass du das weißt«, sagte sie und fügte leise hinzu: »Und ich möchte dir erklären, warum ich dich damals ohne ein Wort beim Italiener habe sitzen lassen.«

»Du wolltest mich nicht …«

»Nein … Ja … Doch, ich wollte dich«, stammelte sie. »Aber wir beide wissen, wie diese Geschichten schließlich enden. Und ich wollte dich zu sehr, um zu riskieren, dass ich am nächsten Morgen nur einen Zettel auf dem Nachttisch vorfinde.«

»Du hältst mich für so oberflächlich?«

»Vor sieben Jahren schon. Und dein Verhalten auf der Auktion hat es nicht besser gemacht. Doch seit wir uns hier wieder über den Weg gelaufen sind, weiß ich, dass du anders bist, als ich dich damals gesehen habe.«

»Ich bin also rehabilitiert?« Er lächelte schief.

Gespielt ärgerlich schlug sie ihm auf den Oberarm. »Scheißkerl.«

Der SMS-Ton seines Handys drang zu ihnen herüber. Richard erhob sich und ging zur Küchenzeile, wo er sein Telefon beim Ankommen abgelegt hatte.

Die Nachricht war von einem alten Studienfreund aus Hamburg: »Lass dich auf jeden Fall blicken, wenn du schon mal hier oben bist.« Richard hatte ihm gestern per E-Mail mitgeteilt, dass er an der Ostseeküste ein paar Tage Seeluft schnupperte, und vorgeschlagen, auf dem Rückweg vorbeizukommen.

»Charlotte?«

»Was?« Mit einem Ruck wandte er sich zu Alex um.

»Die Nachricht.« Sie sprach so leise, dass er sie kaum verstehen konnte. »Ist sie von … ihr?«

»Nein.« Er legte das Handy zurück auf die Arbeitsplatte. »Im Moment herrscht Funkstille zwischen uns.«

Alex nickte, doch sie sagte nichts. Richard nahm die Weinflasche aus dem Kühlschrank und ging zum Sofa zurück.

»Wie alt ist dein Sohn eigentlich?« Alex streckte ihm ihr Glas entgegen.

»Er ist im letzten Monat ein Jahr geworden.«

Überrascht ließ sie das leere Glas wieder sinken. »Dann habt ihr euch bereits kurz nach seiner Geburt getrennt?«

Langsam setzte er sich und strich mit dem Daumen nachdenklich über das Etikett der Weinflasche. Er suchte nach Worten. Nach Worten für etwas, das er sich selbst nicht erklären konnte.

»Entschuldige, dass ich gefragt habe«, flüsterte Alex. »Es geht mich schließlich nichts an.«

»Nein. Kein Problem.« Richard stellte die Flasche auf den Tisch. »Es lief schon vor Henriks Geburt alles andere als gut zwischen uns. Wir hatten eine Auszeit genommen, um uns über unsere Gefühle klar zu werden, und dann … war Charlotte schwanger.« Er atmete tief ein. »Ich hätte mir für Henrik etwas anderes gewünscht, aber …« Er kam ins Stocken.

»… aber was einmal einen Sprung hat, wird nicht mehr ganz«, ergänzte Alex für ihn.

Richard grinste. »Eigentlich wollte ich es ein wenig komplizierter formulieren, aber im Grunde würde es darauf hinauslaufen.«

Jetzt lächelte auch sie. Er nahm die Weinflasche, schenkte ihnen nach, und eine Weile redeten sie noch über Thomas Halford, bis Alex gähnend auf ihre Armbanduhr schaute.

»Oh Gott, schon so spät?« Sie sprang auf. »Ich sollte allmählich ins Hotel zurück.«

»Willst du wirklich nach drei Gläsern Wein noch Auto fahren?«

Hektisch schnappte sie sich ihre Handtasche auf der Fensterbank. »Dein Freund hat Feierabend. Wer sollte mich da einer Verkehrskontrolle unterziehen?«

Richard erhob sich ebenfalls vom Sofa. »Warum bleibst du nicht einfach?«

Perplex blickte sie ihn mit großen Augen an. Um ihre Mundwinkel legte sich ein angespannter Zug. Sie war verunsichert.

»André Jahnke hat unterm Dach noch zwei Zimmer. Du kannst gerne dort schlafen. Wir kommen uns nicht in die Quere.«

»Dann nehme ich dein Angebot gern an«, willigte Alex nach kurzem Zögern ein und folgte ihm in den Flur. Richard schaltete das Treppenlicht ein. »Wenn oben etwas fehlt, weißt du ja, wo du mich findest.«

Als sie in der engen Diele nach dem Geländer fasste, streifte ihr nackter Arm seine Hand, die auf dem Lichtschalter ruhte. Sie hielt auf der ersten Stufe inne und blickte ihn über die Schulter hinweg an. Ihre grünen Augen glänzten dunkel. Unergründlich.

Richard spürte ihren flachen, heißen Atem auf seinem Gesicht. Rhythmisch hoben und senkten sich Alex' feste Brüste unter dem Stoff des Sommerkleides. Die Intensität ihres Parfüms ließ ihn kaum atmen. Er wollte sie. Immer noch.

»Läufst du mir wieder davon, wenn ich dich jetzt küsse?«, fragte er kaum hörbar.

Alex ließ den Arm vom Geländer sinken und schob ihre Hand unter die Knopfleiste seines Hemdes.

»Nur, wenn ich allein unterm Dach schlafen muss …«, sagte sie leise und löste den ersten Knopf.

28

»Schlampe!« Von Roden feuerte das Handy auf den Beifahrersitz und ließ den Wagen an. Seine Halsschlagader pochte merklich, als er den Schaltknüppel hart in den Rückwärtsgang stieß. Bevor er den Land Rover wendete, richtete er sein wutentbranntes Gesicht zum letzten Mal auf Jahnkes Haus. Das Licht in der Wohnküche war jetzt erloschen, und von Roden versuchte, Alex' Silhouette hinter den schwarzen Scheiben auszumachen. Hatte sie wirklich geglaubt, sie könnte ihm etwas vorspielen? Ihm weismachen, dass sie nichts von diesem Gruben wollte? Für wie naiv hielt sie ihn eigentlich? Er hatte doch sofort gespürt, dass zwischen den beiden etwas lief. Schon an dem Nachmittag, als er sie an der Galerie zusammen gesehen hatte. Und jetzt hatte er die Bestätigung.

Von Roden setzte den Geländewagen zurück und raste den Sanddornweg Richtung Ortsmitte hinunter. Er hatte eine Scheißwut auf Alex. Auf ihre Scheiß-Spielchen. Seit Wochen stiegen sie miteinander ins Bett, und mit keinem beschissenen Wort hatte sie den Professor erwähnt. Nicht einmal nach Danas Tod. Ihre Heimlichtuerei kotzte ihn allmählich an. Schon zum dritten Mal ließ sie ihn jetzt abblitzen.

»Es ist wichtig. Ich muss mit Richard einige Dinge klären. Versteh das doch, bitte!«

Und ob er verstand! Sie wollte den Kerl vögeln. Ihr Gesäusel am Telefon hätte sie sich schenken können. Er würde sich nicht auf morgen vertrösten lassen.

An der roten Ampel vor dem Fresh-Markt musste er stoppen. Ungehalten stierte er auf den schwarzen Asphalt. Das Flittchen hatte ihn benutzt. Von dem Moment an, als sie ihn auf der Seebrücke angesprochen hatte. Doch was sie tatsächlich von ihm wollte, hatte er erst begriffen, nachdem der Professor heute Mittag auf dem Gut aufgetaucht war. Obwohl er nicht verstand, wozu der Mann Alex von Nutzen war. Doch ohne Grund war dieser Gruben nicht in Niederwiek auf der Bildfläche erschienen. Ein angesehener Experte für britische Gegenwartskunst! Christoph von Roden war vielleicht ein Feigling, aber kein Idiot. Wer Halford gewesen war, wusste er sehr genau. Aber solange er keine Ahnung hatte, was hier eigentlich gespielt wurde, war es besser, es dem Kerl zu verschweigen.

Natürlich hatte er Gruben angelogen, als er behauptet hatte, Dana nur hin und wieder gesehen zu haben. Was zwischen ihnen war, ging niemanden etwas an. Seit ihrer Rückkehr im Februar hatten er und Dana sich beinahe täglich getroffen. Und beinahe täglich geliebt. Im Strandlokal, in seinem Auto, und als der Frühling hereingebrochen war, nachts in den Dünen. Fast hatte es sich wie früher angefühlt, als wäre ihr altes, glückliches Leben nicht in einer eisigen Januarnacht gestorben.

Doch in den letzten Wochen war ihm Dana wie ausgewechselt vorgekommen. Er hatte nicht verstanden, was mit ihr los war. Plötzlich wollte sie dem Alten die ganze Wahrheit an den Kopf schleudern. Sie wurde immer besessener. Lapitz sollte für seine Vergehen bezahlen. Dabei waren doch sie beide es, die ihre Hände mit Sünde befleckt hatten. Christoph hatte auf Dana eingeredet, sie angefleht, zu schweigen. Für ihn. Für sie beide. Denn der Alte würde sie niemals ungestraft davonkommen lassen.

Die Ampel schaltete auf Grün, und von Roden fuhr an. Auf dem gegenüberliegenden Gehweg parkte ein weißer Lieferwagen mit eingeschaltetem Abblendlicht. Den roten Schriftzug an der Seite erkannte er sofort. Neugierig schaute er in den beleuchteten Innenraum. Hinter dem Steuer hockte André Jahnke und checkte irgendetwas auf seinem Handy. Sein rundes, blasses Gesicht glänzte bläulich in dem fahlen Licht. Ein Mondfisch im Aquarium, dachte von Roden bitter. Einsam und blutleer.

Schnell drehte er den Kopf weg und trat aufs Gas. Der Motor heulte auf. Dana hatte geschwiegen. Dessen war er sicher. Sein Schwiegervater hatte ihn nicht aus dem Gutshaus gejagt, und Jahnke blieb stumm wie ein Fisch. Für ihn, Christoph von Roden, lief alles in seinen gewohnten Bahnen, in denen er sich seit fünfzehn Jahren komfortabel eingerichtet hatte. So makaber es auch war, letztendlich hatte Danas Tod sein luxuriöses, sorgenfreies Leben aufrechterhalten.

Er war ihr etwas schuldig. Vielleicht auch sich selbst. Lena war ihr gemeinsames Kind. Und nun hatte er nur noch sie. Auch wenn er in all den Jahren nie versucht hatte, eine richtige Beziehung zu seiner Tochter aufzubauen, Christoph würde sich um sie kümmern. Dass es schwierig werden würde, war ihm durchaus bewusst. Er hatte sie beobachtet. Das Mädchen hasste ihn. Abgrundtief. Vorgestern Nacht, als er Lena auf seinem Weg zu Alex hinter dem Sportplatz entdeckt hatte und ihr gefolgt war, konnte er an der verächtlichen Miene ablesen, was sich in ihrem Kopf abspielte. Was hatte Dana ihr erzählt? Über ihn? Dass er ein gewissenloser Schlappschwanz war, der ihre Mutter einfach geschwängert und sitzen gelassen hatte? Aber wie sollte er Lena erklären, dass die Wirklichkeit anders war? Erbärmlich und grausam.

Christoph trat aufs Gas. Es war an der Zeit, endlich etwas richtig zu machen. Er hatte schon zu viel in seinem Leben verloren. Seine Tochter gehörte zu ihm. Egal, wie sehr Martina geifern würde. Ein Mal, ein einziges Mal, würde er etwas von seiner Frau verlangen.

Durch die Windschutzscheibe erblickte von Roden die beleuchtete Fassade des »Strandhotels«. Sofort kochte wieder die Wut in ihm hoch. Er sollte jetzt dort mit Alex im Bett liegen und die harten Nippel ihrer Brüste liebkosen. Stattdessen kurvte er sinnlos durch den Ort, und sein Schwanz presste sich resigniert gegen den Hosenstoff statt voller Wonne ins feuchte Paradies zwischen ihren Schenkeln.

Er musste den Druck ablassen. Sofort. Sein prüfender Blick auf die Uhr im Armaturenbrett machte ihm klar, dass Martinas pummelige Kellnerin schon lange Feierabend hatte. Das »Hof-Café« war längst geschlossen. Dort kam er nicht mehr zum Zug. Er brauchte eine Alternative. An der nächsten Kreuzung entdeckte er das Hinweisschild zum »Dünenresort«. Die Bauwagensiedlung. Dort würde er sein Verlangen stillen können. Er setzte den Blinker und bog in die Straße ein.

29

Richard erwachte durch das laute Scheppern der Eingangstür. Verschlafen richtete er sich auf und starrte auf das leere, zerwühlte Laken neben sich. Alex! Sie musste gerade zur Tür raus sein. Eilig rappelte er sich hoch und stolperte nach nebenan in die Wohnküche. Doch hinter den Fenstern konnte er nur noch die roten Bremslichter ihres Polos ausmachen. Kurz darauf verschwand das Auto hinter der Hecke. Shit! Er griff nach seinem Smartphone auf der Küchenzeile. Schnell scrollte er zu ihrer Nummer. Nur die Mailbox sprang an.

Richard legte das Handy zurück auf die hölzerne Arbeitsplatte und fuhr sich mit den Händen durch das zerzauste Haar. Was hatte er erwartet? Alex' nackten Körper unter der Dusche? Ein gemeinsames Frühstück? Die einsame Stille im Haus war ihm doch eigentlich ganz recht. Und trotzdem fühlte es sich wie eine Niederlage an.

Richard schluckte seine Enttäuschung hinunter, griff nach den Boxershorts auf dem Sofa und holte die Kaffeepads aus dem Hängeschrank. Drei, vier kurze Handgriffe, und das tiefschwarze Gebräu plätscherte dampfend in den Becher.

Während er vorsichtig den ersten Schluck nahm, wanderten seine müden Augen zum Nachbarhaus hinüber. Lenas Mountainbike lehnte an der Hauswand. Sie war also zu Hause geblieben. Vermutlich ließ Erika Pohl sie nicht eine Sekunde aus den Augen. Mulsows eindringliche Worte hatten einen bleibenden Eindruck hinterlassen. Auch wenn Lena über den genauen Ablauf der nächtlichen Begebenheit am Strand-WC nicht ganz ehrlich war, von der Aussage des Mädchens hing einiges ab. Die Beobachtung, die sie gemacht hatte, könnte ein erster entscheidender Hinweis sein. Sagte sie die Wahrheit, konnte die Polizei den Täterkreis eingrenzen und den Mörder von Mila Zajec, vielleicht auch den ihrer Mutter, auf dem Erdbeerhof finden. Nur, warum hüllte sie sich in Schweigen? Wovor hatte sie Angst?

Christoph von Roden schien für seine Tochter nur wenig Interesse aufzubringen. Warum sonst lebte das Mädchen bei der alten Patentante ihrer Mutter? Außer ihm hatte sie niemanden mehr. Aber durfte ausgerechnet er von Roden mangelnde Vatergefühle vorwerfen? Er, der seinen Sohn in Zukunft nur an den Wochenenden besuchen würde? Was würden Henrik und er sich in fünfzehn Jahren wohl noch zu sagen haben?

Schwermütig zog Richard sich einen zweiten Becher Kaffee. Vielleicht schaffte es das Koffein, sein schlechtes Gewissen für eine Weile zu vertreiben. Der Tinnitus rauschte schwach in seinem Ohr, während er an dem Becher nippte und umherblickte. Sein verschlafener Blick fiel auf den Karton mit den alten Fotoalben. Richard durchquerte die Wohnküche, ließ sich auf dem weichen Sofa nieder und zog den Pappkarton auf seinen Schoß.

Als er die Alben einzeln heraushob, entdeckte er nach dem zweiten einen flachen Stapel fest verschnürter Briefe. Die Umschläge verschlissen und aufgerissen. Offenbar endlose Male gelesen. Warum fielen sie ihm erst jetzt auf? Hatte er die Briefe gestern übersehen? Dann mussten sie woanders gelegen haben. Vielleicht waren sie Alex beim Stöbern in der Kiste ungesehen aus einem der Alben gerutscht.

Neugierig nahm er das flache Päckchen genauer in Augenschein. In krakeligen Buchstaben prangte Leonore von Rodens Niederwieker Anschrift auf dem vordersten Kuvert. Richard löste die Jutekordel und schob die Briefe auseinander. Überall dieselbe Adresse. Dieselbe Schrift. Er nahm einen der Umschläge in die Hand und drehte ihn um. Obwohl er beinahe damit gerechnet hatte, Thomas Halfords Namen auf der Rückseite zu finden, spürte er das Adrenalin durch seine Venen jagen. Ungeduldig glitten seine Finger hinein. Auf dem zweiseitig beschriebenen Blatt Papier dieselbe Handschrift wie auf dem Kuvert. Richard entfaltete den Brief und begann zu lesen:

Liebste Leo,
tiefer Schmerz hat mein einsames Herz durchbohrt, als mein vom Gin vernebelter Verstand deine sorgenschweren Worte erfasste. Dir

in diesen so schwarzen Stunden nicht beistehen zu können quält meine Seele. Gerade jetzt, wo du so dringend meinen Zuspruch brauchst.
Peinige dich nicht mit Selbstvorwürfen! Niemand von uns weiß, wie er das Schicksal lenken würde, wenn es ihm unerträglich scheint. Für den Mantel des Schweigens hast du einen hohen Preis bezahlt. Ich weiß, dieser Lapitz hat dir einfach genommen, was du niemals aus den Händen gegeben hättest. Doch gräme dich nicht über den Verlust der Bilder. Die Grafiken meines Regen-Zyklus werden für immer dir gehören, auch wenn dieser Bastard sie dir entrissen hat. Es war ein Geschenk, ein Geschenk an dich für den wundervollen verregneten Sommer am Rhein. Irgendwann wird dieser Bauerntölpel dafür bezahlen müssen.
Du bist stark, meine geliebte Leo! Und vielleicht ist es dir ein Trost, dass Lapitz' Schweigen das Ansehen deiner Familie aufrechterhält.
Liebste Leo, wie kann …

***

Zwei Stunden später sanken die Briefe raschelnd auf Richards Knie. Fassungslos starrte er auf die schmutzigen Weingläser auf dem Tisch. Alex hatte also aus ihren Beobachtungen die richtigen Schlüsse gezogen: Jürgen Lapitz war das fehlende Puzzleteilchen. Mulsows Bauchgefühl hatte gründlich versagt.

Völlig gebannt hatte Richard auf dem Sofa gehockt und in den alten Briefen gelesen, auch wenn ihm vieles über den Mann bekannt war. Der ausschweifende, extrovertierte Lebensstil hatte der Nachwelt wenige Geheimnisse über den Menschen Thomas Halford hinterlassen. Sein manisch-depressives Wesen, die Alkoholsucht, die Unberechenbarkeit, mit der er seinen Mitmenschen begegnet war. Fast nichts war im Verborgenen geblieben. Auch nicht die zahlreichen Affären, die Halfords Ehefrau über vierzig Jahre lang schweigend erduldet hatte. Nur die Liaison mit der Gräfin war bis heute ein Geheimnis.

Soweit Richard den Zeilen entnehmen konnte, hielt die Affäre zwischen den beiden wohl nur wenige Wochen während eines Sommers Ende der Sechziger. Doch bis zu Halfords Tod vor acht Jahren hatten sie immer in brieflichem Kontakt miteinander gestanden. Der älteste dieser Briefe war dem Poststempel nach etwa fünfzehn Jahre alt. Leonore von Roden hatte zu diesem Zeitpunkt bereits einige Jahre in Niederwiek gelebt und erhebliche Schwierigkeiten gehabt. Keine finanziellen, viel mehr hatte die Gräfin in einem seelischen Dilemma gesteckt. Eine quälende Angst hatte sie getrieben. Sie wollte jemanden schützen. Nur wen? Und wovor?

Was genau damals vorgefallen war, hatte Richard den Briefen nicht entnehmen können. Doch Jürgen Lapitz hatte offensichtlich Kenntnis davon gehabt und sich dieses Wissen schließlich zunutze gemacht. Halfords Regen-Zyklus für sein Schweigen. Dana Wolff musste irgendwie dahintergekommen sein. Vielleicht war sie bei ihren Besuchen im Gutshaus auf die alten Briefe gestoßen, oder die Gräfin hatte an ihrem Lebensende davon erzählt.

Langsam fügte sich das Puzzle für ihn zusammen. Dana Wolffs Interesse an Halford, das Gerede von dem großen Geld, ihre Suche nach einem Kunstexperten. Der Regen-Zyklus war ein Vermögen wert. Wenngleich Richard diese Grafiken nicht kannte, schätzte er ihren Wert auf eine Million Euro. Da es laut dieser Briefe keinen Kaufvertrag mit Lapitz gab, gehörten sie nach wie vor zum Erbe der Gräfin. Ein Erbe, auf das Lena Anspruch hatte, denn Leonore von Roden hatte der Urenkelin die Hälfte ihres Vermögens hinterlassen. Dana Wolff wollte ihren Anteil bei Lapitz einfordern. Darum war sie nach Niederwiek zurückgekehrt.

Richard schlüpfte in seine Kleidung, die immer noch verstreut auf dem Dielenboden lag. Anschließend räumte er die benutzten Gläser in den Geschirrspüler, stellte seinen leeren Kaffeebecher dazu und schaltete die Maschine an. Ein dumpfes Rumoren erfüllte die Wohnküche.

»Guten Morgen!«

Erschrocken wandte Richard sich um. Lena stand in der Tür zum Flur und lächelte zaghaft. »Tut mir leid. Ich hatte geklopft …«

»Schon okay. Setz dich!« Richard stopfte sein zerknittertes

Hemd in die Hose und deutete mit dem Kinn zum Sofa hinüber. Lautlos wie eine Katze schlich sie durch die Wohnküche und hockte sich kerzengerade auf die Lehne. Ihre Schulterknochen zeichneten sich spitz unter dem grünen T-Shirt ab, als sie die Hände auf die Knie legte. Nervös kratzte sie mit den Fingernägeln auf dem Stoff ihrer ausgeblichenen Jeans. Das blonde Haar hatte sie zu einem Pferdeschwanz gebunden.

»Warst du schon wegen deiner Aussage auf dem Polizeirevier?«, fragte Richard, während er die Kühlschranktür öffnete.

»Ja, Ihr Freund hat mich gerade nach Hause gebracht.«

Er nickte verstehend, sagte jedoch nichts weiter dazu.

»Möchtest du etwas trinken?«

Ein gleichgültiges Schulterzucken. Richard holte eine Flasche Mineralwasser aus dem Kühlschrank und stellte sie zusammen mit zwei Gläsern auf den Wohnzimmertisch. Als er den Karton mit den Briefen beiseiteschob, bemerkte er ihre neugierigen Blicke.

»Sind die aus dem Gutshaus?«

»Hast du die Briefe schon einmal gesehen?«

»Weiß nicht.« Wieder hob das Mädchen die Schultern. »Meine Mutter hat ständig irgendwelche alten Sachen aus dem Gutshaus angeschleppt. Ich habe mich nie dafür interessiert.«

Richard füllte das Wasser ein. »Schade eigentlich. Es hätte sicher so einige Fragen beantwortet.«

»Sie meinen, über diesen Thomas Halford?«

Über den Rand seines Glases blickte er sie überrascht an. »Du hast den Namen schon einmal gehört?«

»Ja, meine Mutter hat ihn irgendwann mal erwähnt. Sie meinte, er wäre so was wie ein Genie gewesen.« Lena griff nach ihrem Wasserglas und nahm es zwischen ihre Hände. »War er wirklich so berühmt?«

»Oh ja, Thomas Halford hatte auf der ganzen Welt Ausstellungen. New York, Paris, Moskau, Tokio … Der Mann war ein Ausnahmekünstler.«

»Dann sind seine Bilder sicher viel wert, oder?«

»Kunstsammler bezahlen wahnsinnige Summen dafür. Wer Grafiken von ihm besitzt, kann sich glücklich schätzen.«

Gedankenverloren nahm sie einen Schluck Wasser. Ihr ruheloser Blick ging zum Küchenfenster hinaus. Lena schien über seine Worte nachzudenken. Wieder beschlich ihn das unbestimmte Gefühl, dass sie mehr über das Treiben ihrer Mutter wusste, als sie zugeben wollte. Da kam ihm ein Gedanke.

»Hast du deine Mutter auf ihren Besuchen ins Gutshaus begleitet?«

Stumm schüttelte sie den Kopf.

»Du bist Leonore von Roden also nie begegnet? Warst du nicht neugierig, wie sie so ist?«

Trotzig blickte Lena ihn an. »Warum sollte ich sie kennenlernen? Nur, weil sie meine Urgroßmutter war?«

»Will nicht jeder wissen, wo seine familiären Wurzeln sind?«

»Nein«, sagte sie mit fester Stimme. »Meine Familie interessiert mich nicht. Meine Wurzeln sind in Berlin. Da hatte ich alles, was ich brauchte. Eine Menge Freunde, meine Schule, ein richtiges Leben … Aber in diesem trostlosen Kaff … Ich wollte niemals hierher.«

Nachdenklich sah Richard sie an. »Du wirst in Niederwiek noch länger bleiben müssen, als dir lieb ist. Du bist noch nicht volljährig. Dein Vater wird sich um dich kümmern müssen.«

»Das Einzige, um was der sich kümmert, hängt unterhalb seines Hosenbundes.«

Richard grinste amüsiert. »Du solltest deinem Vater eine Chance geben. Deine Mutter und ihn hat einmal sehr viel verbunden. Du bist ihm bestimmt nicht gleichgültig.«

»Davon habe ich bisher nicht viel gemerkt.«

»Vielleicht braucht er Zeit, um sich an die neue Situation zu gewöhnen … an dich.«

»Ich brauch ihn nicht.« Lena knallte das Glas auf die Tischplatte. »Ich komm allein zurecht.«

Mit Nachdruck strich sie eine Haarsträhne, die sich aus ihrem Pferdeschwanz gelöst hatte, hinter das Ohr. Rote Narben leuchteten an der Innenseite ihres Unterarmes auf. Er stutzte. Sie waren ihm vorher gar nicht aufgefallen. Wieso tat sie sich das an? Auch wenn er über dieses Ritzen nicht allzu viel wusste, hatte er immerhin gelesen, dass die Betroffenen darin die einzige Möglichkeit sahen, ihren inneren Schmerz auszudrücken. Und

Lena stand ganz offensichtlich unter einem enormen seelischen Druck.

»Niemand kommt allein zurecht«, sagte Richard ruhig. »Du bist wütend, weil deine Mutter tot ist. Wenn du deine Trauer zulässt, wird es dir auch leichter fallen, die Hilfe anderer anzunehmen.«

Wieder kratzten ihre Finger an dem groben Stoff der Jeans. Nervös kaute sie auf ihrer Unterlippe. Die blauen Augen glänzten feucht.

»Mama hätte nie hierher zurückkommen dürfen«, wisperte Lena. »Sie hat die schlafende Bestie aufgeweckt.«

Blitzartig stand sie auf und lief in den Flur. An der Haustür hatte er sie eingeholt und berührte sie sanft an der Schulter. Mit der Hand auf der Türklinke blieb sie stehen.

»Warum sagst du nicht, was in der Nacht am Strand wirklich passiert ist?«

Sie drehte sich nicht um. Steif stand sie da, den Blick starr auf das blanke Messing in ihrer Hand geheftet.

»Lena, wovor hast du Angst?«

Er hörte, wie sie scharf die Luft einzog. »Fragen Sie Alex.«

Hastig zog sie die Tür auf und rannte ohne ein weiteres Wort nach draußen.

30

»Was ist denn los?«

Max kletterte aus dem Lieferwagen. Fragend breitete er die Arme auseinander und ging auf Lena zu, die im Laufschritt von Jahnkes Auffahrt kam.

»Nichts.«

Er griff nach ihrer Hand und versuchte, sie aufzuhalten. Doch mit einem Ruck machte Lena sich los. Ohne ihn anzusehen, drängte sie sich an ihm vorbei und lief ins Haus. Max folgte ihr. »Lena, bleib stehen!«

Mist! Warum konnte sie sich nicht zusammenreißen? Was hatte sie sich nur dabei gedacht? Sie hätte das über ihre Mutter nicht sagen dürfen. Niemals. Der Professor war hartnäckig. Das wusste sie doch. Nach dem Vorfall am Klohäuschen hatte er schließlich auch nicht lockergelassen und war gestern Abend mit dem dicken Polizisten bei Erika aufgekreuzt. Und was war dabei herausgekommen? Sie hatte sich verplappert. Er würde Alex fragen. Das war so sicher wie das Amen in der Kirche. Und dann? Aber war sie nicht deshalb bei ihm gewesen? Damit Milas Mörder nicht ungestraft davonkam? Und der Tod ihrer Mutter aufgeklärt wurde?

Eilig stapfte Lena die knarrende Holztreppe hinauf. Sie nahm nur jede zweite Stufe. In ihrem Zimmer stürmte sie zum Schreibtisch. Panisch tastete sie in der Schublade herum, bis sie die Bahntickets und den Busfahrplan endlich gefunden hatte. Sie faltete die Papierseiten zusammen und steckte sie mit ihrem Personalausweis in das seitliche Fach der Reisetasche, die sie unter dem Bett hervorzog. Vielleicht konnte sie Max dazu überreden, noch heute zusammen abzuhauen. Was wollte er noch hier? Den letzten Lohn für seinen Sommerjob hatte man ihm doch schon vor einer Woche ausgezahlt. Und Lapitz würde ihn nicht vermissen.

Max tauchte im Türrahmen auf. Er trug die Arbeitskleidung vom Erdbeerhof. Grüne Latzhose, blaues Shirt, Gummistiefel. »Was soll das werden?«

Lena beachtete ihn nicht, warf die Tasche auf das Bett und packte unbeirrt weiter. Socken. Die grüne Sweatjacke. Ihre Lieblingsjeans.

Langsam ließ er sich auf dem Bett nieder und beobachtete sie mit schmalen Augen, wie sie fiebrig in der Reisetasche herumwühlte. Dann streckte er seinen Arm vor und umschloss mit sanftem Druck ihr Handgelenk. Abrupt hielt sie inne.

»Wir fahren erst morgen Nachmittag, Lena. Du hast noch genug Zeit zum Packen«, sagte er leise.

Sie schaute ihn an. Kleinlaut fragte sie: »Können wir nicht schon heute los … jetzt?«

»Ich muss bis morgen bleiben. Das weißt du.«

»Aber du hast deinen Lohn doch längst bekommen. Worauf wollen wir warten?«

Max erhob sich aufgebracht. »Glaubst du, der Alte gibt mir nächstes Jahr wieder den Job, wenn ich jetzt heimlich verdufte?« Verärgert lief er im Zimmer auf und ab. Am Gaubenfenster blieb er stehen. »Du stellst dir immer alles so einfach vor.«

Sie schwieg. Was sollte sie auch darauf erwidern? Dass sie beinahe alles verraten hätte und ihnen keine Zeit mehr blieb?

»Verstehst du das nicht?«, unterbrach Max ihr Schweigen. »Ich bin auf die Kohle angewiesen. Du weißt, dass niemand einem wie mir einen Job geben würde.«

»Daran hab ich nicht gedacht«, sagte sie mit brüchiger Stimme. »Es tut mir leid.«

»Komm mal her.«

Sie ging zu ihm, und Max nahm sie in den Arm. »Es ist wegen deinem Vater, stimmt's?«

Lena nickte stumm, ihren Kopf an seine Brust gedrückt. Im Erdgeschoss hörte sie das Telefon läuten.

»Pass auf. Morgen habe ich meinen letzten Arbeitstag bei Lapitz, und dann sind wir weg. Von allem.«

Von allem? Ihre Zweifel würden doch immer bleiben. Die würde sie überallhin mitnehmen.

Eine Weile streichelte Max ihr zärtlich über den Rücken. Plötzlich erstarrten seine Bewegungen. »Was wolltest du eigentlich bei dem Mann?«

Lena löste sich aus seiner Umarmung und schaute zu ihm auf. Angespannt blickte er durch das Fenster zum Nachbarhaus gegenüber.

»Nichts Besonderes.« Achtlos griff sie nach den Shorts über der Stuhllehne und stopfte sie in die Tasche zu ihren anderen Sachen.

»Lena! Bitte!«

»Erika hat heute früh Erdbeermarmelade gekocht«, log sie schnell. »Die sollte ich ihm rüberbringen. Als Dankeschön, dass er mich nach Hause gebracht hat. Du kennst sie ja.«

»Hast du ihm irgendetwas erzählt? Über das, was du weißt?«

»Nein.«

Zumindest wollte sie das nicht. Oder doch?

»Und heute Morgen? Auf dem Polizeirevier?«

Lena griff nach ihrem iPod auf dem Nachttisch. War er nur deshalb hergekommen, um sie auszuhorchen?

»Nur das, was wir besprochen haben.«

Er nickte, musterte sie aber immer noch argwöhnisch. »Du weißt, was für mich auf dem Spiel steht?«

»Ich habe es dir versprochen, Max. Ich stehe zu meinem Wort.« Lena schaute ihn beleidigt an.

»Verzeih mir.« Mit einem Ruck löste er sich von der Fensterbank und kam auf sie zu. Sanft hob er ihr Kinn an, damit sie ihn ansah. Sein Misstrauen schien verpufft. »Ich weiß doch, dass du das alles nur für mich machst.« Er küsste sie kurz. »Hast du alles Wichtige beisammen?« Sein fragender Blick wanderte zu der Reisetasche auf ihrem Bett.

»Hab ich«, murmelte sie.

»Ich muss jetzt wieder los. Lapitz fragt sich unter Garantie schon, wo ich bleibe. Sehen wir uns heute Abend?«

»Ja.«

»Mach dir keine Gedanken, Lena. Solange du schweigst, wird alles gut.«

Max küsste sie erneut. Diesmal lang. Dann schlurfte er aus dem Zimmer. Augenblicke später polterten seine schweren Stiefel die Treppenstufen hinunter.

Sie schlich zum Fenster. Sein blondes Haar tauchte zwischen

den Fliederbüschen auf. Doch er blickte nicht zu ihr hoch, hastete nur eilig durch das Gartentor. Kurz darauf rauschte der Lieferwagen den Sanddornweg entlang. Lena schaute zu Jahnkes Ferienhaus. Hinter den Fensterscheiben konnte sie die schemenhafte Gestalt des Professors erkennen. Telefonierte er? Mit Alex?

»Lena …? Bist du oben?«

Erika Pohls heisere Stimme schallte durch die halb geöffnete Tür zu ihr herauf. Lena wandte sich vom Fenster ab und ging hinaus. An der Treppenbrüstung hielt sie inne. Der Kloß in ihrem Hals schwoll an. Sie wusste sofort, dass irgendetwas vorgefallen war. Erika stand unten im Flur. Neben der kleinen Kommode. Die Hand auf dem Telefon. Lena erinnerte sich an das Klingeln, als sie in Max' Armen gelegen hatte. Wer zum Teufel hatte angerufen?

»Kommst du mal zu mir herunter?«, fragte Erika mit einem leichten Beben in der Stimme.

Lena stieg die Stufen hinab. Ihre Beine waren bleischwer. Wie die Gedanken in ihrem Kopf. Als sie unten ankam, war Erika wieder in ihrer Küche verschwunden. Sie stand vor dem Herd und rührte in einem riesigen Kochtopf herum. Als sie Lena kommen hörte, drehte sie sich zu ihr um. »Ich habe frische Birnensuppe gemacht. Möchtest du?«

Ohne eine Antwort abzuwarten, nahm sie einen Teller aus dem Hängeschrank und füllte ihn auf.

»Setz dich doch!«, bat sie Lena mit einem flüchtigen Lächeln, während sie die noch heiße Suppe auf dem Tisch abstellte. Widerstrebend hockte sich das Mädchen auf die Stuhlkante. Warum sagte Erika nicht endlich, was los war?

»Hast du keinen Hunger?« Erika Pohl deutete mit vorgestrecktem Kinn auf den Teller und nahm auf der anderen Seite des Tisches Platz. »Du musst mehr essen, Kind!«

Lena erwiderte nichts. Sie nahm den Löffel in die Hand und rührte lustlos in der Suppe. Sie wollte nichts essen. Sie wollte wissen, warum Erika sich so merkwürdig verhielt.

»Hast du schon Pläne, was du nach dem Sommer machen willst?« Die alte Frau legte den Kopf schief und blickte sie forschend an.

Darum hatte Erika sie heruntergebeten? Um sie nach ihren Plänen zu fragen? Was sollte das?

»Ich weiß nicht«, sagte Lena, den Blick nach wie vor auf den Teller gerichtet. Sie wollte Erika beim Lügen nicht in die Augen schauen.

»Aber irgendetwas musst du schließlich machen, Mädchen.«

Es klang nicht vorwurfsvoll. Eher besorgt. Voller Mitgefühl. Und zum ersten Mal seit dem Tod ihrer Mutter wurde Lena bewusst, was sie Erika mit ihrem heimlichen Verschwinden antat. Es würde ihr das Herz brechen. Wieder einmal.

Erika Pohl strich gedankenverloren über das Sitzkissen auf dem Stuhl neben sich. »Wenn ich nur ein paar Jahre jünger wäre und besser auf den Beinen …«

Lena spürte, dass der alten Frau etwas schwer zu schaffen machte. Seitdem sie vor ein paar Minuten die Hand von der Telefongabel genommen hatte.

»Wer hat angerufen?«, krächzte sie leise.

Erika hob den Kopf. Die trüben Augen glänzten feucht. »Wir müssen in den nächsten Tagen deine Umzugskisten aus der alten Wohnung holen.«

Der Kloß in Lenas Hals drückte nun qualvoll. »Warum?«

Erika Pohl streckte den Arm vor und legte ihre faltige Hand behutsam auf die von Lena. »Du weißt, dass ich dich gern bei mir habe, oder?«

»Ja …«

»Aber es liegt nicht allein bei mir …«

»Was ist los?« Sie konnte kaum sprechen.

»Dein Vater hat angerufen und sich nach dir erkundigt.«

»Worüber?« Ihr Herz raste.

»Er will dich zu sich holen.«

Lena fuhr hoch. Ihr Stuhl fiel krachend zu Boden. »Ich gehe nicht zu ihm!«

Mit einem Blick, der sie vermutlich aufmuntern sollte, schaute Erika sie an. »Er sagt, er hätte genug Platz und ihr würdet euch mit der Zeit schon aneinander gewöhnen.«

»Nein!«

Sie rannte aus der Küche, stolperte tränenblind die Treppe

hinauf. Oben in ihrem Zimmer knallte Lena die Tür ins Schloss und lehnte sich mit dem Rücken dagegen. Ihr stoßweiser Atem erfüllte den Raum. Sie versuchte, sich zur Ruhe zu zwingen. Ihre Wut nicht zuzulassen. Verzweifelt donnerte sie die Faust gegen das Holz. Warum ausgerechnet jetzt? Sechzehn beschissene Jahre hatte er doch Zeit gehabt, sich an seine Tochter zu gewöhnen. Nicht ein einziges Mal hatte er sich blicken lassen. Er hatte sie nie vermisst. Wieder krachte die Faust gegen das Türblatt. Was dachte sich ihr Vater eigentlich dabei, sie in sein Haus holen zu wollen? Mit einem gequälten Aufschrei atmete sie aus.

Nun, dachte sie, du kannst viel wollen. Dazu wird es trotzdem nicht mehr kommen. Ihre Augen streiften die aufgeklappte Reisetasche auf dem Bett. Morgen waren sie und Max fort. Sie musste weiterpacken. Suchend schaute sie sich in dem Zimmer um. Hatte sie auch nichts vergessen? Da entdeckte sie die geöffnete Schreibtischschublade. Sie ging hinüber und holte die kleine graue Plastikbox hervor. In Gedanken versunken strich sie mit dem Daumen darüber.

Eine Minute später klackte der Verschluss auf.

31

Das lückenlose Blau der vergangenen Tage war verschwunden. Dicke, aufgebauschte Wolken trieben träge über der Ostsee. Nach der schattenlosen Hitze lag nun eine drückende Schwüle über dem Ort.

Richard zog das grüne Poloshirt über die noch feuchte Haut, stieg in seine Shorts und warf das nasse Badetuch über die Schultern. Der heiße Sand brannte unter seinen Fußsohlen, als er den Dünenaufgang hinaufstapfte. Oben im Kiefernhain setzte er sich auf eine verwitterte Holzbank und schlüpfte in seine braunen Canvas-Schuhe. Nach Lenas Besuch am Morgen hatte er dringend einen klaren Kopf gebraucht. Das kühle Salzwasser der Ostsee hatte das permanente Grübeln für eine Weile vertreiben können. Doch jetzt, während er von hier oben auf die brechenden Wellen blickte, echoten Lenas Worte erneut in seinen Ohren: *Fragen Sie Alex.*

Das Verhalten des Mädchens war ihm ein Rätsel. Sie hatte Angst. Und sie hatte jemanden gesehen. Warum rückte sie nicht mit der Wahrheit heraus? Stattdessen flüchtete sie sich ständig in nebulöse Andeutungen. Der angebliche Alkohol auf der Strandparty. Die Gummistiefel. Und nun Alex. Was hatte das zu bedeuten? Sollte Alex ihm tatsächlich etwas verschweigen? Wusste sie, wovor das Mädchen Angst hatte? Wem sie in der Nacht am WC-Häuschen begegnet war?

Er würde Alex fragen müssen. Jetzt. Richard holte sein Smartphone aus der Hosentasche und wählte ihre Nummer. Wieder nur die Mailbox. Zwischen den Kiefern konnte er die helle Fassade des »Strandhotels« ausmachen. Bis dorthin waren es vielleicht fünfhundert Meter. Er könnte versuchen, Alex dort zu erreichen.

Zügig erhob er sich von der Bank und lief durch den schattigen Kiefernhain auf die Promenade zu. Dass zwei brutale Frauenmorde den Ferienort heimgesucht hatten, war mittlerweile deutlich zu spüren. Nur wenige Menschen kamen ihm entgegen. Das

Lachen klang gedämpft, der sorgenfreie Blick schien getrübt. Viele der sonst hier üblichen Urlauber hatten sich zur vorzeitigen Heimreise entschieden oder waren gar nicht erst angereist. Ein Alptraum für jeden Hotelier und Ferienhausvermieter. Auch am Eingang des »Strandhotels« warteten zwei Familien ungeduldig mit ihren Kindern auf das Taxi, das sie zum Bahnhof bringen sollte.

Richard betrat die klimatisierte Eingangshalle. Just in dem Moment erinnerte er sich daran, dass er Alex' Zimmernummer noch immer nicht wusste. Er würde sich auf einen erneuten Disput mit der Empfangsdame einlassen müssen. Nur diesmal würde er hartnäckiger bleiben. Sein Blick schweifte nach links zur Rezeption. Er hatte Glück. André Jahnke redete über den Empfangstresen gebeugt leise auf seine Mitarbeiterin ein. Richard kam näher. Als die Frau hinter der Rezeption ihn erkannte, warf sie ihm einen verunsicherten Blick zu. Jahnke hatte es offenbar bemerkt und drehte sich um.

»Professor Gruben!«, rief er mit einem überschwänglichen Lachen aus. »Gibt es Beanstandungen in meinem Ferienhaus?«

»Warum fragen Sie?«, entgegnete Richard erstaunt und streckte die Hand vor. Jahnkes wulstige Finger umklammerten ihn mit festem Druck.

»Deshalb.« Mit einem leichten Spott in den Augen wanderte der Blick des Hotelinhabers zu Richards Schultern. »Ich dachte, Sie wollten im Hotel eine Dusche nehmen.«

Richard neigte den Kopf nach unten. Das Badehandtuch. Es lag immer noch um seinen Hals. Verlegen zog er es herunter.

»Ach so«, räusperte er sich. »Ich komme direkt vom Strand und bin auf der Suche nach Frau Marks.«

»Alex?«

»Ja.«

»Es scheint ja ziemlich wichtig zu sein.« Jahnke grinste breit, wobei seine eng stehenden Augen noch dichter zusammenrückten.

Richard verspürte nicht die geringste Lust, sich vor André Jahnke zu erklären. Kommentarlos überging er dessen Frage. »Leider weiß ich ihre Zimmernummer nicht. Aber ich gehe richtig in der Annahme, dass *Sie* mit Sicherheit wissen, wo ich hinmuss?«

»Hat Alex Ihnen ihre Nummer nicht gesagt?«, fragte Jahnke spitz.

Richard schaute ihn mit hochgezogenen Brauen an. »Warum sollte sie?«

»Nun ja, ich hatte angenommen, Sie beide kennen sich näher …« Gespannt ruhte der durchdringende Blick des Hotelinhabers auf ihm.

»Stimmt«, erwiderte Richard knapp. Langsam nervte der Mann. Abwartend blickte er ihn an.

Jahnke schien zu spüren, dass er wohl auch diesmal keine genaueren Auskünfte über sein Verhältnis zu Alex bekommen würde. Er hob seinen rechten Arm und zeigte zu dem Aufzug in der Hotelhalle hinüber. »Dritter Stock, den linken Gang runter, Zimmer 304.«

»Vielen Dank!« Richard wandte sich um und stieg in den Fahrstuhl. Während er auf das Schließen der Türen wartete, sah er Jahnke an der Rezeption verharren. Den Blick fest auf ihn gerichtet, bis die Türen rumpelnd ineinanderglitten.

Im dritten Stock stieg Richard aus und bog in den linken Gang ein. Am Ende des Flurs fand er Alex' Nummer und klopfte leise an. Es dauerte eine Weile, bis sie öffnete.

»Richard …!«

Sie wirkte überrascht. Einige Sekunden starrte sie ihn verwirrt an. Doch dann zog sie die Tür ganz auf und küsste ihn zärtlich.

»Komm rein.«

Alex trug ein marineblaues Leinenkleid mit dünnen Trägern, an den Füßen rote Riemchensandalen. Ihr Haar fiel offen auf die nackten Schultern. Es glänzte feucht von der Hitze. Sie griff nach seinem Handtuch und deutete auf einen der Sessel, während sie im Badezimmer verschwand. »Setz dich doch«, hörte er sie rufen.

Richard folgte ihrer Aufforderung und schaute sich um. Anscheinend störte er sie mitten in der Arbeit. Überall auf dem Bett verstreut lagen Papiere. Wahrscheinlich Unterlagen aus der Galerie. Alex kam wieder und nahm auf der Bettkante Platz. Betreten schaute sie ihn an.

»Entschuldige bitte, dass ich mich so davongestohlen habe. Aber du hast so fest geschlafen … ich wollte dich nicht wecken.«

»Du bist nicht die erste Frau, die mich ohne ein Wort am nächsten Morgen verlassen hat.«

Sie lächelte schief. »Aber die Erste, der du trotzdem hinterherläufst?«

Er grinste, ohne etwas darauf zu erwidern.

Alex straffte die Schultern und blickte ihn erwartungsvoll an. »Also, was ist so dringend?«

»Dana Wolffs Tochter war heute Morgen bei mir.«

»Lena?« Erstaunt hob sie die Augenbrauen.

Er nickte ernst.

»Was wollte sie denn?«

Nachdenklich wandte Richard den Blick auf die geöffnete Balkontür. Das Wasser der Ostsee schimmerte grau. Darüber hatte er noch gar nicht nachgedacht. Warum war das Mädchen überhaupt zu ihm gekommen? Was hatte sie gewollt?

»Ich weiß es nicht. Sie stand plötzlich in meinem Wohnzimmer.« Er sah Alex an. »Aber sie hat etwas Merkwürdiges gesagt, was mir nicht aus dem Kopf geht.«

»Und?« Gespannt ruhten ihre grünen Augen auf ihm.

»Sie meinte, ihre Mutter hätte nie hierher zurückkommen dürfen. Sie hätte ›die schlafende Bestie aufgeweckt‹.«

»Lena weiß, wer Danas Mörder ist?«

»Ich glaube, ja. Doch aus irgendeinem Grund schweigt sie.«

»Wenn sie nicht reden will, wirst du sie auch nicht dazu bringen.«

Richard sah sie ernst an. »Aber vielleicht kannst du es.«

Alex' Augen wurden schmal. »Was meinst du?«

»Ich habe Lena gefragt, wovor sie Angst hat.«

»Ja, und?«

»Ihre Antwort lautete: ›Fragen Sie Alex.‹«

»Pah.« Empört warf sie den Kopf in den Nacken. »Diese kleine Mistkröte spinnt doch! Wie kommt sie auf so etwas?«

»Das frage ich dich.«

»Richard! Glaubst du ernsthaft, ich würde schweigen, wenn ich eine Ahnung hätte, wer Dana umgebracht hat?«

»Nein, aber was meint sie damit?«

Alex sprang vom Bett auf. Wütend lief sie in dem Hotelzimmer auf und ab. »Woher soll ich das denn wissen! Vielleicht will sie sich nur wichtigmachen. Lena hatte schon immer einen Hang zur Dramatik.«

»Was genau meinst du damit?«

»Wenn sie mal nicht mit dem Ritzen ihrer Unterarme beschäftigt war, hat sie gedroht, abzuhauen, und blieb nächtelang verschwunden. Davon, dass sie die Schule geschmissen hat, ganz zu schweigen. Und das alles nur, um ihre Mutter zu bestrafen.«

»Wofür?«

»Lena war dieser Umzug an die Ostsee von Anfang an verhasst. Sie hat sich mit Händen und Füßen gesträubt, hierherzuziehen. Also hat sie Dana ständig das Leben schwer gemacht.« Alex blieb stehen, würdigte Richard keines Blickes. »Ich weiß nicht, was das Mädchen damit schon wieder bezwecken will.«

Richard fasste nach ihrer Hand und zog sie zurück auf das Bettende. »Ich musste fragen.«

Beleidigt strich sie mit gespreizten Fingern über die blaue Tagesdecke. Noch immer sah sie ihn nicht an.

»Ich bin noch wegen etwas anderem hier.«

Neugierig hob sie den Kopf. Der Ärger von eben schien verflogen. »Ja?«

»Zwischen Leonore von Rodens Fotoalben habe ich heute Morgen alte Liebesbriefe von Halford entdeckt.«

»Ach …« Erstaunt schaute sie ihn an. »Es gibt nachweislich Dokumente für ihr Verhältnis?«

»Ja, und ich weiß jetzt, wonach Dana Wolff gesucht hat.«

»Nun sag schon!«

»Thomas Halford hat der Gräfin einige seiner Grafiken hinterlassen.«

Alex stieß einen leisen Pfiff aus. »Also ein beachtliches Vermögen.«

»Nur leider befindet sich dieser Zyklus schon seit Jahren nicht mehr in ihrem Besitz.«

»Sie hat ihn verkauft?«

»Nein, jemand hat die Grafiken einfach an sich genommen.«

»Jürgen Lapitz, stimmt's?«

Richard nickte. »Irgendetwas muss damals vor fünfzehn Jahren geschehen sein, womit Lapitz sie in der Hand hatte.«

»Ich wusste es!« Alex sprang wieder von ihrem Bett auf und lief aufgeregt zur Balkontür. »Leonore von Roden muss Dana davon erzählt haben. Und da Lena laut Testament die Hälfte ihres Vermögens erbt, zählen Halfords Grafiken dazu. Unter Garantie wird es keinen Kaufvertrag mit Lapitz geben. Was bedeutet, die Grafiken waren zu Unrecht in seinem Besitz und dieser Zyklus bleibt weiter das Eigentum der Gräfin. Dana wollte sich ihren Anteil von Lapitz zurückholen. Diese Briefe sind der Beweis, nach dem sie die ganze Zeit gesucht hat.«

»Aber warum lagen sie zwischen den alten Fotoalben? Leonore von Roden hätte ihr die Briefe doch ausgehändigt.«

»Die alte Dame war neunzig Jahre alt, Richard! Da erinnert man sich nicht mehr an alles. Vor drei Jahren haben wir bei der Wohnungsauflösung meiner verstorbenen Großtante zwischen Kochtöpfen und wollenen Unterhosen sechstausend Ostmark gefunden.«

Richards Blick glitt wieder nachdenklich zu der offenen Balkontür. »Langsam verstehe ich, warum deine Freundin Kontakt mit mir aufnehmen wollte. Vermutlich wollte sie mich damit beauftragen, die Eigentumsansprüche auf Halfords Grafiken für ihre Tochter geltend zu machen. Nur, warum hat sie vor dir ein Geheimnis daraus gemacht?«

»Vielleicht hat sie am Anfang tatsächlich mit dem Gedanken gespielt, dich offiziell einzuschalten. Aber ich glaube, sie hat sich dann doch bewusst dagegen entschieden. Die direkte Konfrontation mit Lapitz erschien ihr wohl als die bessere Lösung.« Nachlässig zuckte sie mit den Schultern. »Und ich verstehe Dana im Nachhinein.«

»Was willst du damit sagen?«

»Überleg doch mal! Hätte sie es an die große Glocke gehängt, wie lange wohl hätte Dana auf das Geld warten müssen? Den Zyklus hat Lapitz doch längst an illegale Sammler verkauft. Es kann Jahre dauern, bis die Besitzverhältnisse endgültig geklärt sind. Vermutlich wird Dana Jürgen Lapitz nur damit gedroht haben, einen Kunstexperten einzuschalten, in der Hoffnung, er zahlt ihr Lenas Anteil freiwillig aus.«

»Nun ja, jetzt wird er sich rechtfertigen müssen.«

Erschrocken blickte sie ihn an. »Du willst die Polizei einschalten?«

»Deine Freundin ist tot, Alex. Du weißt nicht, wozu der Mann fähig ist.«

»Ich traue Lapitz einiges zu, aber doch kein Sexualverbrechen. Und wie passt der Mord an der jungen Polin da hinein?«

»Ob es sich um den gleichen Täter handelt, weiß man noch nicht«, gab Richard zu bedenken.

Langsam kam Alex von der Balkontür zu ihm herüber. Sie setzte sich auf den freien Sessel gegenüber und nahm seine Hände. Wieder lag dieser demütige Ausdruck auf ihrem Gesicht wie an ihrem ersten Abend in Jahnkes Garten. »Bitte erzähle deinem Freund vorerst nichts von dem Regen-Zyklus. Sobald offiziell ermittelt wird, ist Lapitz vorgewarnt.«

»Worauf willst du hinaus?« Argwöhnisch blickte er sie an.

»Es ist besser, wir erwischen ihn eiskalt. Lapitz weiß, wer du bist … welche Kontakte du hast. Du brauchst nur den richtigen Leuten die richtigen Fragen zu stellen. Dein Name öffnet dir jede Tür. Für dich ist es ein Leichtes, herauszufinden, an wen er verkauft hat. Wenn du Lapitz Halfords Briefe präsentierst, muss ihm klar sein, dass es nur noch eine Frage der Zeit ist, bis du ihm den illegalen Verkauf der Bilder nachgewiesen hast. Vielleicht ist er einsichtig und zahlt uns für die Briefe einen entsprechenden Betrag.«

»Du willst, dass ich den Mann erpresse?« Er sah sie fassungslos an.

»Du sollst ihm nur seine Situation klarmachen.«

»Alex, du weißt nicht, was du da sagst.« Richard schob den Sessel mit Nachdruck zurück und stand auf. »Ich gehe jetzt.«

An der Tür hatte sie ihn eingeholt. Flehentlich legte sie ihm eine Hand auf den Arm. Ihr blumiges Parfüm stieg ihm in die Nase. »Warum sollte dieser Mistkerl ungeschoren davonkommen? Bitte, Richard … du schuldest es mir.«

Er musterte sie nachdenklich, bevor er ihr eine Antwort gab: »Bis auf ein billiges Aquarell schulde ich dir nichts, Alex.«

Ohne eine Reaktion von ihr abzuwarten, griff er nach der Türklinke und verließ das Zimmer. Im Eiltempo strebte er auf den Fahrstuhl zu und fuhr ins Erdgeschoss hinab. Endlich draußen, blieb Richard vor dem Eingang des »Strandhotels« stehen. Tief atmete er die salzige Meeresluft ein und zwang sich zur Ruhe.

Er konnte nicht glauben, was sie ihm da vorgeschlagen hatte. Hatte sie tatsächlich geglaubt, er würde sich auf eine Erpressung einlassen? Alex' Worte hallten in ihm nach. Sie hatten so entschlossen geklungen. So überlegt, als wäre ihre angebliche Ahnung schon lange Gewissheit gewesen. Hatte er sich derart in Alex getäuscht? Und noch etwas störte ihn. Doch sosehr er sich auch anstrengte, es fiel ihm nicht ein.

Plötzlich ertönte ein lautes Hupen. Ein blauer Lieferwagen hielt direkt neben ihm. Richard drehte den Kopf und erkannte Christoph von Roden, der auf der Fahrerseite ausstieg. Er trug ein blassrosa Shirt und Bluejeans, an den Füßen grüne Gummistiefel. Doch seiner aristokratischen Ausstrahlung taten sie keinen Abbruch. Mit leicht zur Seite geneigtem Kopf kam er auf Richard zu.

»Ich hätte Sie glatt über den Haufen fahren können, und Sie hätten es nicht einmal gemerkt«, sagte er. »Alles in Ordnung?«

Richard nickte. »Ja, alles gut.«

Prüfend musterte von Roden ihn einige Sekunden, ehe er das Kinn Richtung Lieferwagen ausstreckte. »Ich muss dann mal.«

Mit wenigen Schritten war er bei den Hecktüren und holte drei Kisten Erdbeeren aus dem Wagen, die er zum Hoteleingang schleppte. Bevor die aufgleitende Schiebetür ihn schluckte, hielt Richard ihn auf.

»Ihr Schwiegervater hat Sie um Ihr Erbe betrogen.«

Von Roden blieb wie versteinert stehen. Mit den Kisten vor dem Bauch blickte er entgeistert zu ihm herüber.

»Ich verstehe nicht …«

»Erinnern Sie sich an den Namen Thomas Halford, nach dem ich Sie bei meinem Besuch im Gutshaus gefragt habe?«

Christoph von Roden nickte zögernd.

»Ihre Großmutter hatte ein Verhältnis mit diesem Mann. Er

hat ihr eine umfangreiche Sammlung von Grafiken vermacht, die ein Vermögen wert sind.«

»Darüber weiß ich nichts.« Von Roden schien sichtlich erschüttert.

»Aber Ihr Schwiegervater hat davon gewusst und diese Bilder auf nicht ganz legale Weise in seinen Besitz gebracht.«

»Was wollen Sie damit sagen?«

»Einige Jahre nachdem Sie und Ihre Großmutter nach Niederwiek zurückgekehrt sind, muss etwas passiert sein, das Ihre Großmutter in einen schweren seelischen Konflikt gestürzt hat. Sie wollte sich oder jemand anderen schützen. Ihr Schwiegervater wusste um ihre Angst und hat sich Halfords Grafiken als Schweigegeld genommen.«

»Woher haben Sie diese Informationen?«, krächzte von Roden heiser.

»Es existieren Briefe von Thomas Halford an Ihre Großmutter. Sie hat es ihm geschrieben.«

In von Rodens fassungslosem Blick flammte ein Funken Verstehen auf. »Hat Alex Ihnen diese Briefe gezeigt?«

»Nein … sie lagen zwischen den alten Fotoalben, die Sie mir ausgehändigt haben … Alex wusste nichts davon«, protestierte Richard stockend.

Von Roden schob die Erdbeerkisten seitlich auf die Hüften und trat drei Schritte auf ihn zu. »Die Briefe waren nicht in dem Karton. Ich habe sie Alex bereits kurz nach Danas Tod überlassen. Was sie damit vorhatte oder was darin stand, hat mich nicht interessiert. Erst seit Sie hier aufgekreuzt sind, dämmerte mir, dass mehr dahinterstecken musste. Nur, dass ich keine Ahnung hatte, welche Rolle Sie in Alex' kleinem Schmierentheater spielen. Aber so langsam verstehe ich … Sie muss die Briefe nachträglich in den Karton geschmuggelt haben. Da haben Sie wohl mal nicht aufgepasst.« Christoph von Roden schüttelte den Kopf. »Lassen Sie mich raten: Alex hat Sie angefleht, dem Alten die Briefe unter die Nase zu reiben.« Seine blauen Augen funkelten spöttisch. »Sehen Sie es ein, Professor Gruben. Das Flittchen hat uns beide nur benutzt.«

32

»Wir haben das Schwein!«

Mulsow ließ sich erschöpft in Jahnkes Sofa fallen und griff dankbar nach dem Wasser, das Richard ihm reichte. In einem Zug leerte er das Glas. Die Anspannung der letzten Tage war dem Polizisten deutlich ins Gesicht geschrieben. Dunkle Schatten lagen unter seinen müden Augen, die Falten auf der hohen Stirn schienen noch tiefer. Richard zog einen der Stühle heran und setzte sich dem Freund gegenüber.

»Ist es jemand aus dem Ort?«

»Gunnar Priebe.«

»Dieser tätowierte Glatzkopf vom Erdbeerhof?«

»Lapitz' Haus- und Hofnarr.« Mulsow nickte bestätigend. »Mit Lenas Aussage haben wir heute Morgen einen Durchsuchungsbeschluss bei der Staatsanwaltschaft erwirkt und den Erdbeerhof komplett auseinandergenommen. Jürgen Lapitz hat getobt wie ein cholerisches Rumpelstilzchen.«

»Ich sehe es vor mir.«

»In Priebes Spind sind wir schließlich fündig geworden. Er hatte dort die Handys der Mädchen deponiert. Das von Mila Zajec und auch Lenas.«

Nachdenklich drehte Richard den Kopf zum Fenster. Doch hinter den Scheiben lag alles im Dunkeln. Es war bereits kurz vor Mitternacht, und im Nachbarhaus schien niemand mehr wach. Wie war dieser Priebe in den Besitz von Lenas Handy gekommen? Lena hatte nicht erwähnt, dass sie es in besagter Nacht verloren hatte.

»Der Kerl hat zwar noch nicht gestanden, doch die Beweise gegen ihn sind erdrückend.«

»Denkst du, Priebe hat auch den Mord an Dana Wolff zu verantworten?« Fragend schaute Richard den Polizisten an.

»Wäre schon ungewöhnlich bei so unterschiedlichen Opferprofilen und komplett anderem Tathergang. Aber zwei Sexualstraftaten in einem kleinen Ort wie Niederwiek so kurz aufeinander sind auch ungewöhnlich. Wir müssen das Ergebnis der DNA-Probe abwarten.«

Richard ging hinüber zur Küchenzeile und holte eine neue Flasche Mineralwasser aus dem Kühlschrank. Alex' Reifenpanne von gestern Abend kam ihm in den Sinn. Priebes aufgeschwemmte Gestalt in dem fleckigen Achselhemd, das lüsterne Grinsen hinter den gelben Zähnen, die anzüglichen Bemerkungen. Es fiel nicht schwer, sich diesen Mann als einen Vergewaltiger und Frauenmörder vorzustellen. Doch irgendetwas irritierte ihn. Richard konnte nicht sagen, was, aber da war etwas, das nicht ins Bild passen wollte.

»Willst du abreisen?«

Richard drehte sich um und blickte zu Mulsow hinüber, der verwundert auf sein Gepäck neben der Schlafzimmertür schaute. Langsam ging er zum Couchtisch.

»Das hätte ich schon viel früher tun sollen.«

Als er vom »Strandhotel« zurückgekehrt war, hatte er sofort den Koffer gegriffen, auf das Bett geschleudert und seine Klamotten hineingeworfen. Nur Mulsows Anruf, dass er am Abend noch vorbeischauen wollte, hatte ihn dazu veranlasst, seine Rückreise nach Münster bis zum nächsten Morgen hinauszuzögern. Doch es war nicht die Wut auf Alex, die in ihm brodelte. Richard war wütend auf sich selbst. Seitdem er Alex vor vier Tagen in Dana Wolffs Galerie wiederbegegnet war, hatte er sich wie ein schmachtender Siebzehnjähriger benommen, statt seinen Verstand zu gebrauchen. Wie konnte er nur so blind sein? Für Alex war er nur das Mittel zum Zweck gewesen. Von Anfang an. Alles, was sie von ihm wollte, war, ihr die Tür bei Lapitz zu öffnen. Er war ein kompletter Idiot.

»Hattest du Streit mit deiner … Bekannten?« Neugierig musterte Mulsow ihn.

Richard stellte die Flasche Mineralwasser, die er zwischen seinen Händen hielt, auf den Tisch und fuhr sich erschöpft über das Gesicht.

»Sie wollte das zu Ende führen, was Dana Wolff offenbar nicht mehr geschafft hat.«

Schnell fasste Richard seine Erkenntnisse für den Freund

zusammen. Leonore von Rodens Tätigkeit in Düsseldorf, seinen Anruf in der »Galerie Mühlberg«, das langjährige Verhältnis zu Halford, die alten Briefe zwischen den Fotoalben, den Regen-Zyklus, den Lapitz sich für sein Schweigen ergaunert hatte, und schließlich Alex, die ihm die Lüge aufgetischt hatte, den wahren Grund für Dana Wolffs plötzliches Interesse an Thomas Halford nicht zu kennen.

»Wenn ich dich richtig verstehe, gehören diese Bilder ohne einen gültigen Kaufvertrag mit Lapitz noch immer der Gräfin?«

»Ja«, bestätigte Richard. »Und damit zu ihrem Erbe. Also dem von Christoph von Roden und Lena Wolff. Doch es kann Jahre dauern, bis man Lapitz den illegalen Verkauf dieser Grafiken nachgewiesen hat und Rückansprüche gestellt werden können. Geld, auf das Lenas Mutter vermutlich nicht so lange warten wollte.«

»Und Frau Marks, die sich nach dem Tod der Freundin einen saftigen Teil vom Kuchen erhofft hat«, fügte Mulsow hinzu.

Richard nickte gedankenverloren. Warum hatte er sich von Alex nur so für ihre Zwecke missbrauchen lassen? Seine aufkommenden Zweifel einfach ignoriert? Er hatte doch die ganze Zeit gespürt, dass sie ihm bewusst etwas vorenthielt. Trotzdem hatten ihre ständigen Anspielungen auf Jürgen Lapitz ihn nicht stutzig gemacht.

»So kann man sich in einem Menschen täuschen«, sagte Mulsow.

Richard nickte zustimmend. Wobei ihm klar war, dass der Polizist im Gegensatz zu ihm an den Erdbeerbaron dachte.

»Wann fährst du?«

»Gleich morgen früh. So gegen acht.«

»Gut, ich komme dann vorbei, um mich zu verabschieden.« Mulsow schob seine Dienstmütze auf den Kopf und erhob sich schwerfällig vom Sofa. »Würdest du mir die Briefe überlassen?«

»Ja, natürlich.« Richard stand ebenfalls auf, nahm den zusammengebundenen Stapel von der Fensterbank, legte ihn zu dem Karton mit den Fotoalben und reichte beides dem Polizisten.

»Kannst du Christoph von Roden die Alben bei Gelegenheit vorbeibringen? Ihm scheint viel an seiner Großmutter gelegen zu haben. Ich denke, er hätte die Sachen gern zurück.«

»Ich kümmer mich darum«, versprach Mulsow.

Die Männer gingen in den Flur. Mit der Klinke in der Hand drehte der Polizist sich noch einmal zu ihm um.

»Wofür Lapitz sich sein Schweigen hat bezahlen lassen, stand nicht in den Briefen?«

»Nein.« Richard schüttelte den Kopf.

»Auch wenn der Erdbeerbaron über einen erneuten Besuch nicht erfreut sein dürfte, ein paar unbequeme Fragen muss er sich durchaus gefallen lassen. Mit seinem Schweigen hat er sich schließlich der Mitwisserschaft schuldig gemacht. Und bei so einer schwindelerregenden Summe ging es sicher nicht um einen banalen Mundraub auf einem seiner Erdbeerfelder.«

33

Lena hörte Max neben sich atmen. Ruhig und regelmäßig. Doch obwohl er bei ihr war, konnte sie keinen Schlaf finden. Über seinen Vorschlag, am Strand zu übernachten, hatte sie sich gefreut. »Unser letzter Abend am Meer«, hatte er gesagt. »Dann beginnt unser neues Leben.« Aber nun, während sie seinem leisen Atem lauschte, überkamen sie wieder die unterdrückten Zweifel. Die Gedanken prasselten auf sie ein. Was sollte sie nur tun?

Langsam richtete sie sich auf und schaute sich in der Dunkelheit um. Der Strandabschnitt lag verlassen da. Außer den geisterhaften Schatten der verschlossenen Strandkörbe war niemand hier. In der Ferne schimmerten die weißen Lichter der Seebrücke. Die Ostsee war kaum auszumachen. Nur ihr dumpfes Murmeln war zu hören.

Sie dachte an den nächsten Tag. An ihr Verschwinden mit Max. Seit Erika am Mittag mit ihr gesprochen hatte, konnte Lena es kaum noch erwarten. Sie musste endlich weg. Gleich nach seinem Feierabend bei Jürgen Lapitz wollten sie mit dem Bus nach Rostock und von dort den Nachtzug nach Köln nehmen, wo der Tourbus zwischenparkte. Trotzdem wollte der Schmerz in ihrer Brust nicht weichen. Durfte sie einfach so abhauen? Diese Person ungestraft davonkommen lassen? Ihre Mutter hatte für ihren Frevel bezahlt, aber Mila? Sie konnte nichts dafür.

Lena versuchte, die peinigende Qual abzuschütteln. Doch es funktionierte nicht. Sie drehte sich zu Max um, der neben ihr auf dem Rücken lag. Das surferblonde Haar leuchtete hell in der dunklen Nacht. Unter seinen Augenlidern zuckte es merklich.

Lena streckte ihre Hand aus und fuhr mit den Fingern über seine Lippen. Als er sich zu regen begann, sagte sie leise: »Ich weiß nicht, ob ich wirklich ohne ein Wort gehen darf.«

Schlagartig schlug Max die Augen auf und stützte sich auf den rechten Ellenbogen. »Das haben wir doch alles schon besprochen.« Er klang schläfrig, aber auch entschlossen. »Wenn du bei der Polizei eine Aussage machst, bin ich dran.« Ernst schauten seine wasserblauen Augen sie an. »Versprich mir, dass du nichts unternimmst.«

»Ich will ja gar nicht zur Polizei«, protestierte sie leise. »Aber könnte ich nicht alles, was ich weiß, aufschreiben und den Brief von unterwegs einwerfen?«

»Und dann, Lena? Was passiert dann? Denkst du, die Bullen vergessen mich, nur weil ich nicht mehr in Niederwiek bin?«

Sie schluckte. Max hatte recht. Er würde nicht einfach ungeschoren davonkommen. Die Polizei würde nach ihm fahnden.

»Wem wolltest du denn schreiben? Etwa diesem Professor?«, fragte er misstrauisch.

»Nein! Wie kommst du darauf?«

Natürlich hatte sie an ihn gedacht. Er war der Einzige, der wirklich zu wissen schien, wie es in ihr aussah. Dass sie etwas quälte. Warum konnte nicht er ihr Vater sein?

»Weil du heute Morgen bei ihm warst.«

»Aber das habe ich dir doch schon erklärt. Erika hat mich geschickt.«

Max musterte sie einige Sekunden, bevor er seine Hand nach ihr ausstreckte und sie an sich zog. Er küsste sie. Lang und zart. Dann schaute er sie mit durchdringendem Blick an. »Also, versprichst du es mir?«

Lena nickte und ließ sich wieder in den Sand fallen. Sie spürte, wie auch Max sich zurück auf den Rücken legte. Er griff nach dem goldenen Etui und steckte sich einen Joint an. Feuerrot leuchtete die Glut in der Dunkelheit. Eine Weile lagen sie schweigend nebeneinander. Das Rauschen der See verschluckte Lenas unruhige Atemzüge.

»Sie haben Priebe verhaftet.«

»Ich weiß«, flüsterte Lena.

Dieser Mulsow war plötzlich am Nachmittag ein zweites Mal bei Erika aufgetaucht. Zuerst hatte Lena geglaubt, er wollte sie schon wieder über die Nacht am Klohäuschen befragen, obwohl sie bereits am Morgen auf dem Revier alles zu Protokoll gegeben hatte. Aber dann hatte er eine durchsichtige Plastiktüte mit ihrem Handy hervorgeholt. Ihr war sofort klar gewesen, dass die Polizei es bei Priebe gefunden haben musste. Hätte das Schwein nach seinem nächtlichen Übergriff auf sie das Telefon einfach weggeworfen, wäre es doch schon längst wieder aufgetaucht. Eine Hundertschaft von Polizisten hatte den Kiefernhain an dem Tag nach Milas Tod nach Spuren durchkämmt.

Max drückte seinen Joint in den Sand und drehte sich zu ihr um. Zärtlich streichelte er über ihren Bauch. »Der Kerl tut niemandem mehr was.«

Doch Lena fühlte keinen Trost. Alles, was sie fühlte, war eine quälende Schuld.

34

Sträflich laut knallte die Heckklappe des Volvos ins Schloss. Es war kurz nach sieben, und die meisten Urlauber, die ihr Ferienquartier im Sanddornweg aufgeschlagen hatten, schliefen noch. Verstohlen schaute Richard die Häuserreihe entlang, als erwartete er, einen wütenden Mob die Straße heraufkommen zu sehen. Aber nur tiefe bleischwarze Wolken zogen bedrohlich über die Reetdächer hinweg.

Mit der Fernbedienung verriegelte er den Wagen und drehte sich wieder zu Jahnkes Haus um. Im selben Moment entdeckte er auf der anderen Straßenseite die gedrungene Gestalt von Erika Pohl. Richard hob grüßend die Hand. Doch die ältere Frau schien ihn nicht zu bemerken. Hektisch lief sie mit dem Telefon am Ohr den schmalen Weg von der Haustür zur Gartenpforte auf und ab. Einen Moment überlegte Richard, hinüberzugehen, um sich von ihr zu verabschieden. Doch schnell verwarf er den Gedanken. Außer dass sie für ein paar Tage Nachbarn gewesen waren, hatten sie schließlich nichts miteinander zu schaffen.

In Jahnkes Küche stellte er die Kaffeemaschine an. Sein Gepäck hatte er verstaut, und Mulsow wollte gegen acht vorbeikommen. Folglich hatte er noch ausreichend Zeit, seinen Koffeinpegel auf die lange Autofahrt nach Münster einzustellen. Richard konnte es kaum erwarten, dem Ort endlich den Rücken zu kehren. Vielleicht sollte er einfach die Haustür hinter sich zuziehen, den Schlüssel in den Briefkasten werfen und Bert von unterwegs anrufen. Er würde es verstehen.

Kurz darauf hörte Richard ein Auto die Auffahrt hochkommen. Also brauchte er nicht weiter über eine heimliche Flucht nachzudenken. Er nahm einen kräftigen Schluck heißen Kaffee und ging ohne einen Blick zum Fenster hinaus Richtung Haustür.

»Hallo, Richard.«

Alex stand in einem sandfarbenen Hosenanzug neben ihrem roten Polo und schaute ihn demütig an. »Es tut mir leid. Bitte, lass uns reden. Ich will nicht, dass diese dumme Idee mit Lapitz weiter zwischen uns steht.«

Richard ließ einige Sekunden verstreichen. Er musste seine Worte wohl überlegen. Die Wut tobte noch immer in seinem Bauch.

»Dafür hättest du nicht herkommen müssen. Ich reise heute ab. Wir werden uns nicht wiedersehen«, sagte er betont sachlich und ging ins Haus zurück. Warum er die Tür offen stehen ließ, wusste er selbst nicht so genau. Vielleicht hatte er noch ein paar Fragen. Nur bezweifelte er, dass er die Antworten wirklich hören wollte.

In der Küche füllte Richard einen weiteren Becher Kaffee ein, obwohl er bereits ein schwaches Pochen hinter den Schläfen verspürte. Doch im Moment war das Koffein die einzig verlässliche Komponente in seinem Leben.

»Nimmst du mir meinen impulsiven Ausbruch tatsächlich so krumm?« Alex war ihm gefolgt und saß bereits auf dem Sofa, als er sich zu ihr umdrehte. »Das mit Lapitz ist mir doch nur so herausgerutscht.«

»Wie der Regen-Zyklus?«

Irritiert schaute sie zu ihm auf. »Was meinst du?«

»Ich weiß nicht, warum es mir gestern nicht sofort aufgefallen ist und erst jemand anders mir die Augen öffnen musste, wie naiv ich die ganze Zeit gewesen bin. Das Einzige, was ich weiß, ist, dass dir seit unserem Wiedersehen nichts *nur so* herausgerutscht ist.«

»Richard, was willst du mir eigentlich sagen?«

»Als ich gestern bei dir im ›Strandhotel‹ war, habe ich nur von einem Zyklus Halfords gesprochen, den er in seinen Briefen erwähnt hat. Dass es sich dabei um den Regen-Zyklus handelt, habe ich nicht gesagt. Das warst du.«

Was seine Worte in ihr auslösten, konnte er nicht sagen. Lediglich eine kleine Falte erschien zwischen ihren grünen Augen.

»Und wie solltest ich deiner Meinung nach an diese Informationen gelangt sein?«

»Alex, das Dummchen steht dir nicht.«

Er hörte, wie sie scharf die Luft einzog. Ihre Lippen bebten.

Doch dann straffte sie die Schultern und schaute ihm kalt in die Augen.

»Also gut, ich habe gelogen. Als Dana im Februar vom Geburtstag der Gräfin zurückgekehrt war, hat sie mich in alles eingeweiht. Die alte Dame war wohl nach dem plötzlichen Wiedersehen sentimental geworden und hat geplaudert. Über Halford, über den Regen-Zyklus, über Lapitz. Dana musste ihr das Versprechen geben, die Bilder zurückzuholen und hier in Niederwiek auszustellen. Doch daran hatte sie kein Interesse. Dana war außer sich vor Wut. Alles, was *sie* wollte, war Lenas Erbe. Wir haben beschlossen, die Sache gemeinsam anzugehen. Schließlich hatte Dana keinerlei Erfahrungen in der Kunstbranche. Sie brauchte mich, um über Galerien oder Sammler den Verbleib des Regen-Zyklus zurückzuverfolgen. Also haben wir der alten Dame vorgegaukelt, zusammen eine Galerie eröffnen zu wollen. Das ganze Theater, inklusive der Umzug nach Niederwiek, hatte also nur stattgefunden, um Leonore von Roden zu beruhigen. Immerhin hat sie uns die Pacht für das Strandlokal finanziert …«

Plötzlich hielt Alex inne. Nachdenklich strich sie mit der linken Hand über ihre Knie, als wollte sie ihre Gedanken neu sortieren. »Aber meine Bemühungen verliefen im Sand. Ich hatte einfach nicht genug Kontakte, um an die richtigen Informationen zu kommen. Dana hat allmählich die Geduld verloren. Sie wurde immer besessener, selbst mit Christoph hat sie sich überworfen.«

»Hat sie Lapitz mit dem Vorwurf konfrontiert?«

»Natürlich! Ständig hatte sie ihm aufgelauert«, brauste Alex auf. »Sogar mit einer Anzeige hat sie ihm gedroht. Aber er hat sie nur ausgelacht und vor die Tür gesetzt. Der Mistkerl hatte doch nichts zu befürchten. Schließlich gab es keinen Beweis, nur die Worte einer alten Frau.«

»Weißt du, womit Jürgen Lapitz die Gräfin in der Hand hatte?«

»Keine Ahnung. Ich schwör es dir. Einmal habe ich Dana danach gefragt, doch sie wollte es mir partout nicht sagen. Ich vermute, es ging um Christoph, denn die beiden hatten in den letzten Wochen nur noch gestritten.«

»Und was ist mit den Briefen? Wusste Dana davon?« Er spürte, wie sie versuchte, seinem fragenden Blick auszuweichen.

»Nein«, antwortete sie mit belegter Stimme.

»Und du? Seit wann wusstest du, dass sie existieren?«

»Kurz vor Leonores Begräbnis habe ich mich mit Christoph im Gutshaus getroffen. Es ging ihm nicht gut, der Tod seiner Großmutter hatte ihn ziemlich mitgenommen. Doch er musste ihre Sachen durchsehen. Geburtsurkunde, Testament, was man eben so braucht, wenn jemand stirbt. Christoph hat mich gebeten, ihm dabei behilflich zu sein. Zwischen uralten Saatgut- und Düngemittelrechnungen habe ich schließlich die Briefe entdeckt. Leonore hatte wohl selbst nicht mehr gewusst, dass sie sie dort aufbewahrt hat. Christoph gegenüber habe ich nichts gesagt und die Briefe vorerst einfach wieder an ihren Platz gelegt.«

»Du hast deiner Freundin die Briefe verschwiegen?«, fragte Richard vorwurfsvoll.

»Dana hat mich eiskalt belogen!« Trotzig streckte sie das Kinn vor. »Ich habe an diesem Tag Leonores Testament gesehen. Lena erbt die Hälfte ihres Vermögens! Und dass die Grafiken aus Halfords Regen-Zyklus mindestens eine Million Euro wert sind, brauche ich dir nicht zu erklären. Aber Dana hat mir die ganze Zeit weismachen wollen, die Gräfin hätte Lena lediglich mit einem Anteil von zehn Prozent bedacht.« Ihre grünen Augen funkelten wütend. »Mit ein paar tausend Euro wollte sie mich abspeisen!«

Richard wandte sich von ihr ab und trat ans Fenster. Die dunklen Wolken hatten sich mittlerweile zu imposanten Gebilden aufgetürmt. Nicht mehr lange, und ein kräftiges Sommergewitter würde über den Ort hinuntergehen.

»Noch am Tag von Danas Tod habe ich Christoph um die Briefe gebeten«, hörte er sie hinter sich sagen. »Er hat nicht einmal gefragt, was ich damit vorhabe. Aber diese ganze Geschichte mit Halford hatte ihn auch nie wirklich interessiert. Wie auch? Schließlich wusste er nur, dass seine Großmutter vor einer halben Ewigkeit ein Verhältnis mit dem Mann hatte, aber nicht, dass er ihr einige seiner Grafiken vermacht hat. Dana hatte es ihm verschwiegen und ich auch. Mit den Briefen in der Hand wusste ich, dass sich Lapitz nun nicht mehr herauswinden konnte. Alles, was ich noch brauchte, war jemand, der ihm zu verstehen gibt, dass er den langwierigen Prozess, der nun auf ihn zukommen wird, am Ende doch verliert und er das Risiko nicht wert ist. Und du bist dafür genau der Richtige. Lapitz ist nicht blöd, er weiß, welche Kontakte du hast. Darum habe ich die Briefe gestern Morgen heimlich zwischen die Alben geschoben.«

Im Augenwinkel bemerkte er, wie Alex vom Sofa aufstand und langsam näher kam. Wie vorgestern Abend streifte ihn der blumige Duft ihres Parfüms. Doch jetzt ekelte dieser ihn nur noch an.

»Was ist schon dabei, Richard? Der Erdbeerbaron schwimmt im Geld«, raunte sie. »Fünfhunderttausend Euro, und er kann mit den Briefen seinen Kamin befeuern.«

Steif drehte Richard sich um. Er versuchte, hinter ihrem gierigen Blick zu ergründen, was in ihrem Kopf vorging. Oder was sie ihm noch verschwieg.

»›Fragen Sie Alex.‹« Richard schaute ihr fest in die Augen. »Was meinte Lena damit?«

»Ich weiß es nicht.« In ihrem Blick lag ehrliche Betroffenheit.

Er betrachtete ihr Gesicht eingehend. In diesem Moment konnte er dort keine Lüge, kein Verstellen erkennen. Er glaubte ihr. Ein letztes Mal.

»Ich habe Halfords Briefe der Polizei ausgehändigt«, sagte er ruhig.

Sofort verwandelte sich Alex, ihre Augen glühten. »Du bist so ein Trottel«, spie sie aus. Ungestüm griff sie nach ihrer Handtasche auf dem Sofa, streifte den Riemen fest über die Schulter und preschte Richtung Tür.

»Alex?«

Abrupt blieb sie stehen und drehte sich abwartend zu ihm um.

»Wenn du wütend auf Dana warst, wozu dann meine Visitenkarte?«

Langsam machte sie ein paar Schritte auf ihn zu, auf ihren Lippen lag ein dünkelhaftes Lächeln. »Dana hat diese Visitenkarte niemals gesehen. An dem Tag, als mich die Polizei in der Galerie befragt hat, habe ich sie unbemerkt in ihren Terminkalender geschoben. Allerdings hatte ich geglaubt, du würdest dich sofort daran erinnern, wem du sie vor Jahren zugesteckt hast. Aber du hast ja auch so zu mir gefunden.«

Alex streckte ihre Hand aus und berührte beinahe behutsam seinen Bart. »Schau nicht so entsetzt. Ich konnte dich nicht einfach fragen, ob du mir hilfst. Woher sollte ich wissen, wie du reagierst? Erst musste ich sicher sein, dass du mir aus der Hand frisst. Also habe ich dir das gegeben, was du schon vor sieben Jahren von mir wolltest.« Mit einem Schlag sank ihre Hand hinab. »Doch die ganze Mühe hätte ich mir sparen können. Du hast mich in jeder Hinsicht enttäuscht.«

Zehn Sekunden später fiel die Tür ins Schloss. Christoph von Roden hatte es auf den Punkt gebracht. Sie hatte ihn nur benutzt.

35

Lena hörte das Schreien. Dünn und kläglich. Sie lauschte. Der Gesang der Grillen. Das Rauschen der See. Dann wieder das angsterfüllte Wimmern. Sie stolperte vorwärts, fast blind hastete sie durch den stockfinsteren Kiefernhain. Ihr Herz pochte. Panisch. Mutlos. Nein! Nicht stehen bleiben. Weiter. Ein grünes Flackern. Schwach und ungleichmäßig. Die Nachtbeleuchtung vom Klohäuschen. Lena stoppte. Unter ihr angsterfülltes Keuchen mischte sich erneut das Schreien. Lauter. Qualvoller. Ihre zitternde Hand drückte flach gegen den glatten kalten Stahl der Tür. Nur einen kleinen Spalt. Ein fauler, süßlicher Geruch ließ sie würgen. Doch das Wimmern hörte nicht auf. Wieder stieß sie gegen die Tür. Kraftvoller. Das grelle Licht der Neonröhren fiel gleißend auf ihr Gesicht. Sie blinzelte. Das matte Weiß der Fliesen, der blinde Spiegel über dem Waschbecken, eine mit Graffiti beschmierte Kabinentür. Doch das Schreien war verstummt. Steif schob Lena ihren Körper durch den Spalt. Erst jetzt entdeckte sie die reglose Gestalt auf dem roten Klinkerboden. Schneewittchen, dachte sie traurig. Die Arme und Beine seltsam abgespreizt. Der Kopf gebettet auf dem schwarzen Haar. Die Haut makellos weiß. Blutleer und leichenblass. Nur die Augen. Milas braune Augen schrien noch immer.

Schweißgebadet fuhr Lena hoch. Sie versuchte zu atmen. Ausatmen. Einatmen. Doch ihr Mund schien wie zugeklebt. Sie verspürte Panik und presste die Luft mit ganzer Kraft durch ihre Nasenflügel. Endlich! Es funktionierte. Erleichtert gab sie sich dem Rhythmus hin. Ein und aus. Ein und aus. Nach einer Weile fiel sie erschöpft auf den Rücken zurück und starrte in die Finsternis.

Der verstörende Traum hatte Lena völlig ausgelaugt. Ihr Körper schmerzte höllisch, und sie konnte sich kaum bewegen. Die Trockenheit in ihrem Mund war unerträglich. Sie brauchte dringend etwas zu trinken. Ihre linke Hand versuchte Richtung Nachttisch zu greifen, doch sie schaffte es nicht. Ihr Arm blieb, wo er war. Mühsam rollte sie sich auf die Seite und richtete sich auf. Ihre Augen wanderten blind in der Dunkelheit umher. Nichts. Kein Leuchten des Radioweckers. Kein Mondschein hinter dem Fenster. Das war nicht Erikas Zimmer unter dem Dach. Verflixt! Wo war sie?

Lena streckte die Beine vor und bereute es zugleich. Ein stechender Schmerz jagte durch jede Faser ihres Körpers. Sie wollte laut aufschreien, doch nur ein heiseres Röcheln entrann ihrer Kehle. Noch immer klebten ihre Lippen fest aufeinander. Angst stieg in ihr hoch. Konzentrier dich, Lena! Ein und aus. Ein und aus. Ihr Brustkorb senkte und hob sich mit den stoßweisen Atemzügen. Wie in der Raupe auf der Kirmes, die sie als kleines Kind über alles liebte. Doch Lena war nicht auf dem Rummelplatz. Es duftete nicht nach klebriger Zuckerwatte und gebrannten Mandeln. Nicht nach warmen Brezeln und rot glasierten Äpfeln. Es roch nur nach kaltem, rußigem Rauch.

Waren sie und Max in der Bauwagensiedlung? Strömte der verrauchte Qualm der Holzkohle durch eines der geöffneten Fenster? Lena überlegte angestrengt, doch sie konnte sich nicht erinnern. An der Seebrücke hatte er sie beim Sonnenaufgang zum Abschied geküsst, und sie war auf ihr Mountainbike gestiegen. Aber dann? Sie wusste es nicht. Sie musste Max danach fragen.

Lena setzte an, um nach ihm zu rufen. Doch ihren Lippen entkam kein einziger Laut. Ihre Kehle war wie zugeschnürt. Sie versuchte es erneut. Nichts.

Jemand hatte ihr den Mund verklebt.

36

»Und du willst nicht besser warten, bis das Gewitter abgezogen ist?«, fragte Mulsow und richtete sein besorgtes Gesicht in den bleischwarzen Himmel. Ein schwacher Donner grummelte in der Ferne.

»Das Unwetter zieht von Osten auf. Wenn ich mich beeile, schaffe ich es noch bis Hamburg. Ich wollte dort ohnehin einen Zwischenstopp einlegen und meinen alten Studienfreund besuchen.«

Richard Gruben steckte sein Handy in die Freisprechanlage und schlug die Autotür von außen zu. So schnell wie irgend möglich wollte er diesen Ort hinter sich lassen, die vergangenen Tage wie einen dreckigen Stiefel abstreifen, achtlos in eine Ecke werfen und vergessen. Doch es würde nicht funktionieren. Die Wut über das eigene Unvermögen war zu groß. Obwohl er Alexandra Marks kaum kannte, hatte er ihr blind vertraut. Seit er hier war, schwirrte die Frage in seinem Kopf, warum Dana Wolff ihn nicht angerufen hatte. Wochenlang hätte sie Zeit dafür gehabt.

Nicht ein einziges Mal war ihm der Gedanke gekommen, dass seine Visitenkarte vielleicht nur ein Täuschungsmanöver von Alex sein könnte. Nur sie hatte davon gewusst, dass Dana Wolff ihn angeblich kontaktieren wollte. Und was tue ich?, dachte Richard voller Groll. Scheinbar willenlos schlucke ich ihre Beteuerungen hinunter und mache da weiter, wo ich vor sieben Jahren aufgehört habe. Nur um sie ins Bett zu bekommen. Er ging hart mit sich ins Gericht, auch wenn es schmerzte. Wie weit wäre er noch gegangen, hätte ihm von Roden nicht die Wahrheit vor die Füße geworfen? Ein letztes Mal richtete er seinen Blick auf Jahnkes Ferienhaus. Er hätte niemals hier sein sollen. Allein Alex' schmutziger Intrige hatte er seinen Aufenthalt zu verdanken.

»Seit heute Morgen haben wir Gewissheit«, riss Mulsow ihn aus seinen Erinnerungen.

Verwirrt blickte Richard den Freund an. »Worüber?«

»Die DNA der Spermien bei beiden Opfern ist identisch.«

»Das heißt, Gunnar Priebe hat Mila Zajec und auch Dana Wolff umgebracht?«

»Auch wenn der Kerl weiterhin beharrlich schweigt, alles sieht danach aus …« Der Polizist rieb sich nachdenklich das unrasierte Kinn.

»Der Täter ist gefasst. Trotzdem habe ich das Gefühl, dass du noch immer Zweifel hegst«, mutmaßte Richard.

»Ich verstehe nicht, warum Priebe sich die Mühe gemacht hat, Dana Wolffs Leiche an einen anderen Ort zu bringen, während er Mila Zajec einfach am Tatort zurücklässt.«

»Vielleicht wurde er am WC-Häuschen gestört … Urlauber, die draußen vorbeigelaufen sind, oder er hat jemanden auf dem Männerklo gehört.«

»Möglich«, räumte Mulsow zerknirscht ein. »Aber Triebtäter folgen fast immer einem bestimmten Muster. Derselbe Ort, ein identischer Frauentyp, die gleiche Art des Tötens. Doch die Morde an den beiden Frauen weichen zur sehr voneinander ab. Mila Zajec hatte er bereits kurz nach der Vergewaltigung erdrosselt, und wir haben keine K.o.-Tropfen in ihrem Blut gefunden. Alles spricht für ein zufälliges Opfer. Aber Dana Wolff …?« Der Polizist machte eine kurze Pause, ehe er weitersprach. »Sie wurde betäubt, vergewaltigt und erst einige Stunden später erstochen. Der Mord an ihr scheint von langer Hand geplant. Ich habe ihre Leiche gesehen. Priebe muss mit einem abgrundtiefen Hass auf sie eingestochen haben.«

Richard erinnerte sich an den gestrigen Morgen, als Lena verängstigt auf der Sofalehne gehockt hatte. *Mama hätte nie hierher zurückkommen dürfen. Sie hat die schlafende Bestie aufgeweckt.* Was hatte Dana Wolff mit ihrer plötzlichen Rückkehr wieder aufgewühlt?

»Wisst ihr denn inzwischen, womit er ihre Leiche in den Wald transportiert hat?«, fragte Richard.

»Mit einem der Lieferwagen vom Erdbeerhof. Das Fahrzeug hat dort zwar jeder benutzt, und es ist voll von Spuren, aber neben Fasern von Priebe konnten wir auch Blut und Haare von Dana Wolff auf der Ladefläche sicherstellen.«

Ein lautes Krachen ließ die beiden Männer zusammenfahren. Erst jetzt bemerkte Richard die fetten Tropfen auf der Motorhaube seines Volvos. Es wurde Zeit, dass er sich endlich aus dem Staub machte.

»Ich muss, bevor die Sintflut losbricht«, drängelte er, angelte aus der Hosentasche den Haustürschlüssel und reichte ihn Mulsow. »Sag deinem Freund Jahnke, das Geld liegt auf der Küchenzeile.«

»Mach ich«, versprach der Polizist und klopfte Richard unbeholfen auf die Schulter. Das Zwischenmenschliche war einfach nicht sein Ding. Als Richard die Fahrertür öffnete, stand Mulsow bereits an seinem Streifenwagen.

»Ich hoffe, du hast gute Regenreifen, da kommt ganz schön was runter«, rief er ihm zu und reckte das Kinn wiederholt in den schwarzen Himmel.

Grinsend hob Richard den Daumen und klemmte sich hinter das Steuer. Als er den Schlüssel in die Zündung stecken wollte, hielt er schlagartig inne. Plötzlich wusste er, was ihn die ganze Zeit an Priebe gestört hatte. Schnell kletterte er aus dem Wagen und lief zu Mulsow, der immer noch mit nach oben gerichtetem Kopf vor der Auffahrt des Ferienhauses stand.

»Der Mörder von Dana Wolff war Rechtshänder, richtig?«

»Was …?« Entgeistert starrte Mulsow ihn an.

»An meinem ersten Tag, als wir uns im ›Hof-Café‹ getroffen haben, hast du mir erzählt, dass der Täter Rechtshänder sein muss.«

»Ja … die Messerführung ist eindeutig.«

»Er war es nicht.«

»Wer?« Mulsow schien noch immer nicht zu begreifen, worauf Richard hinauswollte.

»Gunnar Priebe.«

Der Polizist schaute ungläubig drein. »Wir haben die DNA seines Spermas nachgewiesen …«

»Der Mann ist Linkshänder«, bellte Richard.

»Woher weißt du das?«

»Alexandra Marks hatte eine Reifenpanne, vor zwei Tagen auf dem Parkplatz vom ›Hof-Café‹. Priebe war bei ihr und hat den Reifen gewechselt. Ich habe gesehen, wie er das Auto in die Höhe gepumpt hat. Die Kurbel … er hat sie mit der linken Hand umfasst.«

Mit versteinerter Miene hing Mulsow an seinen Lippen. Sein blasses Gesicht glänzte regenfeucht.

»Bei großen Kraftanstrengungen oder spontanen Reaktionen benutzen Linkshänder immer ihre dominante Hand«, fuhr Richard fort. »Priebe hätte das Messer mit der Linken geführt … Er hat Dana Wolff nicht getötet.«

Der Polizist schob die Dienstmütze tief in den Nacken und atmete hörbar aus. »Verdammter Mist!«, stöhnte er laut. »Warum hat das niemand überprüft?«

»Was ist mit Mila Zajec?«, fragte Richard. »Gibt es bei ihr Hinweise auf Rechts- oder Linkshänder?«

Mulsow schüttelte gedankenverloren den Kopf. »Sie wurde mit einem Gürtel erdrosselt. Die Würgemale am Hals lassen keinen eindeutigen Schluss zu.«

Wieder ein Krachen. Näher und kraftvoller. Mulsow straffte die Schultern. Der grollende Donner schien ihn aus seiner Lethargie zu reißen.

»Ich muss aufs Revier.« Grußlos stieg der Polizist in seinen Streifenwagen und rauschte auf dem spiegelnassen Asphalt davon.

Richard hastete zurück zu seinem Auto. Der Regen prasselte inzwischen ohrenbetäubend vom Himmel. Mit dem Unterarm wischte er sich die Tropfen aus dem Gesicht und fuhr an. Den schwarzen Schatten, der urplötzlich hinter der Hecke auftauchte, bemerkte er erst, als die Gestalt ihre Arme wild herumschwenkend nach oben riss. Die Vollbremsung warf ihn hart in den Sitz zurück. Richard atmete tief durch und stieg aus. Gelähmt vor Schreck stand Erika Pohl auf der gepflasterten Auffahrt. Von ihrem schlohweißen Haar tropfte es bedrohlich, Rock und Pulli klebten wie ein pechschwarzer Ölfilm an ihr.

»Kommen Sie!«, rief Richard durch den Regen und fasste der Frau sacht an den Oberarm. »Sie müssen ins Trockene.«

Willenlos ließ sie sich von ihm unter das seitliche Vordach führen, unter dem Jahnke das Kaminholz aufbewahrte.

»Geht es Ihnen gut?«, fragte er und suchte ihren Blick. Doch

Erika Pohls trübe Augen starrten wie paralysiert auf die Regenblasen in den grauen Pfützen. Kurz und flach hörte er sie neben sich atmen. Ihr Oberkörper bebte unter ihrem erregten Zittern. Auch auf die Gefahr, dass er selbst wie ein nasser Straßenköter die Heimfahrt antreten würde, er musste sich etwas einfallen lassen.

»Warten Sie«, sagte er. »Ich hole Ihnen eine Decke aus meinem Wagen.«

Als er prüfend den Kopf unter dem Vordach hinausstreckte, spürte er ihren festen Griff um sein Handgelenk. Überrascht drehte er sich zu der alten Frau um. Zum ersten Mal sah Erika Pohl ihn wirklich an.

»Sie ist weg. Seit gestern Nacht.«

»Lena?«, fragte Richard, obwohl er die Antwort bereits zu kennen glaubte.

Ein stummes Nicken.

»Vermutlich hat sie bei einer Freundin übernachtet«, versuchte er die Frau zu beruhigen. Von Alex wusste er, dass das Mädchen häufiger nächtelang verschwunden blieb.

»Nein, Sie verstehen nicht«, widersprach sie mit resoluter Stimme. »Der Strandvogt hat heute Morgen ihr Mountainbike auf dem Dünenweg entdeckt. Ihr Rucksack lag nur ein paar Meter weiter zwischen dem Strandhafer.« Sie stockte. Wieder erschien dieser hilflose Ausdruck auf ihrem faltigen Gesicht. »Ich spüre, dass Lena etwas zugestoßen ist.«

»Haben Sie schon die Polizei alarmiert?«

»Ja, ja … selbstverständlich … Ich habe sofort angerufen«, stammelte sie. »Man hat mir versprochen, sich zu kümmern.«

»Dann wird es das Beste sein, Sie warten in Ihrem Haus, falls sich jemand bei Ihnen meldet«, schlug Richard vor.

»Nein!« Flehentlich schaute Erika Pohl zu ihm auf. »Ich kann nicht still herumsitzen und nichts tun. Bitte, Professor Gruben, Sie müssen mir helfen.«

»Ich weiß nicht, was ich für Sie tun kann«, erwiderte er verblüfft.

»Ich habe auf dem Erdbeerhof angerufen, um mit Max zu sprechen. Max Küpper, Lenas Freund.«

»Der junge Mann, den ich in Ihrem Garten gesehen habe?«

»Ja, genau.« Sie nickte heftig. »Vielleicht weiß er, wo Lena hinwollte oder mit wem sie verabredet war. Aber Max ist nicht auf dem Erdbeerhof. Er hilft heute bei den Renovierungsarbeiten im Gutshaus. Doch dort geht niemand ans Telefon. Mit ihrem Auto wären wir in zehn Minuten …«

Ihre letzten Worte schluckte der Donnerhall. Richard hob den Blick in die schwarzen Wolken. Erika Pohl schien verzweifelt. Das Mountainbike in den Dünen, der Rucksack im Gras. Plötzlich überrollte auch ihn mit aller Macht ein entsetzliches Bild. Und noch immer lief der Mörder von Dana Wolff frei herum. Auch wenn er sich vor wenigen Minuten nichts sehnlicher gewünscht hatte, als diesem Ort zu entfliehen, er konnte die verängstigte Frau nicht einfach allein zurücklassen. Eine Stunde. Länger würde es sicher nicht dauern.

Richard lief in den prasselnden Regen, öffnete die Beifahrertür seines Volvos und schaute Erika Pohl auffordernd an. »Fahren wir!«

37

Eine Viertelstunde später parkte Richard vor dem Gutshaus.

Er stellte den Motor aus, klaubte seine Lederjacke vom Rücksitz und reichte sie Erika Pohl.

»Damit Sie mir nicht völlig durchweichen«, sagte er aufmunternd.

Während der Fahrt hatte sie nicht ein einziges Wort gesprochen, nur starr auf das Zucken der Blitze geschaut. Die Angst um Lena lähmte jeden Muskel ihres Körpers.

»Danke«, hauchte sie kaum hörbar und legte sich die Jacke über ihre krummen Schultern. Eilig hasteten sie durch den prasselnden Regen die geschwungene Freitreppe hinauf. Oben angelangt, kam Richard kurz der Gedanke, nach dem messingfarbenen Türklopfer zu greifen. Doch das Wasser, das erbarmungslos kalt seinen Nacken hinunterlief, ließ ihn die höfliche Etikette vergessen. Entschlossen drückte er die Klinke hinunter. Die Tür war offen. Schnell bedeutete er Erika Pohl einzutreten und zog das schwere Holz hinter ihnen zu.

Eine seltsame, fast geisterhafte Stille empfing sie im Gutshaus. Nur gedämpft drang der krachende Donner durch das alte, wuchtige Gemäuer. Die Schatten der flackernden Blitze tanzten wild auf dem schwarz geäderten Marmorboden. Erika Pohl stützte sich atemlos auf eine der unzähligen Kisten, die immer noch die Diele versperrten. Der schnelle Schritt hatte sie erschöpft. Richard ging auf sie zu und nahm ihr die Jacke vom Rücken.

»Geht es wieder?«, erkundigte er sich mit fürsorglicher Stimme, während er das nasse Leder über einen sperrigen Bilderrahmen hängte.

Abwehrend winkte sie mit der Hand. »Alles gut. Ich bin nur ein bisschen aus der Puste.«

Richard durchquerte die schummrige Eingangshalle und verharrte an der ausladenden Treppe ins Dachgeschoss. Er lauschte angestrengt. Doch außer dem Murmeln des Gewitters hörte er nichts. Die Renovierungsarbeiten waren entweder unterbrochen oder fanden auf einem anderen Teil des Grundstückes statt. Sein suchender Blick fiel auf die angelehnte Küchentür. Vielleicht traf er dort jemanden an, der wusste, wo Max Küpper sich aufhielt. Vorsichtig schob er seinen Kopf durch den Spalt. Aber auch dieser Raum schien verwaist. Nur ein paar leere Bierflaschen, scheinbar vergessen auf der polierten Tischplatte. Der abgestandene Dunst von Hopfen und Malz wehte zu ihm herüber.

Gerade als Richard die Tür wieder schließen wollte, zerteilte hinter den hohen Scheiben ein mächtiger Blitz die dunklen Wolken und warf sein grelles Licht auf die reglose Gestalt vor dem Fenster. Christoph von Roden hatte den rechten Unterarm gegen das Glas gepresst und sein Gesicht darin verborgen. Er trug Jeans und ein blassrosa Hemd, das ihm zerknittert aus dem Hosenbund hing. Richard räusperte sich leise, doch von Roden reagierte nicht. Langsam machte er drei Schritte auf ihn zu.

»Herr von Roden?«

Keine Antwort. Nur das leichte Zucken seines Oberkörpers verriet Richard, dass der Mann ihn gehört haben musste.

»Ich suche Max Küpper. Wissen Sie, wo ich ihn finde?«

Schwerfällig löste von Roden sich vom Fenster und drehte sich um. Doch der Mann blickte an ihm vorbei, fokussierte einen Punkt im Nirgendwo. Ob sich auf seinem aschfahlen Gesicht die Tropfen hinter den Scheiben spiegelten oder Tränen seine Wangen hinunterliefen, konnte Richard nicht mit Bestimmtheit sagen. Nur eines wusste er, von Rodens Selbstsicherheit und Arroganz waren in tausend Scherben zersplittert. Der Mann stand vor einem tiefen Abgrund.

»Warum habe ich sie sterben lassen?«, murmelte er heiser.

Eine Bierfahne schlug Richard ins Gesicht. Der schale Geruch und die leeren Flaschen auf dem Esstisch signalisierten ihm, dass sein Gegenüber eine nicht unerhebliche Menge in sich hineingeschüttet hatte. Doch von Rodens verstörter Blick offenbarte, dass nicht nur der Alkohol aus ihm sprach.

»Von wem reden Sie?«

»Miriam … Miriam Jahnke.«

Ein leises Aufschluchzen ließ Richard herumfahren. Erika

Pohl war ihm in die Küche gefolgt und hielt sich an einem Stuhl fest. Mit weit aufgerissenen Augen schaute sie zu von Roden hinüber.

»*Sie* haben Miriam überfahren?«, krächzte sie.

Kurz lenkte von Roden seinen stumpfen Blick zu ihr hin, ehe er zusammengekauert auf die niedrige Fensterbrüstung sank.

»Diese verdammte Party«, begann er mit einem unterschwelligen Zorn in der Stimme. »Ich weiß nicht, warum Dana so versessen darauf war, ihren Geburtstag zu feiern. Das Baby hat ununterbrochen geschrien, und wir beide haben in den Nächten kaum ein Auge zugekriegt. Ich habe auf sie eingeredet, sie förmlich angefleht, alles zu verschieben. Auf den Sommer, wenn das Baby uns mehr Zeit zum Atmen lässt. Aber sie ließ sich einfach nicht davon abbringen. Die Kneipe platzte aus allen Nähten. Dana war völlig aufgedreht, knutschte mit jedem Kerl, den sie zu fassen bekam. Sogar Jahnke, dem Mondfisch, hat sie ihre Scheiß-Zunge in den Hals gesteckt. Dass ihm seine Frau mitten in der Nacht davongelaufen ist, muss der weiß Gott nicht bejammern. Ich habe mich so volllaufen lassen, dass ich mich kaum auf den Beinen halten konnte. Irgendwann wollte ich nur noch von allem weg und bin ins Auto gestiegen. Drei Kilometer. Den Weg fuhr ich praktisch im Schlaf.«

Von Roden stockte, fuhr sich mit den Händen über das Gesicht. »Die Fahrbahn war völlig vereist, und der Schnee am Straßenrand hatte sich in den zurückliegenden Tagen zu hohen Schichten aufgetürmt. Ich kann mich nicht erinnern, wie ich überhaupt das Lenkrad halten konnte, so besoffen wie ich war. Aber dieser entsetzliche Knall hallt noch immer in meinen Ohren.«

Ruckartig legte er den Kopf in den Nacken und starrte auf die weiße Stuckdecke. Sein schwerer Atem erfüllte die Küche. »Ich bin aus dem Auto raus, doch nichts. Nur der endlos weiße Schnee. Im ersten Moment fühlte ich Erleichterung … ein Reh, ein Schwein … vermutlich geflüchtet in den Wald. Bis ich im Scheinwerferlicht die Blutlache auf dem vereisten Asphalt entdeckte.«

Von Roden senkte den Blick und schaute Erika Pohl direkt in die Augen. »Im Straßengraben habe ich Miriam gefunden …

auf dem Bauch, die Beine und Arme ganz seltsam verrenkt. Wie betäubt habe ich auf ihren leblosen Körper gestarrt, unfähig, mich zu bewegen. Eine beschissene Angst hat mich mit ihrem eiskalten Griff umklammert. Miriam Jahnke war tot, und ich hatte sie sturzbetrunken über den Haufen gefahren.«

»Sie haben Miriam rücksichtslos erfrieren lassen!« Voller Abscheu taxierte die alte Frau Christoph von Roden.

»Ich wusste nicht, dass sie noch am Leben war«, entgegnete er mit weinerlicher Stimme. »Erst als ich im Gutshaus angekommen bin, wurde mir bewusst, was ich getan hatte.«

»Irgendwann werden Sie Ihre gerechte Strafe erhalten«, geiferte Erika Pohl verächtlich.

»Irgendwann?« Er lachte schrill auf. »Bereits am nächsten Morgen stand mein Scharfrichter auf der Türschwelle.«

Schleppend erhob von Roden sich von der Fensterbank, wandte den Kopf wieder zum Fenster und starrte in das Unwetter vor dem Haus. »Jürgen Lapitz hat mich beobachtet. Er war in der Nacht im Wald unterwegs, um Wildschweine abzuballern. Sein Auto hatte er in einem Seitenweg geparkt. Als er den Aufprall gehört hat, ist er zur Straße hoch. Er hat mich gesehen ... wie ich feige abgehauen bin ... Noch am nächsten Morgen roch man meine Fahne drei Meilen gegen den Wind. Es machte keinen Sinn, irgendetwas zu leugnen. Aber Lapitz zeigte Verständnis. Im Suff könnte das schließlich jedem passieren. Er hat sich um alles gekümmert ... die Unfallspuren am Auto beseitigt, meine Kleidung entsorgt, sogar ein Alibi hat der Alte mir verschafft ... nur, um mir den Knast zu ersparen. Erst zwei Tage später, als die Nachrichten sich überschlugen, mit dem kaltblütigen Monster der Landstraße, offenbarte Lapitz mir, was er für seine edelmütige Tat verlangte.«

Wieder stieß von Roden ein heiseres Lachen aus. »Die Ländereien meiner Großmutter wären doch nur eine bescheidene Gegenleistung für das, was er mir für die nächsten Jahre meines Lebens erspart hatte. Ich habe ihn auf Knien angebettelt, Leonore da rauszuhalten. Sie sollte nicht ein zweites Mal miterleben, wie ihr alles genommen wird ... durch mich ... Aber auch dafür hatte Lapitz vollstes Verständnis und eine perfekte Lösung parat. Bei einer Ehe mit Martina bliebe ja schließlich alles in der Familie ...

Ich war einundzwanzig und hatte das ganze Leben noch vor mir. Ein annehmbarer Kompromiss, um dem Gefängnis zu entgehen. Man kann sich doch jede Frau schönsaufen, oder?«

Mit einem schiefen Grinsen blickte von Roden zu Richard hinüber. »Von diesem Tag an war ich als Geschäftsführer nur noch die Marionette des Alten, die Geschäfte des Guts lagen in seiner Hand. Nicht einmal zwei Jahre später gehörte alles ihm. Leonore hat es das Herz gebrochen. Und ich war daran schuld.«

Eine Weile sprach niemand ein Wort. Die bedrückende Stille in der Gutshausküche wurde nur von dem harten Prasseln des Regens durchbrochen. Das Krachen des Donners war verstummt. Nachdenklich betrachtete Richard von Rodens Profil. Er spürte, dass sein geradezu apathischer Zustand nicht nur der Erinnerung an Miriam Jahnkes Tod geschuldet war.

»Dana Wolff wusste von dem Unfall?«, fragte Richard.

»Ja«, antwortete er mit gequälter Stimme. »Ich habe ihr alles erzählt. Auch nach der Hochzeit mit Martina hat sich zwischen uns nichts geändert, bis …«

Weiter kam er nicht. Das Poltern schwerer Stiefel drang aus der Diele zu ihnen herüber. Kurz darauf tauchte im Türrahmen die massige Gestalt von Jürgen Lapitz auf, dahinter Max Küppers blonde Haare. Die grünen Latzhosen der Männer trieften vor nassem Dreck.

»Was ist eigentlich in dich gefahren?«, schnauzte Lapitz zornig und taxierte Erika Pohl missbilligend. Richard würdigte er keines Blickes. »Hinterm Haus weichen die Zementsäcke auf, und du hältst hier einen Pausentee ab.«

Christoph von Roden verharrte noch immer mit hängenden Schultern vor dem Fenster. Tief versunken in der Vergangenheit. Die höhnischen Worte seines Schwiegervaters prallten offenbar von ihm ab wie die Regentropfen von der Scheibe.

Plötzlich schien Erika Pohl sich wieder an ihr eigentliches Vorhaben zu erinnern. Sie drängelte sich an Lapitz vorbei und legte Max Küpper ihre faltige Hand auf den Arm.

»Lena ist verschwunden.«

In den blauen Augen des jungen Mannes spiegelte sich Verwirrung. Und gleichzeitig ein Funken Angst.

»Das … kann nicht sein«, stammelte er. »Wir wollten erst am Nachmittag weg.«

»Was heißt, ihr wolltet weg?« Erika Pohl blickte stirnrunzelnd zu ihm auf.

»Ich habe Lena das Versprechen gegeben, sie mit auf unsere nächste Tour zu nehmen. Sie wollte hier nicht bleiben … bei ihrem Vater wohnen.« Unsicher schielte er zu von Roden hinüber. »Aber ohne mich wäre sie doch niemals …« Nervös nestelte Max Küpper mit den Händen an den Trägern seiner Latzhose.

»Sie verstehen nicht.« Erika Pohl schüttelte energisch den Kopf. »Lena ist nicht einfach abgehauen. Ihr Fahrrad und der Rucksack lagen heute Morgen verlassen auf dem Dünenweg. Ihr muss was passiert sein.«

Max Küpper wurde kreidebleich. Sein Blick wanderte panisch in der Gutshausküche umher. »Ich bin an allem schuld. Lena hatte recht … Nur, weil das Schwein gefasst ist, hört es noch lange nicht auf. Hätte ich ihr doch niemals die K.o.-Tropfen besorgt …«

»Von wem redest du?«, bellte Lapitz.

»Er meint deine Tochter.« Von Roden hatte sich vom Fenster abgewandt und blickte seinen Schwiegervater verabscheuend an. »Martina hat Dana abgestochen.«

Jürgen Lapitz schnellte vor. Seine Adlernase tauchte nur wenige Zentimeter vor von Rodens Gesicht auf. »Hast du dir den Verstand jetzt völlig aus dem Gehirn gevögelt?«

Ein hämisches Grinsen umspielte von Rodens Mundwinkel. »Glaub mir, auch ich habe deiner begriffsstutzigen Martina so viel Gerissenheit nicht zugetraut.«

»Du bist ja völlig zugedröhnt«, brüllte Lapitz. Doch eine leichte Unsicherheit in seiner Stimme war nun deutlich zu hören.

Christoph von Roden schob seine rechte Hand in die Gesäßtasche seiner Jeans und holte einen zusammengefalteten Zettel hervor. Mit einem verächtlichen Schnaufen warf er das zerknitterte Papier auf den Tisch.

»Was ist das?«, blaffte Lapitz gereizt, ohne seinen stechenden Blick von von Roden zu lösen.

»Schau es dir an! Dann weißt du, warum deine Tochter zur Mörderin wurde.«

»Das höre ich mir nicht länger an. Wir reden, wenn du wieder nüchtern bist.« Jürgen Lapitz wandte sich zum Gehen.

Doch von Roden hielt ihn auf. »Ich bin sterilisiert.«

Lapitz erstarrte. Steif drehte er sich um und verfolgte mit regloser Miene die Handgriffe seines Schwiegersohnes, mit denen er das Papier auf dem Tisch auseinanderfaltete.

»Die Rechnung der Vasektomie. Ausgestellt vor über fünfzehn Jahren. Überzeug dich selbst.«

Lapitz streckte seine Hand aus und blickte ungläubig auf das Schriftstück. Es dauerte einige Sekunden, ehe er dessen Tragweite erfasste. »Wenn nicht du Theos Vater bist, wer ist es dann?«

»Du hast dir doch immer einen Enkelsohn gewünscht, nicht wahr?« Von Roden lächelte teuflisch. »Leider konnte ich dir diesen Wunsch niemals erfüllen. Kurz nachdem Dana mit Lena schwanger wurde, haben wir gemeinsam entschieden, dass ich mich sterilisieren lasse.«

Er fuhr sich mit den Händen über das Gesicht und ging zum Fenster. In Schlangenlinien lief der Regen an den Glasscheiben hinunter.

»Es war dein fünfzigster Geburtstag. Eine kleine, beschauliche Feier, draußen in deiner Jagdhütte, du erinnerst dich? Sogar Dana hattest du in deiner Großmut dazu eingeladen. Doch für mich gab es keinen Grund zum Feiern. Seit zwei Tagen gehörten alle unsere Ländereien dir. Der letzte Acker war für einen Spottpreis verkauft. Die Tinte unter dem Notarvertrag noch nicht einmal getrocknet. Du hattest dich nicht an unsere Abmachung gehalten. Ich hatte eine Scheißwut, auf dich, auf Martina, auf mein ganzes beschissenes Dasein. Den ganzen Abend hast du mich wie einen deiner dummen Erdbeerpflücker aufgezogen … Warum ich Martina noch immer nicht geschwängert hätte? Ob ich keinen mehr hochkriege oder plötzlich auf Kerle stehe? Du hast mich so angekotzt mit deiner blasierten, selbstgefälligen Arroganz.«

Von Roden spie die Worte regelrecht aus. Richard befürchtete schon, er würde handgreiflich. Stattdessen erzählte er weiter.

»Irgendwann waren alle Gäste verschwunden. Nur Martina, Dana, Priebe und ich blieben übrig. Wir sollten die Hütte aufräumen, aber deine Tochter hatte noch nicht genug. Sie hat sich volllaufen lassen und mir ständig ihre Hand in die Hose geschoben. ›Da muss doch endlich was zu machen sein, wir wollen Daddy doch nicht enttäuschen.‹ Wenn ich besoffen war, konnte ich ihre körperliche Nähe halbwegs ertragen, aber im nüchternen Zustand hat sie mich einfach nur angeekelt.«

Plötzlich drehte von Roden den Kopf und schaute Jürgen Lapitz direkt in die Augen. »›Dann besorgen wir doch Daddy, was er unbedingt will.‹ Es war Danas Idee, und ich habe ohne mit der Wimper zu zucken eingewilligt. Priebe konnte kaum an sich halten, nachdem er realisiert hatte, was wir ihm versprochen hatten. Wir drei haben Martina so lange abgefüllt, bis sie vollkommen weggetreten war. Anschließend haben Dana und ich die Hütte verlassen. Ich kann dir versichern, dein Liebling hat nicht gespürt, wer sie da bestiegen hat.«

»Du Schwein … Ich schlag dich tot!« Lapitz preschte vor und packte von Roden am Hemdkragen, seine rechte Hand zur Faust geballt. Doch ehe der Mann ausholen konnte, schob Richard sich dazwischen.

»Verlieren Sie jetzt nicht die Nerven. Wir müssen Ihre Tochter finden«, brüllte er.

Lapitz schnaufte geräuschvoll, zerrte weiterhin wild an von Roden herum. Doch der funkelnde Zorn in seinen Augen verebbte, und der ausgestreckte Arm sank kraftlos hinab.

Langsam drückte Richard Lapitz auf einen der Küchenstühle. Schlagartig sackte er in sich zusammen und starrte ohnmächtig auf die polierte Tischplatte. Nicht einmal die Hand von Erika Pohl, die mitfühlend seine Schulter drückte, schien er wahrzunehmen.

Richard schaute von Roden eindringlich an. »Wann haben Sie Ihre Frau zum letzten Mal gesehen?«

»Heute früh gegen fünf, bevor sie zum Großmarkt wollte«, sagte er mit monotoner Stimme und ließ sich wieder auf der Fensterbank nieder. »Wir haben wegen Lena gestritten. Ich habe Martina gesagt, dass ich sie zu mir ins Gutshaus holen will. Ich bin es Dana schließlich schuldig. Da ist sie völlig ausgetickt, hat mir die Rechnung auf den Tisch geknallt und ist wie eine

Furie auf mich los. Meine Schuld hätte sie doch längst beglichen. Danas Tod wäre doch ein angemessener Preis für das, was ich ihr angetan hätte. Ich war wie vor den Kopf gestoßen, habe nicht mal gefragt, wie sie überhaupt dahintergekommen ist.«

»Vermutlich hat Lenas Verschwinden mit Ihrer Frau zu tun. Überlegen Sie bitte: Wo könnte sie hin sein?«, fragte Richard.

Nur ein gleichgültiges Schulterzucken.

»Hören Sie, von Roden! Ihre Frau hat bereits einen Menschen umgebracht. Wollen Sie, dass auch Ihre Tochter für Ihren Fehler mit dem Leben bezahlen muss?«

Christoph von Roden hob den Kopf. Der stumpfe Blick darin war verflogen.

»Ich weiß nicht, wo sie ist …« Er stockte, schaute angespannt in der Küche umher, bis sein Blick an der zusammengesunkenen Gestalt seines Schwiegervaters hängen blieb.

»Die Jagdhütte!«, stieß er heiser hervor. »Martina ist dort, wo alles angefangen hat.«

Ruckartig sprang von Roden auf, wankte zu der Anrichte hinüber und griff nach dem Autoschlüssel, der darauf lag.

»Herrgott, Sie sind viel zu betrunken, um noch Auto zu fahren«, zischte Richard.

»Richtig, aber Sie nicht!« Von Roden drückte dem Professor den Schlüssel in die Hand und hastete durch die Tür. Fassungslos schaute er dem Mann einige Sekunden hinterher, bis er ihm schließlich nach draußen folgte. Erst jetzt bemerkte Richard, dass Max Küpper verschwunden war.

38

»Kommen Sie, Gruben!«, brüllte von Roden und rannte durch den Regen auf seinen Land Rover zu, der unter der Linde parkte.

»Mir wäre lieber, wir würden meinen Wagen nehmen.«

Richard drehte sich im Laufen sehnsüchtig nach seinem Volvo um.

»Nein«, entschied von Roden. »Der Waldboden ist bei diesem Unwetter völlig aufgeweicht. Zur Hütte kommen wir nur mit meinem Geländewagen.«

Wenig später rasten die beiden Männer über die glänzende kopfsteingepflasterte Allee in die entgegengesetzte Richtung von Niederwiek. Über den imposanten Kastanien war der dunkle Himmel inzwischen aufgerissen und schickte neben den letzten Regentropfen die ersten Sonnenstrahlen auf die Erde. Nur der üppige Geruch von warmem, feuchtem Staub und Blütenpollen erinnerte an das heftige Gewitter, das vor nicht einmal einer Stunde niedergegangen war.

Von Roden schwieg. Und Richard war ihm dankbar dafür, zu tief war sein Entsetzen über das, was er im Gutshaus gehört hatte. Doch in seinem Innern fügten sich die Eindrücke der letzten Tage logisch ineinander. Jürgen Lapitz hatte sich in jenem Winter vor fünfzehn Jahren von Rodens schäbige Fahrerflucht zunutze gemacht. Hatte eiskalt und niederträchtig den Tod einer jungen Frau für seine eigenen Ziele missbraucht. Die Ackerflächen des gräflichen Guts eingetauscht für ein Menschenleben. Auch wenn nicht er Miriam Jahnke angefahren hatte, Lapitz hatte wie von Roden eine erdrückende Schuld auf sich geladen. Richard erinnerte sich an den Abend mit Alex auf der Terrasse des »Strandhotels«. André Jahnke hatte erzählt, dass erst zwei Stunden nach dem Unfall eine vorbeifahrende Autofahrerin den Notruf abgesetzt hatte. Seine Frau wäre vielleicht noch am Leben, hätte Lapitz sofort Hilfe gerufen.

Richard riskierte einen kurzen Blick zu von Roden. Nervös

fuhren die Finger seiner rechten Hand über das Armaturenbrett. Dass seine Großmutter all die Jahre von der Fahrerflucht und seiner Übereinkunft mit Lapitz Kenntnis hatte, musste ihm erst jetzt klar geworden sein. Von Roden schien sichtlich bestürzt, als er ihn auf den Regen-Zyklus und die Erpressung seines Schwiegervaters angesprochen hatte.

Jürgen Lapitz hatte sich nicht an ihre Abmachung gehalten. Ihm war der verwerfliche Deal mit von Roden nicht genug gewesen, auch Leonore von Roden sollte für den Fehler ihres Enkelsohnes bluten. Der Regen-Zyklus für sein Schweigen. Christoph von Roden hatte nicht gewusst, dass Halford seiner Großmutter diese Grafiken hinterlassen hatte. Und auch Dana Wolff erfuhr erst vor einigen Monaten davon.

Als Richard an Lenas Mutter dachte, machte sich ein beklemmendes Gefühl in ihm breit. Ihre plötzliche Rückkehr nach Niederwiek hatte den verstörenden Sumpf aus Hass und Gier wieder aufgerissen. Noch immer war er erschüttert über die Kaltblütigkeit, mit der von Roden und Dana Wolff der Frau und Freundin begegnet waren. Der Frust über das eigene Versagen, das Nichteingestehen einer Schuld, die Wut auf Lapitz, all das hatte sie dazu gebracht, Martina von Roden für ihr empfundenes Unrecht zu bestrafen. Ungeachtet dessen, welches Leid sie damit einem anderen Menschen zufügten. Und nun sollte Danas Tochter dafür büßen.

Mit einem Schlag fiel Richard ein, was er die ganze Zeit vergessen hatte.

»Verdammt!« Hektisch tastete er mit der rechten Hand seine Jeans ab, während er mit der linken den Geländewagen über das regennasse Pflaster lenkte. Doch sein Smartphone steckte in keiner der Taschen. Es klemmte in der Freisprechanlage seines Volvos.

»Wir müssen die Polizei verständigen. Haben Sie Ihr Handy dabei?«, fragte er von Roden bestürzt von der Seite.

»Nein«, lautete die knappe Antwort. »Aber dafür haben wir jetzt auch keine Zeit. Da vorn müssen wir rein.«

Von Roden deutete mit dem Kinn auf den weitläufigen Buchenbestand zu seiner Rechten. In einer engen Kurve entdeckte

Richard die schmale Einfahrt und lenkte den Land Rover in den Wald. Der Platzregen hatte den ausgefahrenen Weg in eine schlammige Furt verwandelt. Schwarzer Morast spritzte bis an die Scheiben hoch, als der Wagen über den sumpfigen Boden schlingerte. Mit jedem Meter schienen die Räder tiefer im Schlamm zu versinken. Jetzt wusste er, warum von Roden auf dem Geländewagen bestanden hatte. Sein schwerer Volvo hätte bereits nach drei Metern festgesteckt.

»Sehen Sie den Hochsitz?« Von Roden streckte den Arm aus. »Ab da führt ein Schotterweg bis zur Hütte.«

Richard nickte, erleichtert, dem matschigen Schlick endlich zu entkommen. Der enge Weg führte statt unter hohen, lichtdurchfluteten Buchenkronen nun zwischen dichten Tannen hindurch. Nach ungefähr einem halben Kilometer deutete von Roden auf eine schmale Bucht am Wegrand.

»Ab hier gehen wir zu Fuß«, entschied er. Richard bremste ab und steuerte den Geländewagen unter die Tannen. Als die beiden Männer aus dem Auto kletterten, umfing sie die friedvolle Kulisse des Waldes. Klangvoll rauschte das satte Grün über ihnen und mischte sich mit dem unermüdlichen Gezwitscher der Vögel. Doch die Beschaulichkeit trog. Denn zwischen den schmalen Baumstämmen tauchte in Richards Blickfeld das wettergegerbte Holz der Jagdhütte auf. Wie verwaist stand sie da, aber der blaue Lieferwagen vom Erdbeerhof, der seitlich parkte, signalisierte ihnen, dass sie richtig waren. Martina von Roden hatte sich tatsächlich hierher zurückgezogen. Und Richard spürte, dass auch Lena in der Hütte sein musste.

»Scheiße! Der Audi meines Schwiegervaters«, hörte er von Roden leise neben sich fluchen. »Der Bengel muss sich das Auto am Gutshaus geschnappt haben.«

Neben einem hoch aufgeschichteten Polter aus Langholz stand ein schwarzer Wagen. Die Fahrertür stand sperrangelweit offen, doch von Max Küpper fehlte jede Spur. Wo steckte er?

»Glauben Sie, der Junge ist da einfach so blauäugig reinmarschiert?«, fragte Richard.

»Ich hoffe nicht«, sagte von Roden, ohne den Blick von der Hütte zu lösen. »Lapitz bewahrt dort für gewöhnlich zwei Flinten in einem Waffenschrank auf, zu dem auch Martina Zugang hat. Und in ihrem Zustand ist sie zu allem fähig.«

»Was, denken Sie, hat Ihre Frau vor?«

Von Roden zuckte mit den Schultern. »Wir werden nachsehen müssen. Kommen Sie.«

Die beiden Männer zogen sich wieder in das schützende Dickicht der Bäume zurück und näherten sich der Jagdhütte von einer der fensterlosen Seiten. Langsam schlichen sie an der rauen Holzwand entlang, bis von Roden an der Ecke zur Vorderseite stoppte. Ein hüfthoher Feuerholzstapel türmte sich dort unter der lang gestreckten Eingangsüberdachung auf. In einem Hauklotz steckte eine Axt. Sie lauschten. Doch nur das Summen und Surren des Waldes war zu hören. Von Roden versuchte, über das Holz hinweg durch eine der quadratischen Luken ins Innere zu spähen. Aber bis auf die hoch aufragenden Tannen, die sich in dem matten Glas spiegelten, war nichts zu erkennen. Vorsichtig beugte er den Oberkörper über den Stapel und drückte mit der Hand gegen die Scheibe. Ein leises Klacken. Das Fenster öffnete sich einen Spalt.

»Und?«, drängte Richard flüsternd.

Ein kaum merkliches Kopfschütteln. »Ich sehe nichts.«

Richard lehnte sich mit dem Rücken gegen die raue Hüttenwand. Was, wenn sie zu spät waren? Martina von Roden hatte sich in eine ausweglose Sackgasse manövriert. Und sie hatte schon einmal getötet. Was hatte die Frau noch zu verlieren? Er fühlte die Anspannung in jedem Muskel seines Körpers. Eine lähmende Angst, das Mädchen und auch Max Küpper nur noch tot aufzufinden, machte sich in ihm breit.

Richard schloss die Augen, atmete tief ein und erstarrte. Das Zischen! Gleichmäßig und durchdringend. Gas, dachte er erschrocken, da drinnen strömt Gas aus. Er fuhr herum, um von Roden darauf aufmerksam zu machen. Aber auch er hatte das unverkennbare Geräusch inzwischen wahrgenommen. In drei Schritten war von Roden an der Tür, riss sie nach außen auf und verschwand in der Hütte. Richard folgte ihm. Doch auf der Schwelle raubte ihm das ihnen entgegenschlagende Kohlenmonoxid die Luft zum Atmen. Er hustete. Röchelte. Die beklemmende Enge in seinem Hals schürte die Panik, die ihn in verlässlicher Regelmäßigkeit im Schlaf überfiel.

Angsterfüllt stützte er sich am Rahmen ab. Während er versuchte, seinen beschleunigten Atem unter Kontrolle zu bekommen, nahm er wahr, wie von Roden alle Fensterluken in der Hütte aufstieß und sich auf die reglose Gestalt am Boden stürzte. Max Küpper lag seitlich mit angewinkelten Beinen vor einem Gasheizer. Doch der tiefrote Fleck auf dem Latz seiner grünen Arbeitshose ließ keinen Zweifel daran, dass nicht allein das ausströmende Gas seine Bewegungslosigkeit verschuldet hatte. Richard, der allmählich seine Panikattacke kontrollieren konnte, trat auf von Roden zu. »Lebt er noch?«, krächzte er mit trockener Stimme.

»Ja, aber wir müssen ihn sofort nach draußen schaffen.«

»Der bleibt, wo er ist!«

Erschrocken blickten die beiden Männer auf. Martina von Roden stand mit vorgehaltenem Gewehr in der Hütte. Um ihre Schultern hing eine durchnässte Leinenjacke, die Beine steckten in roten Leggins. Das gleißende Sonnenlicht, das durch die offene Tür auf ihren Rücken fiel, hüllte sie in einen dunklen Schatten, sodass ihre Gesichtszüge in einem nebulösen Schwarz verschwammen. Aber der harte, bellende Tonfall machte ihre Entschlossenheit deutlich. Sie würde schießen. Max Küpper hatte das bereits zu spüren bekommen.

»Was soll das, Martina? Der Junge kann nichts dafür. Du hast mich doch bereits bestraft.« Von Roden richtete sich langsam auf und schaute seine Frau anklagend an. Erstaunt stellte Richard fest, wie klar und kraftvoll seine Stimme klang. Sein Rausch schien verflogen.

»Bestraft?«, zischte sie. »Wie lange hat dein Schmerz um Dana angehalten? Zwei Tage? Drei? Denkst du, ich habe nicht gemerkt, wie du dieser Alex hinterhergestiegen bist?«

»Ich habe nie ein Geheimnis aus meinen Affären gemacht. Unsere Ehe bestand doch seit Theos Geburt nur noch auf dem Papier.«

Martina von Roden schnellte vor und stieß ihrem Mann den Gewehrlauf hart gegen die Brust. »Bereitet dir das Vergnügen, mich mit Theo zu verhöhnen? So wie deiner geliebten Dana?«

Von Roden schwieg. Der hasserfüllte Blick seiner Frau ruhte auf ihm. »Dreizehn verdammte Jahre habt ihr euch an meiner Beschränktheit ergötzt, doch damit ist jetzt Schluss! Für immer.«

Ohne die Männer aus den Augen zu lassen, ging sie rückwärts auf die Fensterseite zu und schloss die drei Luken. Eine nach der anderen. Anschließend zog sie die Eingangstür hinter sich heran. Das laute Klacken des Schlosses hallte in der Stille nach, bis wieder das monotone Zischen des Propangases den Raum erfüllte. Urplötzlich fühlte Richard, wie sich eine unsichtbare Schlinge um seinen Hals legte. Die eben noch erfolgreich unterdrückte Panik brach wieder auf. Stärker. Qualvoller. Er musste hier raus. Irgendwie. Doch Max Küppers lebloser Körper auf den Holzbohlen erinnerte ihn an die unberechenbare Entschlossenheit Martina von Rodens. Sie würde sich durch nichts von ihrem Plan abbringen lassen. Und den einzigen Weg, der nach draußen führte, versperrte sie mit ihrem geladenen Gewehr. Er musste versuchen, sie von der Tür wegzubewegen. Und dafür musste er versuchen, die Frau zum Reden zu bringen.

»Ich weiß, dass Sie Ihre Freundin nicht töten wollten«, begann er zögernd. »Auge um Auge, Zahn um Zahn, darum ging es Ihnen, nicht wahr?«

Die Waffe in ihren Händen schwankte. Sie wandte den Kopf und schaute ihn an. Der entschlossene Zug um ihre Mundwinkel war einem unruhigen Zucken gewichen.

»Dana sollte leiden«, sagte sie mit einem Beben in der Stimme. »Die gleichen Schmerzen fühlen, die gleichen Qualen ertragen, all das, was sie mir zugefügt hatte. Mehr nicht. Ihren Tod habe ich nicht gewollt.«

Die plötzliche Erinnerung an die tote Freundin hatte einen ersten Keil in ihren wahnhaften Zustand getrieben. Sie war unsicher. Nicht aufhören, dachte Richard.

»Wie sind Sie dahintergekommen, was in dieser Hütte vor dreizehn Jahren geschehen ist?«

Keine Regung. Doch das stoßweise Heben und Senken ihres Brustkorbs unter der nassen Leinenjacke versicherte ihm, dass seine Frage zu ihr durchgedrungen war.

»Leonore, diese Hexe!«, hauchte sie. »Sie wollte, dass ich alles erfahre.«

»Was redest du da?«

Christoph von Roden blickte seine Frau verwirrt an. Sein sonnengebräunter Teint war einem aschfahlen Grau gewichen. Unwillkürlich fragte Richard sich, ob er inzwischen genauso erbärmlich aussah. Doch Martina von Roden ignorierte die Frage. Noch immer blickte sie Richard an, die Waffe auf ihren Mann gerichtet.

»Wissen Sie, wie erleichtert ich war, als die Alte endlich das Zeitliche gesegnet hatte? Das Obergeschoss im Gutshaus war doch das reinste Museum. Möbel, Teppiche, Geschirr, nur wertloser Plunder. Und dann dieser fürchterliche Mief nach altem Fleisch. Nichts von alledem wollte ich in meinem Haus behalten. Doch ich wusste, die alte Schachtel war mit ihren letzten Atemzügen vergesslich geworden. Wer konnte wissen, in welchem absurden Versteck sie noch Bargeld hortete? Jeden Schrank, jede Schublade habe ich durchwühlt. Schließlich bin ich in ihrem Bettkasten fündig geworden. Aber nicht das, was ich erhofft hatte, vorzufinden, lag dort gleich obenauf. Nein, die Hexe hat für mich diese verdammte Rechnung von der Sterilisation ihres geliebten Enkelsohnes hinterlegt«, kreischte sie. »Ein gelber unscheinbarer Zettel mit ihrer verschnörkelten Handschrift klebte darauf: ›Für Martina!‹«

Sie hustete. Zu viel Gas war durch das schrille Kreischen in ihre Lungen gelangt. Richard machte zwei Schritte auf die Tür zu. Weiter kam er nicht. Martina von Roden schwenkte das Gewehr in seine Richtung.

»Haben Sie eine Vorstellung, wie ich mich gefühlt habe?«

Er schüttelte den Kopf. Das Kratzen in seinem Rachen verstärkte sich.

»Wie könnten Sie auch«, sagte sie verächtlich. »Ein Mann kann nicht nachempfinden, was einem da durch den Kopf geht. Aber Dana … Sie hätte mich verstehen müssen!«

Ein dumpfes Rumpeln ließ sie innehalten. Richard und von Roden schauten sich an. Beide wussten, was das bedeutete. Lena war hier. Doch von dem Wohnbereich, in dem sie standen, führte keine weitere Tür ab. Das Mädchen musste sich in einem nur von außen zugänglichen Raum befinden.

»Martina, lass Lena und den Jungen gehen«, flüsterte von Roden heiser. Das Sprechen fiel ihm hörbar schwer.

»Du bist still«, fauchte sie. »Der Professor will meine Geschichte zu Ende hören.«

Richard war erleichtert, dass der Gewehrlauf nun seitlich auf den Boden gerichtet war. Martina von Roden hatte Mühe, die Waffe gerade zu halten. Aber auch er spürte, wie die narkotisierende Wirkung des Gases unaufhaltsam seine Sinne lähmte. Sie hatten nicht mehr viel Zeit.

»Völlig aufgelöst bin ich zu Dana. Habe geheult, getobt, meinen ganzen Schmerz vor ihr ausgebreitet. Doch alles, was sie dazu zu sagen hatte, war: ›Dein Vater hat das bekommen, was er verdient.‹ Sie hat mich ausgelacht und mir die brutale Wahrheit eiskalt ins Gesicht geschleudert. Der Unfall von Miriam, der Deal zwischen meinem Vater und Christoph, ihr widerlicher Plan in der Jagdhütte.« Sie stockte. »Und wer mich geschwängert hat.«

Richard sah, wie von Roden auf den flachen Holztisch sank. Ob das Gas ihn niederstreckte oder die Abscheu vor seiner eigenen Grausamkeit, konnte er seinem apathischen Blick nicht entnehmen. Vielleicht schwelte in von Roden auch nur die Angst vor den Worten seiner Frau, die nun folgen würden. Aber auch Richard spürte, wie sich die Schlinge um seinen Hals immer fester schnürte.

»Max Küpper hat mir die K.o.-Tropfen beschafft. Für ein bisschen Kohle besorgt dir dieser kleine Kiffer alles, was du willst«, spottete sie mit einem verächtlichen Blick auf den leblosen Körper auf dem Boden. »Von Max wusste ich auch, dass Lena und er an dem Abend an der Seebrücke verabredet waren. Gunnar und ich haben mit dem Lieferwagen vor Danas Wohnung gewartet, bis das Mädchen endlich das Haus verlassen hat.«

Eins. Zwei. Wieder setzte Richard ein paar Schritte in Richtung Tür.

»Zähneknirschend hat Dana mich reingelassen. Einer alten Freundin schlägt man ja schließlich nicht die Tür vor den Kopf. Die arme Dana hatte Migräne! Wenn sie geahnt hätte, welche

Schmerzen ihr noch bevorstanden … Es war so kinderleicht, ihr die Tropfen unbemerkt ins Glas zu schütten …«

Wieder ein Schritt. Die rettende Tür war nur noch einen Katzensprung entfernt. Doch Martina von Roden zuckte unmerklich mit dem Kopf. Sie fixierte Richard aus den Augenwinkeln.

»Priebe hat sie in den Lieferwagen geschleppt, und wir sind hier zur Hütte rausgefahren. Schau hin, Christoph«, schnaubte sie. »Dort auf dem Sofa hat sie gelegen … wehrlos, willenlos … Erinnerst du dich?«

Von Roden hustete, doch er blickte nicht auf.

»Drei Stunden habe ich Dana mit ihm allein gelassen und im Lieferwagen gehockt. Du kannst dir nicht vorstellen, was für eine Genugtuung ich empfunden habe. Erst als die Sonne über den Tannen stand, bin ich wieder in die Hütte. Priebe stank wie ein wild gewordener Keiler in der Rausche. Ich habe ihn mit dem Lieferwagen weggeschickt und gewartet, bis die Wirkung der K.o.-Tropfen langsam nachgelassen hat. Dass Dana so schnell realisiert, was passiert war, hätte ich nicht gedacht. Bei mir hat es immerhin dreizehn Jahre gedauert …«

Ihr bitteres Lachen ging in ein Röcheln über. »Ich habe mich über ihren schwachen, hilflosen Körper gebeugt und sie gefragt, wie es sich anfühlt … das Gleiche zu bekommen wie ich. Und weißt du, was … Dana getan hat?«

Von Roden hob den Kopf. Seine Augenlider flackerten.

»Sie hat … gelächelt und gesagt: ›Ein Kind von Christoph, das hab ich bekommen.‹«

Martina von Roden schwankte. Das Gewehr bedrohlich nah vor dem Gesicht ihres Mannes.

»Vaters Jagdmesser … es lag auf dem Tisch … Ich habe danach gegriffen und auf Dana eingestochen. Immer wieder … bis ihr höhnisches Lachen in meinem Kopf verstummt war. Ich habe Gunnar angerufen, und wir haben ihre Leiche in den Wald geschafft. Nur … Priebe war auf den Geschmack gekommen … Die kleine Polin …«, lallte sie. »Er konnte einfach nicht genug kriegen … Er ist genau wie du.«

Von Roden holte aus und schlug mit dem Arm nach dem Gewehr. Das war alles, was Richard noch mitbekam. Wankend stolperte er zur Tür und stürzte ins Freie. Der plötzlich einströmende Sauerstoff löste einen Hustenanfall aus. Kurz gab er sich dem krampfartigen Schmerz hin, bis sein panischer Blick wieder auf die Jagdhütte fiel. Lena! Er rannte zu der Hausseite, von der von Roden und er vor einer gefühlten Ewigkeit gekommen waren. Keine Tür. Keine Einstiegsluke. Nur sprödes graues Holz. Er musste es hinten versuchen. Die quadratische, kniehohe Blechklappe hätte er beinahe übersehen. Mit aller Kraft zerrte Richard daran. Doch das klapprige, rostige Vorhängeschloss gab nicht nach.

»Lena?«

Keine Antwort. Suchend blickte er sich um. Irgendwie musste er das Schloss öffnen. Der Feuerholzstapel! Wieder hastete er zur vorderen Hausecke, zog die Axt aus dem Hauklotz und lief zurück.

»Lena! Keine Angst!«, brüllte er. »Ich schlage jetzt das Schloss auf.«

Richard hob die Axt und hieb auf das verrostete Metall ein. Nach vier Schlägen sprang das Schloss krachend zu Boden. Er kniete sich hin und zog die Blechklappe auf. Sofort spürte er wieder das trockene Kratzen in seinem Rachen. Das Gas musste auch hier eingeströmt sein. Nicht so intensiv, aber es war da. Richard steckte den Kopf in das finstere Loch. Doch seine Augen irrten blind umher.

»Lena?«

Nichts. Er kroch weiter hinein. Der quälende Hustenreiz war unerträglich. Mit seinem ausgestreckten Arm tastete er in die Dunkelheit. Plötzlich berührten die Finger einen weichen Stoff. Lena! Er hatte sie gefunden. Schnell schob er seine Arme unter ihren leblosen Körper und zog sie nach draußen. Als das Sonnenlicht auf ihr milchweißes Gesicht fiel, entdeckte er ein kaum merkliches Flackern unter ihren Augenlidern. Sie lebte. Er hob das Mädchen hoch, stolperte zum Wald hinüber und legte sie auf den weichen Moosboden. Richard beugte sich über sie und hörte ihren flachen Atem. Langsam kehrte sie in das Hier und Jetzt zurück. Lena war in Sicherheit.

Aber Max Küpper und ihr Vater waren noch immer in der

Hütte. Richard holte die Axt. Wenngleich er nicht wusste, was er damit gegen ein Jagdgewehr ausrichten konnte. Doch es fühlte sich besser an. Er kehrte zum Waldrand zurück und umrundete die Hütte aus sicherer Entfernung. Als die offene Tür in sein Blickfeld rückte, spürte er Erleichterung. Christoph von Roden kroch auf allen vieren über die Schwelle. An seiner Stirn klaffte eine blutende Wunde, aber er war am Leben. Richard trat aus dem Schatten der Bäume. Und noch bevor der ohrenbetäubende Knall sein Trommelfell zerriss, wurde er durch die Wucht der Detonation zu Boden geschleudert.

39

Zwei Tage später

Ein kraftvolles Rauschen sickerte in sein Ohr und holte ihn aus einem verschwommenen Nebel auf die Seebrücke zurück. Richard Gruben schlug die Augen auf. Schlaftrunken blickte er auf die Ostseewellen, die sich ungestüm in der Abenddämmerung brachen.

Er atmete tief ein und spürte, wie sich seine Lunge mit der jodgesättigten Luft füllte, die der auflandige Nordostwind über das Meer trieb.

Richard richtete sich auf. Sein Rücken schmerzte, der Nacken war steinhart verspannt. Wie lange hatte er auf der schmalen Holzbank vor sich hin gedämmert? Er schob den linken Ärmel seiner schwarzen Fleecejacke beiseite und schaute auf die Uhr. Zehn Minuten vor neun. Richard hatte sich mit Mulsow gegen acht auf der Seebrücke treffen wollen. Doch der Freund war nicht aufgetaucht, und das monotone Rauschen der Wellen hatte ihn schließlich schläfrig gemacht. Er musste weit über eine halbe Stunde fest geschlafen haben.

Müde blickte Richard sich um. Auf der Seebrücke waren nur wenige Menschen unterwegs. Obwohl die Luft auch jetzt noch angenehm warm war, trieben die starken Windböen die Urlauber und Einheimischen in die gemütlichen Restaurants an der Promenade. Vermutlich kam jetzt nur hier raus, wer so erdrückende Bilder aus seinem Kopf fegen lassen wollte wie er.

Richard Gruben lenkte den Blick wieder auf das Meer. Eine bleierne Schwere legte sich über ihn, während er an die Ereignisse in der Jagdhütte zurückdachte. Die schwere Explosion hatte zwei Menschen in den Tod gerissen. Auch wenn nach Aussage der Rechtsmedizin Max Küppers Überlebenschancen ohnehin sehr gering gewesen waren, traf ihn der Tod des jungen Mannes schwer. Die Kugel aus dem Jagdgewehr hatte seinen linken Lungenflügel völlig zerfetzt und Knochensplitter aus dem Brustkorb mitgerissen, die zu schweren Verletzungen geführt hatten. Doch Richard peinigte der Gedanke, dass Max Küpper vielleicht noch am Leben wäre, wenn er sich nicht wie ein jämmerlicher Waschlappen aus der Hütte gestohlen hätte.

An das Eintreffen der Feuerwehr und Rettungskräfte konnte er sich kaum erinnern. Durch den harten Aufprall hatte er für kurze Zeit das Bewusstsein verloren. Erst als die besorgte Stimme eines jungen Sanitäters zu ihm durchgedrungen war, hatte er das ganze Ausmaß dieser menschlichen Katastrophe wahrgenommen. Durch die gewaltige Explosion hatten die lodernden Flammen der niedergebrannten Jagdhütte sich wie ein Feuerball ausgebreitet und auf einige der umstehenden Bäume übergegriffen. Nur das kräftige Sommergewitter wenige Stunden zuvor hatte verhindert, dass weite Teile des Waldes durch einen verheerenden Flächenbrand zerstört wurden.

Richard versuchte, die heulenden Rettungswagen, die rußverschmierten Gesichter der Feuerwehrleute und das Schreien der Ärzte und Sanitäter aus seinem Bewusstsein zu verdrängen. Doch den Anblick der zwei Leichenwagen, die sich später ihren Weg durch den Wald gebahnt hatten, würde er niemals vergessen.

»Du siehst aus, als könntest du einen kräftigen Schluck vertragen.«

Richard schaute auf. Bert Mulsow stand neben der Bank und schwenkte in seiner rechten Hand zwei Flaschen Bier. Sein schütteres Haar hatte der starke Wind zerzaust, und es hing ihm wild in der hohen Stirn. Überrascht stellte Richard fest, wie fremd der Freund in heller Jeans und Norwegerpullover auf ihn wirkte. Nur selten sah er Mulsow in Zivil.

»Tut mir leid, dass ich dich habe warten lassen«, entschuldigte sich der Polizist. »Es ging nicht schneller.«

»Schon in Ordnung«, beteuerte Richard mit einem müden Lächeln und streckte die Hand nach der grünen Flasche aus, die Mulsow inzwischen am Geländer der Seebrücke geöffnet hatte. Wortlos stieß Mulsow mit seinem Bier dagegen und setzte sich zu Richard auf die Bank. Eine Weile hockten sie schweigend beieinander. Auf den Holzplanken stritten drei Möwen um die kläglichen Reste eines Fischbrötchens.

»Ich komme gerade aus der Uniklinik in Lübeck«, sagte Mulsow, ein leichtes Beben in der Stimme. »Christoph von Roden hatte verdammtes Glück. Die Verbrennungen am Oberkörper sind zum Großteil zweiten Grades und werden narbenlos abheilen. Jedoch sind die Brandwunden an seinen Beinen ziemlich schlimm. Eine Hautverpflanzung ist laut Auskunft der behandelnden Ärzte unumgänglich. Aber er schafft es.«

Richard fasste sich unwillkürlich an sein rechtes Ohr. Im Vergleich zu Christoph von Rodens schweren Verletzungen kam ihm das vom geplatzten Trommelfell verursachte Stechen ziemlich nichtig vor.

»Schmerzen?«, fragte Mulsow.

Er schüttelte den Kopf. »Nichts, was nicht vergeht. Der Notarzt hat mir versichert, dass bald alles abgeklungen ist.«

»Und dein Tinnitus?«

»Wir haben uns aneinander gewöhnt.«

Richard war selbst überrascht, wie gut er das quälende Geräusch in den letzten beiden Tagen ausblenden konnte. Sein Kopf schien sich mit dem tyrannischen Untermieter arrangiert zu haben.

»Wie genau konnte es eigentlich zu dieser gewaltigen Explosion kommen?«, wollte Richard wissen.

»Martina von Roden hatte kurz vor eurem Eintreffen die zwei Propangasflaschen der Heizöfen aufgedreht. Durch die Lüftungsschlitze in der Hütte ist das Gas auch in den Verschlag eingedrungen, in dem sie Lena festgehalten hatte. Nicht so stark, aber immerhin. Ob sie durch das unvermittelte Auftauchen von Max Küpper gestört wurde oder sich erst, nachdem sie ihn angeschossen hatte, dazu entschlossen hat, das Gas ausströmen zu lassen, wissen wir nicht mit Sicherheit. Fest steht, von Roden konnte seiner Frau das Gewehr entreißen und sich mit letzter Kraft vor die Tür schleppen. Die Gaskonzentration in der Hütte war zu dem Zeitpunkt so stark angereichert, dass ein winziger Funken ausreichte, um alles in die Luft zu jagen. Höchstwahrscheinlich hat Martina von Roden die Explosion mit einem Stabfeuerzeug ausgelöst. Die Spurensicherung konnte verkohlte Reste davon sicherstellen.«

»Dabei konnte Lena doch am wenigsten für das, was man ihr angetan hatte.«

»Dass von Roden seine und Dana Wolffs Tochter in das Gutshaus holen wollte, musste für die Frau wie ein Schlag ins Gesicht gewesen sein. Sie hat völlig die Kontrolle verloren.«

Wieder sah Richard das Gesicht der Frau vor sich. Wut, Hass, Verzweiflung. Alles das hatte sich darin gespiegelt.

Mulsow nahm einen kräftigen Schluck Bier. »Priebe hat inzwischen die Vergewaltigung von Dana Wolff gestanden.« Er hielt kurz inne. »Und auch den Mord an Mila Zajec. An dem Abend bei der Strandparty hat er die Getränkekisten zum Feuer hinuntergebracht und Lena die K.o.-Tropfen in die Flasche gemischt. Darum war ihr schlecht. Aber vermutlich hat sie nur wenig von dem Bier angerührt. Als das Mädchen zum WC-Häuschen hoch ist, ist er ihr hinterher. Doch Lena konnte ihm entwischen. Als Mila Zajec nach der Freundin suchen wollte, hat Priebe die junge Frau vergewaltigt und mit seinem Gürtel erwürgt.«

Richard erschauerte. Lenas panischer Blick drängte sich ihm auf, die Todesangst in ihren Augen. Was hatte Mila Zajec durchleiden müssen? Schnell schob er auch diese verstörenden Bilder beiseite. Er hatte noch eine andere Frage, die ihn beschäftigte.

»Warum hat Christoph von Roden sich nicht schon vor Jahren von seiner Frau getrennt? Lapitz hatte doch längst, was er von ihm wollte. Es gab keinen Grund, bei ihr zu bleiben.«

»Das Geld des Alten hatte ihm ein bequemes Leben beschert. Auf die Annehmlichkeiten wollte er nur ungern verzichten.«

»Wie hat Lapitz den Tod seiner Tochter verkraftet?«

»Er ist ein gebrochener Mann«, entgegnete Mulsow. »Aber ich glaube, das Entsetzen über das, was seine Tochter getan hat, und der Schrecken der Vergangenheit treffen ihn noch schwerer als der väterliche Verlust.«

»Er wird sich eine Mitschuld an allem geben«, fügte Richard hinzu.

»Und das zu Recht«, vermerkte Mulsow. »Er hat genau wie von Roden Miriam Jahnke auf der verschneiten Straße ihrem Schicksal überlassen.«

»Wird man die beiden für ihren Tod noch zur Verantwortung ziehen?«

Mulsow zuckte die Schultern. »Das wird die Staatsanwaltschaft prüfen müssen. Fahrerflucht und unterlassene Hilfeleistung sind laut Gesetz nach fünf beziehungsweise drei Jahren verjährt. Wenn man Lapitz und von Roden aber nachweisen kann, dass sie wussten, dass Miriam Jahnke nach dem Unfall noch gelebt hat, haben sie sich wegen Mordes durch Unterlassen strafbar gemacht. Und Mord verjährt schließlich nie.«

Er schüttelte ungläubig den Kopf. »Es ist unbegreiflich, welches Unglück und Leid das rücksichtslose Verhalten der beiden bis heute nach sich gezogen hat.«

»Avaritia et acedia«, sagte Richard.

»Häh?« Der Polizist schaute ihn verständnislos an.

»Habgier und Feigheit.«

Mulsow nickte verstehend. »… zwei der sieben Todsünden.«

»Ein bibelfester Mecklenburger?« Richard grinste schief.

»Ein Hollywoodklassiker mit Morgan Freeman.«

Stumm tranken die beiden Männer ihr Bier, jeder in seine eigenen Gedanken versunken. Die tief stehende Sonne spiegelte sich inzwischen blutrot im Meer. Die zankenden Möwen auf den Holzplanken waren verschwunden. Das halbe Fischbrötchen auch.

»Erika Pohl war gestern Abend bei mir«, nahm Richard die Unterhaltung wieder auf.

»Was wollte sie?«

»Danke sagen.« Ein heiseres Krächzen.

Mulsow schien zu spüren, was ihn beschäftigte. »Du hast dem Mädchen das Leben gerettet, Richard. Gott weiß, was passiert wäre, wenn du sie nicht rechtzeitig da herausgeholt hättest.«

»Aber der Junge …«

»Niemandem ist geholfen, wenn du dich mit Selbstvorwürfen quälst«, sagte Mulsow. »Lena Wolff lebt, und das verdankt sie dir.«

Die Worte des Freundes taten gut, doch sie machten den Tod des jungen Musikers nicht ungeschehen. Schnell sprang Richard von der Bank auf. Er brauchte plötzlich Leben um sich herum.

»Was ist? Gehen wir noch einen Happen essen, bevor ich morgen endgültig die Segel streiche?«

Mulsow nickte, und mit den halb vollen Bierflaschen in der Hand schlenderten sie die Seebrücke landeinwärts.

»Wenigstens wird Lena sich in den nächsten Jahren nicht um Geld sorgen müssen«, sagte Richard.

Überrascht blickte Mulsow zu ihm auf. »Lapitz?«

»Erika Pohl hat mir erzählt, dass er Lena dreihunderttausend Euro versprochen hat …«

»… wenn sie dafür auf eine gerichtliche Auseinandersetzung verzichtet«, vollendete der Polizist den Satz.

Richard bestätigte es mit einem kurzen Nicken. »Unter Garantie hat Jürgen Lapitz mit dem Verkauf des Regen-Zyklus wesentlich mehr Geld eingestrichen, aber unter den gegebenen Umständen ist es für Lena die beste Lösung. Es wird Zeit, dass unter all das endlich ein Schlussstrich gezogen wird«, sagte er.

Mittlerweile waren die beiden Männer auf der Promenade angekommen und steuerten auf ein Fischrestaurant zu, als Richard aus dem »Strandhotel« ein Paar heraustreten sah. Die Abendsonne fiel auf ihre lachenden Gesichter. Die beiden schienen niemanden um sich herum wahrzunehmen. André Jahnke, im beigefarbenen flatternden Leinenanzug, streifte seiner Begleitung zärtlich eine schwarze Strickjacke um die nackten Schultern. Beinahe stolz blieben seine Hände auf ihren Hüften liegen. Die weinerliche Melancholie, die noch vor wenigen Tagen auf seinem runden Gesicht gelegen hatte, war verschwunden. Eine Windbö blies ihr eine blonde Haarsträhne ins Gesicht, die sie lachend hinters Ohr strich.

Alex trug das gleiche lindgrüne Sommerkleid wie an dem Abend, als Richard mit ihr geschlafen hatte. Plötzlich drängte sich ihm das Bild eines dieser seltsamen Fangschreckenweibchen auf, die, sobald sie am Ziel waren, ihre liebeshungrigen Männer nach dem Sex unbarmherzig verspeisten. Er schluckte. Genau wie von Roden war er Alex' verführerischem Lockruf erlegen. Und nun hatte sie ihre Fangarme nach Jahnke ausgestreckt.

Richard wandte den Blick ab. Er hörte, wie Mulsow neben ihm sich leise räusperte. Auch er hatte die beiden bemerkt. Doch er ließ sich nichts anmerken und setzte das Gespräch fort.

»Was denkst du? Hat Christoph von Roden die ganze Zeit gewusst, dass seine Frau hinter dem Mord an Dana Wolff steckt, und geschwiegen?«

Richard dachte eine Weile über Mulsows Frage nach, bevor er antwortete. »Vielleicht hatte von Roden eine unterschwellige Ahnung. Einen leisen, quälenden Verdacht. Doch gewusst hat er es nicht.«

Es gab nur einen Menschen, der von Anfang an die Wahrheit gekannt hatte, warum Dana Wolff hatte sterben müssen.

40

Richard stellte den Motor seines Volvos ab und schaute im Rückspiegel auf die schwarze Silhouette von Erika Pohls altem Reetdachhaus. In den dunklen Fensterscheiben spiegelte sich das fahle Licht der Straßenlaternen. Kurz überlegte er, hinüberzugehen und an der Tür zu klingeln. Aber der Blick auf die Digitalanzeige im Armaturenbrett machte ihm unmissverständlich klar, dass er sich bis morgen gedulden musste. Es war längst weit nach Mitternacht.

Zügig stieg Richard aus dem Auto und sperrte die Tür zu Jahnkes Ferienhaus auf. Er fröstelte, als er den schattigen Flur betrat. Doch vielleicht lag es auch nur an den hässlichen Erinnerungen, die er an das Haus hatte. Er brauchte dringend eine heiße Dusche. Im Schlafzimmer schaltete er das Licht auf dem Nachttisch ein und griff nach dem Handtuch auf seinem Bett. Als er sich zur Badezimmertür umwandte, fiel sein Blick in den nachtschwarzen Garten hinter den Scheiben. Auf dem Tisch der Sitzgruppe flackerte eine Kerze im Windglas.

Unweigerlich dachte er an den Abend, als er dort mit Alex gesessen hatte. Schnell schüttelte er den Gedanken ab und trat verwundert an das Fenster heran. Der schwache Kerzenschein erhellte das schmale Gesicht von Lena, die mit angezogenen Knien auf der Holzbank kauerte. Er brauchte mit seinen Fragen also nicht bis zum Morgen zu warten.

Neugierig reckte sie den Kopf, als Richard den Gartenweg hinunterging und den Tisch ansteuerte.

»Hallo, Lena!«

»Hallo«, hauchte sie kaum hörbar, denn der böige Nachtwind fuhr rauschend durch die hohen Kiefern.

Dankbar schlug sie die Wolldecke, die er ihr reichte, um ihren dünnen Körper. Er fragte sich, wie lange sie schon, nur mit Shorts und T-Shirt bekleidet, dort ausgeharrt hatte. Richard setzte sich auf einen der Stühle gegenüber.

»Er fehlt dir, nicht wahr?«

Sie nickte, ohne ihn anzusehen. »Erst jetzt, wo Max tot ist, weiß ich, dass ich ihm wirklich etwas bedeutet habe.«

»Er wollte dich mit auf Tour nehmen, mit dir zusammen abhauen«, entgegnete Richard. »Das tut man nicht mit einem Mädchen, das einem gleichgültig ist.«

»Aber man tut es für ein Mädchen, das einen vor dem Knast bewahren kann.«

»Du meinst die K.o.-Tropfen, die Max Martina von Roden besorgt hat?«

Wieder ein Nicken, ohne den Blick von der flackernden Kerze zu lösen. »Max war wegen dem Handel mit Betäubungsmitteln auf Bewährung verurteilt. Wenn die Sache mit den K.o.-Tropfen ans Licht gekommen wäre, hätte man ihn für einige Jahre weggesperrt.«

»Du hast also wegen Max die Wahrheit verschwiegen?«

»Die Wahrheit?« Jetzt schaute sie ihm zum ersten Mal direkt in die Augen.

»Warum deine Mutter sterben musste, Lena«, sagte er leise, aber bestimmt. »Vor nicht allzu ferner Zeit hast du dort drinnen auf dem Sofa gesessen und zu mir gesagt, deine Mutter hätte niemals nach Niederwiek zurückkommen dürfen. Sie hätte damit die schlafende Bestie aufgeweckt. Erinnerst du dich?«

»Ja.«

Er beugte sich leicht nach vorn. »Woher wusstest du, wer hinter dem Mord an deiner Mutter steckt?«

Lena zog die Wolldecke bis unter das Kinn. Ihre Stimme zitterte. Vor Kälte? Vielleicht.

»Ich habe Dana und Alex belauscht … drüben in der Galerie«, begann sie stockend. »Es muss drei oder vier Wochen vor ihrem Tod gewesen sein. Sie tuschelten in dem fensterlosen Büro, und die Tür stand offen. Die beiden haben mich nicht bemerkt. Meine Mutter hat sich über Martina von Roden lustig gemacht, wie dumm sie aus der Wäsche geschaut hätte, als sie erfahren hat, wer Theos leiblicher Vater ist. ›Dreizehn Jahre hat das blöde Schaf nicht gemerkt, wem das Balg zum Verwechseln ähnlich sieht.‹ Ich werde nie vergessen, wie höhnisch meine Mutter gelacht hat, als sie Alex von der Nacht in der Jagdhütte erzählt hat … von dem, was die drei … was Priebe Martina von Roden angetan hat. Ich war so voller Ekel, voller Abscheu … Doch Dana schien nicht zu begreifen, dass sie damit das Leben ihrer Freundin … und auch das von Theo für immer zerstört hatte.«

Darum also hatte Lena geglaubt, Alex müsste wissen, wer hinter dem Mord an ihrer Mutter steckt. *Ich hab euch gehört.* Der Morgen im Sanddornweg kam ihm in den Sinn, als Dana Wolffs Tochter Alex so ausfallend beschimpft hatte. Doch Alex konnte nicht ahnen, wie weit der Schatten der Vergangenheit reichen würde. Und auch Lena musste noch etwas anderes aufgefallen sein.

»Was hast du beobachtet?«

Sie wischte sich mit der Hand die Tränen weg, die ihr über die Wangen liefen. »Ich habe Martina von Roden vor unserer Wohnung gesehen … an dem Abend vor Danas Tod. Ich war mit Max an der Seebrücke verabredet, doch ich hatte mein Fahrradschloss im Carport vergessen, darum bin ich noch mal zurück. Sie ist aus dem Lieferwagen ausgestiegen … auf der Beifahrerseite, und Priebe saß am Steuer. Ich habe mir nichts dabei gedacht … Nicht mal, als ich nachts nach Hause gekommen bin und meine Mutter nicht da war. Erst am nächsten Morgen, als die Polizei an meinem Verkaufsstand aufgetaucht ist, habe ich begriffen, dass Martina von Roden und Priebe etwas damit zu tun haben mussten.«

»Warum hast du nichts von alledem der Polizei erzählt?«

Lena senkte den Kopf. Mit leerem Blick starrte sie auf das Karomuster der Wolldecke. »Dana und ich hatten uns fürchterlich gestritten an dem Abend, bevor sie … Ich wäre faul und dumm, hat sie gesagt, und ich würde es niemals zu irgendwas bringen. Wenn Leonore von Roden mir nicht die Hälfte ihres Vermögens vererbt hätte, hätte sie mich schon längst rausgeschmissen. Sie hat mich angeschrien, ob ich überhaupt wüsste, wie wertvoll dieser Regen-Zyklus von Halford wäre? Und nur ihr hätte ich es zu verdanken, wenn ich überhaupt jemals einen Cent von meinem Erbe sehen würde. ›Wenn nicht ich Gerechtigkeit für dich erstreite, tut es niemand.‹ … Dana hat mir schreckliche Dinge an den Kopf geworfen: ›Du nutzlose Göre, wie lange willst du mir noch auf den Taschen liegen? Warum ritzt du zur Abwechslung nicht mal an deinen Pulsadern herum?‹ …«

Sie schluckte. Richard spürte, wie sehr sie die grausamen Worte ihrer Mutter noch immer schmerzten.

»Ich war so entsetzlich wütend auf meine Mutter und dachte, sie hätte für alles ihre gerechte Strafe bekommen. Erst als Gunnar Priebe mir im Klohäuschen aufgelauert hat, wusste ich, dass es noch lange nicht zu Ende ist.«

»Hat er dir … etwas angetan?«

»Nein.« Lena schüttelte unmerklich den Kopf. »Ich konnte ihm rechtzeitig entwischen. Aber Mila … Ich hätte wissen müssen, dass sie nach mir suchen wird.«

Ihre Stimme war nur noch ein heiseres Flüstern, ihr Atem ging schwer. Richard verstand nur zu gut, wie sehr sie der Tod der Freundin quälte. Doch tröstende Worte konnten die Schuldgefühle nicht lindern. Schweigend schaute er in das Kerzenlicht.

»Am nächsten Morgen bei Erika im Garten, da ist Max plötzlich aufgetaucht. Erinnern Sie sich?«

»Ja.«

»Er hat mir sofort angemerkt, dass etwas passiert sein muss, und nicht lockergelassen. Schließlich habe ich ihm alles erzählt, von dem Gespräch zwischen meiner Mutter und Alex, das ich belauscht habe, von Martina von Roden vor unserer Wohnung, und dass Priebe mich … Ich habe Max gesagt, dass ich zur Polizei muss, sagen, was ich weiß, doch er …« Mit einem Schluchzen brach sie ab.

»… hat dich darum gebeten, es nicht zu tun«, vollendete Richard ihren Satz.

»Ja.« Lena holte tief Luft, um sich zu sammeln. »Max wusste nicht, was Martina von Roden mit den K.o.-Tropfen vorhatte. Sie hat einen Haufen Kohle dafür hingeblättert, nur das hatte ihn interessiert. Erst an diesem Morgen wurde Max klar, wozu sie die Tropfen benutzt hat und wie tief er im Schlamassel steckt. Wenn ich bei der Polizei ausgesagt hätte, wäre herausgekommen, dass er ihr das Zeug beschafft hat. Max hat gesagt, dass er mich mitnimmt, weg von hier …«

»Hast du deshalb geschwiegen, als Bert Mulsow und ich an dem Abend nach Milas Tod bei dir waren?« Er machte eine kleine Pause. »Weil du es Max versprochen hast?«

Erneut wischte sie sich die Tränen weg. »Ich weiß, das war egoistisch von mir. Aber Max war alles, was ich hatte … Mila konnte niemand mehr zurückbringen … und auch nicht Mama.«

Auch wenn das Verhältnis zwischen Lena und Dana Wolff tief zerrüttet gewesen war, das Mädchen vermisste sie. Egal, wie sehr sie die hässlichen Worte und die Tat ihrer Mutter verletzt und geekelt hatten. Blut war eben dicker als Wasser. Aber galt das auch für ihren Vater? Einen Vater, den sie kaum kannte?

»Hast du darüber nachgedacht, ob du ins Gutshaus ziehen willst?«, fragte Richard, obwohl er wusste, dass diese Entscheidung nicht in ihren Händen lag. Lena war schließlich noch nicht volljährig. Mulsow hatte ihm erzählt, dass Christoph von Roden bereits vor einigen Tagen beim Vormundschaftsgericht einen Antrag auf das Sorgerecht für seine Tochter gestellt hatte.

»Ich ziehe nicht dorthin.« Der traurige Ausdruck auf ihrem Gesicht war einer festen Entschlossenheit gewichen. »Ich könnte dort niemals leben … in dem Haus von dieser Frau.«

»Aber dein Vater lebt dort. Er ist alles, was du noch hast, Lena.«

»Ich weiß«, wisperte sie. »Doch ich habe andere Pläne.«

»Und welche?«

»Ich will zurück nach Berlin.«

Zweifelnd hob er die Augenbrauen.

»Mir ist klar, was Sie jetzt denken«, sagte das Mädchen, als sie seinen prüfenden Blick bemerkte. »Aber es ist … anders. Ich will auf ein Internat und die Schule zu Ende machen. Geld dafür habe ich ja nun genug.«

»Ein kluger Entschluss«, bemerkte Richard. »Ich denke, dein Vater wird damit einverstanden sein, wenn du dich in den Schulferien in Niederwiek blicken lässt.«

»Aber wohnen werde ich bei Erika«, sagte sie bestimmt. »Sie hat mir versprochen, das Zimmer unterm Dach freizuhalten. Und außerdem braucht sie langsam Hilfe. Es ist gut, wenn jemand auf sie aufpasst.«

Nachdenklich musterte er das Mädchen. Sie war erwachsen geworden. Das trotzige Aufbegehren, das jedes Wort, jeden Blick von ihr begleitet hatte, war fort. Der rebellische Teenager hatte

Verantwortung übernommen. Für ihr eigenes Leben und für das von anderen. Etwas, das er nicht konnte?

Eine Windbö erfasste die Wolldecke und ließ sie von Lenas Schultern rutschen. Fröstelnd schlang sie die dünnen Arme um den Oberkörper. »Ich sollte wohl besser rübergehen, bevor Erika noch Ihren Freund anruft und mich suchen lässt.«

»Du hast ihr nicht gesagt, wo du bist?« Tadelnd schaute er das Mädchen an.

Sie grinste und stand von der Bank auf. »Natürlich. Das war schließlich die Bedingung, um das Zimmer zu kriegen.«

Auch Richard erhob sich. Schweigend begleitete er sie den Gartenweg zur Straße hinauf. Das Licht der Hoflampe erhellte die Auffahrt. Neben seinem Volvo blieb Lena stehen.

»Erika sagt, Sie fahren morgen?« Mit dem Kopf deutete sie auf das Auto.

»Ja, es wird Zeit für mich.«

Das Mädchen nickte zögernd. Angestrengt kaute sie auf ihrer Unterlippe. Ihr schien noch etwas auf der Seele zu brennen. »Sie und Alex … sind Sie beide ein Paar?«

»Nein.«

»Das ist gut. Ich kann Alex nicht ausstehen.« Sie streckte den rechten Arm vor. »Auf Wiedersehen.«

Richard erwiderte ihren Handschlag. Federleicht lag die schmale Hand in der seinen. »Mach's gut.«

Sie lächelte und wandte sich zur Straße um. Am Bordstein schaute sie noch einmal zu ihm zurück.

»Haben Sie eigentlich Kinder?«

Richard fühlte einen Kloß in seinem Hals. »Ja, einen Sohn.«

»Ich wette, Sie sind ein toller Vater.«

Im blassen Licht der Laternen lief sie auf die andere Straßenseite. Kurz darauf hörte er das Gartentor quietschen. Der Bewegungsmelder sprang an, und Lenas blondes Haar verschwand hinter den Fliederbüschen. Reglos stand er da, bis das Licht erlosch und die Nacht Erika Pohls Haus wieder schluckte.

Mit einem Mal fühlte Richard eine unbeschreibliche Leere. Was, wenn er etwas in seinem Leben verpasste? Ein Kind wie Lena? Nur, weil er sich feige vor der Verantwortung drückte,

Henriks Mutter nicht mehr liebte. Lena irrte sich. Er war kein Bilderbuchvater und würde es auch niemals sein. Doch sein Sohn würde immer auf ihn zählen können. War es nicht endlich an der Zeit, dass auch er eine erwachsene Entscheidung traf? Ein Umzug nach Dortmund? Warum eigentlich nicht.

Dank

Ein herzliches Dankeschön an das Team vom Emons Verlag für die tolle Zusammenarbeit und an meinen Lektor Lothar Strüh, der dem Buch den letzten Schliff gegeben hat. Mein besonderer Dank gilt meinem Mann und meinem Sohn für ihr Verständnis und die nicht nachlassende Unterstützung.